呪印の女剣士

[author] はーみっと

TOブックス

目次

The swordwoman with curse

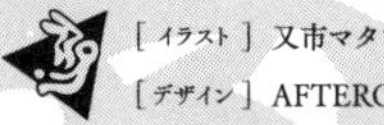

[イラスト] 又市マタロー
[デザイン] AFTERGLOW

アルフィリース

主人公。魔術剣士の女傭兵

リサ＝ファンドランド

盲目の探知者（センサー）

アノルン（本名：ミランダ）

巡礼の酔いどれシスター

登場人物

フェンナ＝シュミット
＝ローゼンワークス
シーカー（ダークエルフ）の王族
ニア
獣人の戦士
ミリアザール（仮名：ミリィ）
アルネリア教の最高教主

第十三幕　混乱の兆し

コツ、コツ、コツ……。

人気のない宮殿に神経質そうに急ぐ足音が響く。既に深夜にもかかわらず、この人物は宮殿内で執務を行っていた。自分の邸宅に何日も帰らず執務に没頭しているが、まだまだやることは山積みで、休む暇などなかった。もっとも、休む必要すらもうすぐなくなる予定だ。

ガチャリとドアを開け執務室に入ると、当直の小姓の少年が眠そうな目をこすりながら出てきた。

「宰相(さいしょう)様、まだお仕事をなさっているのですか？　何かお申し付けはありますでしょうか？」

「いや何もいらないよ、ありがとう。君も休んでいたまえ」

「いえ、ご主人様が働いているのにそのような……」

「君が倒れたら他の小姓にしわ寄せが行くのだよ？　私が執務室に連日詰めているせいもあるが、君はもう四日連続の当直だろう。日中にも仕事をしているようだし、体をいたわりたまえ」

「は、私のような者にもったいないお言葉。それでは下がらせていただきますが、ご主人様もくれぐれも御自愛くださいませ」

「うん、そうするよ」

小姓が一礼して部屋を出ていくと、それを優しい笑顔で見守る宰相がいる。が、この小姓の気配がなくなった途端、宰相からは感情が抜け落ち、一転して彫像のように無機質な表情となった。

そしてどこからともなく、不吉な笑い声が聞こえてきた。無邪気な調子ながらも暗く重く、声の出所がやがて天井の隅でまとまると、人の顔の形の靄(もや)になった。先ほどの小姓がいれば腰を抜かしただろう。

「宰相様、ねぇ？」

「正確には宰相補佐だ。来ていたのか、貴様」

「随分と優しいね、ヒドゥン兄弟子様？　ここではそういう立場なんだ？」

「本物の宰相補佐になるはずだった男はとうに死んだがな」

「よく本物の代わりができるよね。コツでもあるの？」

「まず下調べをし、愚鈍な奴を狙う。本人が今までつらく当たっていた者たちに優しくすれば、少々違和感があったとて、文句は言われぬさ。あとは経験だ。稀(まれ)に気付かれることもあるが、勘の良い奴は長生きできん。どのみち、私の正体に繋(つな)がりそうな痕跡や人物は全員殺すがね」

「ふぅん、そりゃあたしかに僕には真似できない、ってか面倒くさくてやる気にならないね。でも優しくした相手を殺すなんて、なんて残酷なことをするんだ。さすが兄弟子様、一時でも面倒を見た相手を殺す時、ねぇ、どんな気持ち？」

クスクス、と部屋の中のそこかしこから不快な笑い声がこだまする。兄弟子と呼びながら、尊敬など欠片(かけら)もない。目的がたまたま一致しているだけで、本来なら殺し合う間柄だとしてもおかしくない相手だった。

天井の隅を睨みつけながら、青年は吐き捨てるように言った。

「で、なんの用だドゥーム？　貴様を呼んだ覚えはない。用がないなら消えろ、不愉快だ」

「僕だって用事がなければ来たくありませんでしたよ。アノーマリーの求める素材がダルカスの森にあるらしくてね。この辺は兄弟子様の担当だけど忙しそうだから、代わりに来たんだよ。ちゃんと顔を立てた僕を褒めてくれよ。なんたって他の連中じゃ、こんな気遣いはしないだろうからね」

ケラケラと笑うドゥームは、相手が苛立つほどに嬉々とする性格だ。日中も独りなのにわざわざ深夜を選んで訪問するあたり、明らかにヒドゥンを挑発している。人の気分を逆撫ですることにおいては仲間内での一番であることは間違いない。だがヒドゥンは一つ間をおいて冷静に返した。

「事情は理解した。ならば手駒も貸してやろう。シーカーどもの案件で、まだダルカスの森を捜索させている連中がいる。好きに使え」

「えーと、たしかアノーマリーの新型も投入しているんだよね？　鎧(よろい)型の……なんだっけ？」

「『カーバンクル』だ。説明くらい聞いておけ」

「あいあい、悪うございましたよ」

「あと、人間の傭兵も雇っているが、殺すな。やつらは人間の世界でも名が売れている。死に方に不審点があると、仲間に気取られる。だが証拠さえ残らなければ、手段は問わぬ。好きにやれ」

「うーん、生かすのは苦手だなぁ」

「おい」

「大丈夫だよ、あんたの顔に泥を塗るような真似はしない。やるなら盛大にぶっかけるさ」

ドゥームが明るく、かつひょうきんに答えた。ヒドゥンは額に指を当てながら、この糞餓鬼を信頼できたものかどうか悩んでいる。

立場上、弟弟子ということになってはいるが、一目見た時からヒドゥンはドゥームが気に入らなかった。オーランゼブルがどこからドゥームを連れてきたのか知らないが、その性は邪悪にして残虐。与えられた仕事はそれなりに成果を出すが、自分の仕事の一環と称した余計な殺しを楽しんでいる。そのせいでギルドに勘付かれたり、後始末をする羽目になったことが何度もあった。

この糞餓鬼がいなければどれほどやりやすいかと、何度思ったことか。もっとも自分も含めて、どいつもこいつも一癖ある連中だということは、彼もまた重々承知してはいる。そして、ドゥームがいるおかげで計画の進みが早いのも事実だ。

「……まあいい。とりあえずこの国でやるべきことはやった。蒔（ま）いた種が芽吹くにはもう少し時間がかかるかもしれんが、なかなか良い花を咲かせるだろう。本計画の第一手になりうる可能性もあるが、そうなれば本望だ」

ここで初めてヒドゥンがニヤリと笑った。それは先ほどまでの小姓に向けた優しい笑顔などを微塵も感じさせることのない、凄（すさ）まじく邪悪な笑みだった。ドゥームもヒドゥンの言葉に納得したようだ。

「ふ～ん、まあ兄弟子様がそういうなら間違いないね。アンタの方法はまどろっこしいけど、悲劇の戯曲を書かせたら、あんたが仲間では一番だろうし」

「ならば残酷な戯曲では貴様が一番か？」

「残酷の定義に悩んで、いまだ修行中ってところですかね。じゃあ一応仕事が済んだら報告に来ますよ。それまではその体を保っておいてよ？」

「さぁな、なにせ相当ガタが来ている。保証はせんが、耐えて……」

ヒドゥンのセリフが終わらないうちに、ドゥームは行ってしまった。敬意の欠片もない態度にヒドゥンははらわたが煮える思いだったが、まだ我慢が必要だった。計画のためには、まだドゥームたちを始末するわけにはいかない。頭ではわかっているが、腹が立つものは仕方がない。

「ちっ、ドゥームのやつめ！　計画が終わったら、一番に殺してやる！」

ヒドゥンは机を腹立たしげに叩き、しばし深呼吸で気を落ち着かせてから机に向かうと、急いで書簡を認(したた)める。宰相補佐の地位にある彼が書いているのは、獣人国家の盟主であるグルーザルドの同盟国、ザムウェドへの宣戦布告と、自国の国境警備隊に対するザムウェドへの進軍命令書だった。

＊＊＊

アルフィリースたちがダルカスの森に入ってから、既に半日が経過していた。前回魔王討伐のために向かったルキアの森が比較的若い森で木々も細く、下草が多かったのに対し、ここダルカスは年季の入った森である。木々は高く太く、日がまともに差し込む場所は少ない。

地面は下草よりも背の低い草やコケが生えており、足元は滑りやすかった。おまけに湿気も強く、不快感もひどい。気温差も大きく、夜はかなり冷え込むそうだが、敵から見られる訳にはいかないため、火も使えない。

「火を使ったら、山一つむこうからでも見えちゃうからね」

「それに、ここの魔獣は火を恐れない。むしろ興味を持って寄ってくる可能性もある」

それがミランダとニアの判断だった。ただフェンナにとってここは庭のようなものらしく、危険があれば森が教えてくれると言った。それにセンサーのリサもいる。ニアも夜目が利くし、火が使えなくても奇襲の心配はなかった。ただ食事の準備に火を使えないのは痛い。保存がきく干し肉、パンを中心として食べなければならず、長く続けると栄養不足になりかねない。比較的空が見えて地面が乾いた場所を見つけると、ニアが全員に歩みを止めるように促した。

「皆、そろそろ寝床の確保の準備だ」

「え、まだ日が傾きかけたくらいだよ？」

「いや、森が深いからすぐに何も見えなくなる。今から寝床を確保しておいて、休憩を長くとる方がいい。それに魔獣も夜の方が活発だと考えたら、寝床でも本当に休憩できるかどうかはわからない。襲撃がなければ朝早く出発すればいいのだから」

「ニアに賛成だね」

ミランダが頷く。そしてフェンナが水場を探し、テントを張れるだけの場所を確保するために、全員で木を切ったり草を刈ったりしていると、ニアの言うとおり半刻もしないうちに真っ暗となった。そのおかげで、夜目のきかないアルフィリースやミランダは、晩飯は手探りで食べる羽目になってしまった。

「フェンナ、目的地まではどのくらいかかる？」

「あと二日というところです」

「思ったより近いな。シーカーの里はもっと森の奥深くかと思っていたよ」

月明かりがわずかだが射してきた中で、ニアが意外そうな顔をする。

「森の中心部は魔獣や魔物の巣窟です。私たちの一族は移住者ですから、中央に陣取るような厚かましい真似はしません」

「移住者？」

「はい、ほんの五百年ほど前に南の大森林から移ってきたそうです。なぜ移ってきたのか、私は教えられていませんが」

「五百年くらいなら、まだその当時から生きているシーカーもいるんじゃないの？」

「いいえ、そのような長寿なエルフはハイエルフ、ないしはオールドエルフの一族だけです。私たちシーカーの寿命は人間と大きく変わらず、せいぜい百五十年です。ただ若く見える期間が人間より長いかもしれません。二十歳前後で成長が止まるのは人間と同じですが、百歳くらいまではほとんど外見に変化がありませんから」

「なんて羨ましい。やっぱり男子は外見的には若い方がいいのでしょうか？　まあリサが外見的な全盛期を迎えるのは十年後くらいでしょうが……ジェイクがロリコンという可能性も考えられますよね。成長したリサを見て『老けたな』『ババア』などと言われたら、さすがの私も立ち直れません」

リサが考え込みながら、ぶつぶつと呟いている。アルフィリースはその肩を揺すってみた。

「ねぇ、リサ？」

「ですが体が成長しないのもいただけませんね……アルフィほどの背丈は不要ですが、あの胸と尻は欲しい」

「おーい、リサー？」

「いや、でもミリアザールのような体形が好みだったらどうしたものか……は！　もしそうなら、ミリアザールに預けたのは失敗ですか⁉　今頃、夜な夜ないかがわしいことを教えられて……はは、まさかジェイクに限って……意外とそういう趣味だったらどうしよう……」

「リサってば！」

勝手に一人で頭を抱えて唸り始めたリサを、アルフィリースは揺すってみる。

「邪魔をしないでください、アルフィ！　今真剣に『小さい胸は需要があるのか？』ということについて考え中です。ええ、どうせ貴女には無縁な話でしょうよ！」

「なんの話よ！」

アルフィリースは突然怒られ、ニアは自分の体型を気にし始めた。フェンナは意味がわからないのか、あるいは無縁な悩みなのか、小首をかしげていた。

総じて長身のエルフだが、フェンナはほぼミランダと同じ背丈だった。ただ頭は一回り小さく見え、腰などはやたら細いくせに出るところは出ているという、完璧な体型だった。

ニアは身長こそ低いが、人間に換算すれば十五歳くらいのはずだと言っていた。聞くところによると獣人の成長期は遅く、そのぐらいの年齢から体格が変わる者も多いらしい。軍人らしく口調こそ強めだが、仕草は素直でちょっとした時に可愛らしくなる。何かあるたび、すぐ尻尾がピコピコとせわしなく動くのは、旅の癒しだった。

ニアの青と灰の中間色のような毛並みはとても柔らかく、肌触りがとてもいい。なお頭を触ると怒るが、喉だと照れる。「やめろ！」から「や、やめて」に口調が変化する。毎日リサが寝る前にニアをからかうのも、もう癖になっているようだ。

そんなやりとりをしていると、いつもは話の中心にいるミランダが、何も話に絡んでこないことに気づく。

「ミランダ、何してるの？」

「んー？　爆弾作ってる」

「ちょっと！　危ないから離れたところでやってよね」

アルフィリースは思わず一歩下がる。そんなアルフィリースを見て、ミランダがくすりと笑う。

「大丈夫だって。火薬の調合じゃなくて、爆弾に効果付加したり、特殊弾を作ってるだけだから。爆発するとトリモチみたいにねばねばするやつ、見てみたい？」

「私に被害がないならね」

「ちぇっ、良い絵面が見れそうだったのに……ねぇ、フェンナ～。これがチコの葉っぱだっけ？」

ミランダの言い草に呆れるアルフィリースを無視し、フェンナに質問を始めるミランダ。ミランダが質問できるほどの薬草の知識を持つのはフェンナだけである。

「いえ、それはムスカの葉です。チコはそちらの……」

「あ、そっか。じゃあこれを水に浸して……どうだろ、これで？」

「ええ、それなら加工できると思います。ミランダさん」

「薬とかの調合には自信があるからね。それよりフェンナ、ちゃんと呼び捨てにしろって言っただろ？」

「ご、ごめんなさい……えと、ミ、ミラン……ダ？」

「声が小さい！　はい、もう一回!!」

「ごめんなさい!!」

「そっちじゃない！」

こんなやりとりをしていると、フェンナが王族などとまったく思えない一行である。フェンナは妙に謝り慣れており、そんな王女なんているのだろうかと思うのだ。それもさておき、月明かりの下で爆弾づくりを黙々と続けるミランダにアルフィリースが問いかける。

「どうして爆弾なんて作ってるの？」

「アタシじゃ実力が足りないからね。こういうので補うのさ。戦いってのは、原則なんでもありだからね。最後に立ってた奴が、生き残った奴が勝ちなのさ。きれいごとが通用しない相手も多い」

「ミランダは十分強いじゃない。まだ不足なの？」

これはアルフィリースの素直な感想だったが、ミランダは彼女をじろりときつい目で睨み据えてため息をついた。

「やっぱりアンタは経験不足だね……いいかい？　たしかに純粋な剣技の勝負で、一対一ならアルベルトは大陸でも有数かもしれない。でも武器には相性もあるし、集団相手との戦い、魔獣や魔物との戦いって考えると、色んな強さの基準がある。

特に殺し合いで一番必要な技術は、後ろから音もなく忍びよって、一撃で相手を殺すこと。反撃させない、戦いにすらしない技術を持つ奴が一番強い。高名な剣士が罠に嵌められて殺されるのなんざ、何度も見たよ」

「それは卑怯って言わないの？」

「卑怯でもなんでも、戦場では生き残った奴が勝ちなんだ。歴史は勝者が作る。アンタも傭兵やるなら覚えておくといい。実際、リサがアンタを本気で殺しに来たら、防げるかい？」

「……それは」

アルフィリースは、先の戦いの最中にリサの気配を見失ったことを思い出す。たしかにあの技術は暗殺に用いることも可能だろう。

「真っ向勝負でリサとやりあったら、ほぼ間違いなくアルフィが勝つだろうね。でも、アルフィが油断してたら？　寝てる時は？　用を足している時は？　食べ物に毒を混ぜられたら？」

「……なるほど」

「戦いってのはそういうことさ。ま、アルベルトはいかんせん性格が生真面目すぎて、それを差し引いてなんとか一流って思うのさ。戦う条件、季節、時間、相性なんて諸々を全て乗り越えて強さを発揮する者を、超一流ってんだ。超一流は大陸に何人もいないって前提の話だけどね」

「じゃあミランダの思う超一流というのは、どういった連中のことを指すんだ？」

ニアが話に加わってきた。やはり戦士として興味があるらしい。

「そうだね……」

　ミランダの目がふと遠くなる。おそらくは自分の良人のことを思い出しているのだろう。たしかに魔王六体の軍勢とたった五人で戦ったのだ。それはアルフィリースの及びもつかない、凄まじい戦士だったということだ。

「？　どうした、ミランダは諸国を旅して色々詳しいのだろう？　私は旅をしてあまり間がないので、参考にしたいのだが」

　ニアにはミランダの過去のことなどわかるはずもなく、純粋に興味本位からの質問だった。一瞬ミランダの表情が翳るが、すぐに彼女は気を取り直す。

「アタシも見たわけじゃないけど、グルーザルドの王様とかそうなんじゃないの？　ニアの方が詳しいと思うけど」

「私も国王が戦うところは見たことがない。だが私がまだほんの子どもの時、なまった腕の解消がてらに現在の将軍たちをまとめて吹っ飛ばしたと聞いた。今の将軍たちは一騎当千の強者揃いだが、それを全員まとめて叩くなど、私では想像もつかないな」

「たしかに。あとは勇者ゼムスとかもそうかもね。もっとも彼は仲間を含めてのことだと思うけど。あとはなんとかっていう傭兵団の……黒い烏……だっけ？」

　ミランダはど忘れしたと言わんばかりに、全員の方を見る。その目線に、ニアがいち早く反応した。

「『黒い鷹』じゃなかったか？　『狂獣』の異名をとる剣士が率いる傭兵団だろう？　しかも我が国の国王と一騎打ちして生きている唯一の人間だとか。たしか率いる傭兵団も化け物揃いと聞いたが」

「五十人いないくらいの規模なのに、この大陸で一番強いと言われる傭兵団なのよね、たしか」

「有名どころの大所帯なら、ミュラーの鉄鋼兵とか、カラツェル騎兵隊とか、城攻め屋にフリーデリンデの天馬騎士団らしいな。だが最強となると、黒い鷹の名前をどこのギルドでも聞いたぞ？」

「皆、少し静かに！」

盛り上がる会話の途中、突然リサが静かに鋭い声を出した。

「リサ、どうした？」

「いえ……一瞬人間の気配を感じたのですが……おかしいですね」

「疲れているんじゃない？　私たちも交代で寝ましょう」

「そんなはずはないのですが……まぁ、でもたしかに今は何も感じませんね。人間であるなら私のセンサー能力に引っかからないとか、ありえませんから」

リサはため息をついて緊張を解き、一行は交代で番をしながら睡眠をとり始めていた。

＊＊＊

「レクサス、どこに行っていた？」

「いやぁ、山一つほどむこうに人の気配を感じたもので。もしかしたらゼルヴァーたちかと思って様子を見てきたんすが」

「違ったのか？」

「ダーヴで出会った美人さんたちでした」

「ほう……」

ルイが小さく嘆息する。彼女が他人に興味を示すのは珍しい。戦場で誰を斬ろうが気にかけず、味方が倒れてすら一瞥もしない。そしてついたあだ名が『氷刃のルイ』。レクサスは彼女が残酷だとは思わないが、言い得て妙だとも思う。そのルイが少し口の端を上げて楽しそうに見えた。

「で、どうした？　殺したのか？」

「まさか。金にならない殺しはしないっす。五番隊のクズ共とは違いますよ」

「ふん、同じようなものだとは思うがな、この守銭奴の変態め」

「いやいや、溢れんばかりの愛がお金と女性に向くだけっす！」

レクサスが仰々しく崇めるポーズをとった、ルイは無視した。ルイとレクサスとの付き合いは短く、ルイがブラックホークに参加してからだから、まだ二年にもならない。副長のベッツに「お前は危なっかしいから、こいつを連れていけ」と言われて、ルイはこの変な男を押し付けられた。女に見境がなく守銭奴で、だらしがない。が、センサーでもないくせに異常に気配に敏感であり、実力も申し分ない。以前は山二つ分、背後からの追手に気が付いたこともあり、たしかに危険を何度も回避した。だが、それ以上の危険と疲労が伴う気がする。それは――

「あーねーさーん！　今日も頭撫でてくださいよ～」

「一度も撫でたことはないが？」

「じゃあ、いつものやつを！」

「……殴ればいいのか？　それとも剣がいいか？」

こんなやりとりがひっきりなしに繰り広げられるので、ルイはうんざりしていた。ルイはそもそも口数が少なく、レクサスはとにかくやかましい。有能であることはわかるが、これだけはなんとかならないものかと、悩むルイだった。

＊＊＊

そしてもう一度太陽が空を巡り、次の太陽が頂点にかかるころ、フェンナが声をあげた。

「皆さん、もうすぐ私の里です」

「ほとんど魔獣や魔物に会わなかったね」

「アルフィが歩けば、魔物と変態に当たるのに」

「ひどい！」

アルフィリースがミランダに抗議する。じゃれ合う二人を、リサがため息まじりに制した。

「ふざけるのもここまでです。センサー能力が上手く働きません、これはシーカーの結界ですね？」

「ええ、ですが結界の中に入ってしまえば問題ないと思います。けれどおかしいですね……」

「なにがだ？」

ニアが疑問を投げるが、フェンナは木に手を当てて結界を調べている。

「いえ……やはり里周囲の結界が全て正常に作動しています。そんなはずは……」

「どこが……ああ、そうか」

アルフィリースは質問しようとして、理解が追いついた。

「そう、結界が全て作動しているということは、敵はどこから入ってきたのでしょうか？」

「転移魔術とかいう可能性はありませんか？」

「いえ、リサ。それはないと思います」

「なぜゆえに？」

「転移魔術というものは発動だけなら簡単ですが、魔術自体は難易度が高いからです」

フェンナの説明が理解できないリサだが、アルフィリースが補足する。

「えーっと、座標の指定が難しいのよね」

「ええ。特に転移先の指定を正確に行わないと、壁の中に転移してしまう可能性もありますから。シーカーの場合は各里を結ぶ転移専用の魔法陣を準備しているので、かなり略式かつ安全に転移ができますが、それでも日程や時間帯をある程度事前に通達して、双方で魔法陣を起動しておく必要があります。転移魔術が便利でありながら、戦争で利用されない理由ですね」

「それならばこの里を落とした戦力が、仮に全員転移魔術で飛んできたとしたら、どのくらいの魔術と労力が必要になると思う？」

ニアの質問はいつも実践向けだ。やはり軍人気質なのだろう。フェンナも真面目に答える。

「距離にもよりますし、起動時間や時節、月の運行によって必要な魔力量も変わります。もし、森の外周部で転送したとして、途中にある転移阻害の結界まで破ることも考えれば、人間の並の魔術士二千人がかりで半日作業でしょう。これは転移先から何も補助が無ければという仮定での、大雑把な数字ですが」

「となると、転移魔術は現実的な手段ではないと」

「理屈はわかりましたが、今その検証をしても仕方がないのでは？　とりあえず、最大限に警戒しながら里に入るとしましょう」

「退路の確保も必要ね」

リサとアルフィリースの言うこともっともだと一同は納得し、ここからは戦闘状態だと考えて進むことにする。そして、シーカーの里が見えてきた。

「皆さん、ここが私たちシーカーの里です」

視界が開けてくると、そこに広がる光景は一際幻想的だった。暗い森の中でこの集落だけに陽光が射しており、暖かな春が突然訪れたようだった。森の中は鬱屈とした空気は消え去り、里の植物は生命力に満ち溢れ、また彩りも鮮やかだった。

鳥は囀（さえず）り、小動物は踊るように跳ね回り、とても穏やかでのどかな風景が彼女たちを出迎えた。

大樹をそのまま住居にしているようだが、木をくりぬいたり、伸びる枝をうまくつなぎ合わせて家として使っていた。特に中心にある家は、大都市にある集合住宅とでもいうべき大樹を中心にして、ほぼ全ての家がつながっている集落。家によってはたわわに実をつけており、そのまま食用に使うのだろう。

「綺麗だわ」

「ええ。なんて幻想的なのかしら」

アルフィリースとミランダは美しさに魅かれ、警戒心も忘れたように、その集落に足を踏み入れていったが、リサが突如として小声ながらも鋭い声を上げて、全員を木陰に促す。

「！　皆、隠れて！」

「リサ、敵？」

「おそらく。感知上は人間が複数いるようですが、会話も拾ってみます。少々お待ちを」

一番外周部にある木陰に全員で身を潜め、リサが聴覚に集中する。耳には、退屈そうな兵士たちの会話が飛びこんできた。

「やることねぇな……この集落を占拠して何日経った？」

「面白いことの一つもありゃしねぇ。食い物には困らねぇけどよ」

「ダークエルフの娘でもいりゃ楽しめるのによ。あの体を見たか？　ありゃあ都会の高級娼館でも滅多に拝めねぇ。それがほとんど素っ裸でうろつくなんざ、いやらしい奴らだ」

「いやらしいのはお前の顔の方だ」

「「「ハッハハ……」」」

「でも全員どこに連れていったんだ？　一人か二人ぐらい残してくれてもいいだろうに」

「あの傭兵どもが半分くらい斬っちまったから、三十人もいねぇがな。本当はもう少し生け捕りにしたかったみたいだぜ？」

「雇った王子様も、まさかあいつらがあそこまで強いとは思わなかったろうな。実際俺たちはほとんど何もしてないしよ」

「そうだな。お前なんか、あの鎧兵士の後ろにずっといたしな」

「しょうがねぇだろ。あんな正確に飛んでくる矢と魔術の中、突撃なんて自殺行為だ」

「なのにあの傭兵ども、矢の雨と魔術をかいくぐりながら平然と斬りかかっていったよな……特にあの女傭兵を見たか？　戦いの最中に笑ってやがった。なんだっけ、あいつら。黒い鳶じゃなくて……」

「鷹だろ？」

「そうそう、それだ。なかなか美人かと思ったんだが、ありゃイカレてるな」

「ちげぇねぇ。化粧もケバかったから、結構年増だぜ？」

「おい、聞かれるぞ⁉」

一瞬全員が間をおく。

「……聞かれたら俺たちも殺されかねん。あんな強い連中と揉め事は勘弁だ」

「たしかにな」

「で、いつまで俺らはここにいりゃいいんだ？」

「さぁ？　なんだか王子様は焦ってたよな。俺らはなんのためにここにいるんだ？　そもそもこの任務の目的を知らされていねぇ」

「国には内緒の極秘任務だろ？　まだ肝心の成果は出てないってことか？」

「なんでも、何かの封印を探しているらしいぜ」

「そんなの魔術士がいないと無理だろ。宮廷魔術士を連れてきてねぇよな？」

「外に封印探索に行った連中は、当てもなく一日駆けずり回っているんだろうな。同情するぜ」

「傭兵の中に魔術士がいただろうが。あいつは封印とやらを探せないのか？」

「あのジジイは探索するのは依頼外だとか言って、バカみたいな値段ふっかけたらしいぜ。で、王子様が報酬をケチったんだろ？」

「そこでケチるなよ。どうせ期日が延びるごとに、傭兵に支払う金も増えるだろうが。単純な計算もできねぇのか、王子様は。たしか転送魔術とやらで、一人逃げたダークエルフがいたろ？　そいつが援軍を呼んできたらどうすんだ？」

「んなこと考えちゃいないだろうよ。封印のありかを知ってた族長夫婦は揃って自決したしな。自分がちゃんと検めないのが悪いくせに、地団駄踏んで悔しがった挙句、死体を蹴り飛ばしてたじゃねえか。まったく、とんだ馬鹿王子だぜ。ああいうのは絶対ロクな死に方はしねぇ」

「もうそれ以上言うのはよそうぜ。そんなのに仕えてる俺らが悲しくなってくらぁ」

「そうだな……」

兵士たちの会話が終わるとリサは集中をほどき、ゆっくりと目を開ける。

「リサ、どうだった？」

「……まず、言いにくいことから報告しましょうか」

アルフィの問いに、リサがきまり悪そうに答えた。

「フェンナ、あなたの父君、母君はどうやら自決なされたようです」

「……そうですか。それが封印を守るには一番確実でしょうし、覚悟はしていました」

フェンナは拳を強く握りしめ、こころなしか震えていた。

「フェンナ、大丈夫？」

「……大丈夫です、アルフィリースさん。報告を続けてください」

フェンナが強い眼差しでリサを促す。アルフィリースは知らずしらず、フェンナの肩を抱いてやった。そしてリサが頷き、続ける。

「どうやら敵はどこかの国の正規軍でしょう。私見ですが、可能性としてはクルムス公国が最も高いかと。国には内緒で隠密行動をしているようですが、率いているのは王族のようです」

「そいつはまずいね、国際問題に発展しかねないわ」

「いや、既に国際問題だ」

ミランダの疑問に、ニアが答える。

「どうして？」

「わからんか？　既にシーカーの王族であるフェンナが事情を知ってしまった。この場合、シーカーとはいえ正式な訴えを起こせば、報復行動は各国から支持される可能性が高い。特に獣人の国家にはいまだにエルフと親交がある国家もある。そういう国々は呼応する可能性があるな」

「クルムスの領土が欲しい、なんて欲望なんかも絡むでしょうね。西方諸国の情勢もきな臭いのに、中原まで怪しくなってきたわ。最悪、人間対獣人、なんて構図がまたできちゃうかも」

「報告を続けます」

唸るニアとミランダを尻目に、リサが続ける。

「死亡したシーカーは半数以上。生き残った者はどこかに連れ去られたようです。また敵の目的はシーカーの生け捕りと、封印の探索だったようです」

「そもそも、なぜ人間たちがシーカーの封印のことを知っているのでしょうか？」

フェンナが訝(いぶか)しむ。この里の封印は、当然ながら部外秘。シーカー以外に知りうるはずがなく、まだ誰も疑問に答えることはできない。

「それはわからないけど、封印ってのは持ち運びできる類のものかい？」

「一つはできます」

「複数あるの？」

「はい。もう一つは土地に括(くく)りつけてある封印なので、どうしようもありません。まだ外を探索しているということは、発見できてはいないようですが」

「なぜわかるのさ？」

「だって、封印は二つとも私の家の中にありますから」

フェンナが大きな木を指さす。

「……なんで気付かないんだろうね？　魔術士さえいれば、解除はともかく、媒体か魔術的根拠を探せばすぐに見つかるだろうに。そりゃあ罠があったり、巧妙に隠しているんだろうけどさ」

「兵士たちの話だと、指揮官の王子は相当ボンクラなようです。魔術士無しで封印を探索しているとか」

「それは正真正銘の馬鹿だな、魔術士なしの探索など、無意味だ。目印もなく、砂漠で水場を探すようなものだぞ。軍人として馬鹿な上官を持つほど苦しいことはない」

リサの言葉に、ニアが珍しくため息をつく。封印の探索を想定して攻め込んできたのなら、準備をしていないのは、たしかにボンクラ以外の何者でもないだろうと全員が思うのも無理はない。アルフィリースもため息をついた後、表情を引き締めた。

「リサ、敵の数は？」

「大きな家の中に五人、東の家に四人、北側の家に五人、集落には以上です。残りは外に探索に行っているようです」

「ここを急襲した連中がそのまま残っていると仮定すると、私たちだけでは危険ね。とりあえず封印の確認をできる限り穏便にやって、その後退却。御両親の遺骸を確認したいだろうけど、無理はしない。そういう方針でいきましょう。フェンナ、納得できる？」

「……はい、致し方ありません。今の私にとって優先すべきは封印の確認。その次に他の集落への連絡ですから。連れ去られた皆のことも気になりますし……」

唇を噛むフェンナの様子が痛々しい。明らかに無理をしているのが伝わってくる。

「フェンナ。絶対生き残って、やることをやったらちゃんと御両親と皆を埋葬しようね」

「アルフィリースさん……ありがとう」

フェンナがニコリとしたが、寂しげな笑い方だった。アルフィリースに限らず全員が、フェンナをこんな顔にした連中をまとめてぶっ飛ばしたい憤慨にかられたが、そうもいかない。一時の感情と命は交換できず、必要なのは冷静さである。アルフィリースは一つ深呼吸をして発言する。

「なにか襲撃に妙案がある人は？」

「アルフィの痺れ薬と、アタシの眠り薬で奇襲をかけよう。仕掛ける扉の位置から考えて、まずは北側の連中に仕掛ける。それから中央。気付かれなきゃあ東は無視でいいんじゃないか？」

「窓にガラスや簀子のような遮蔽物はないから、仕掛ける分にはやりやすいわね。そして封印の状態を確認し、速やかに撤収か。皆、それでいいわね？」

「「「了解」」」

作戦をまとめると、まずは全員で身を隠しながら北側に回り込む。目標は五人とも部屋の中にいたので、まずニアが扉をノックした。すると一人がぼやきながら出てきたので、素早くミランダが引きずり倒して、首を締め上げ昏倒させた。そして同時に、アルフィリースとフェンナで左右の窓から痺れ薬と眠り薬をたっぷり仕込んだダガーと矢を放つ。念のため後詰でニアが飛びこんだが、兵士たちはうめき声すら上げる暇もなく昏倒した。彼らはすっかり気を抜いていたのか、鎧すら装備していなかった。

次は中央の一団だが、これも同様に簡単に落とせた。敵は完全に緩み切っており、やはり普段着のままだった。今度は窓が一つしかなかったのでニアが突撃したが、悲鳴を上げる暇もなくニアがみぞおちを打って二人の兵士を悶絶させた。ニアの突入に応戦しようとした兵士二人の肩を、フェンナの痺れ矢が射貫く。ここも音を立てることなく、あっさり制圧した。せめて彼らが鎧をつけていたら、これほど簡単にはいかなかっただろう。

「上手くいったわ。フェンナ、急いで封印の確認を」

「はい」

アルフィリースに促されて、フェンナが上の階に向かう。ミランダが外の様子をちらりと覗(のぞ)いて周囲を警戒する。

「特に何事もなく終わるかな？」

「だといいけど」

「気を抜かないことだな。まだ東の連中は健在だ」

「ここでくしゃみとかベタベタな失敗はやめてくださいね、アルフィ？」

「さすがにしないわよ」

リサが軽口を叩くが、表情は気を抜いていない。しばらくして戻ってきたフェンナの手には、一冊の本があった。

「それが封印なの？」

「はい、こちらの封印は無事でした。ですが――」

「ですが？」

「もう一つの封印があまりよくない状態です。沢山シーカーの血を吸ったからかもしれませんが、封印がやや緩んでいます。どのみち私一人ではどうしようもありませんから、一度ここを離れ、他の里に援軍を呼ぶのが得策かと」

「了解したわ。皆、退却しましょう」

アルフィリースの号令でニアが外にでようと扉を開けたその時、ニアに当たる陽光を遮る影が出現した。

「ニアさん！」

「はっ⁉」

いち早く気付いたフェンナが叫ぶより早く、ニアが振り下ろされる大剣を跳んで転がり回って避け、部屋の中に戻った。剣の主は、入り口よりも大柄な全身鎧の兵士。兜(かぶと)のせいで顔は見えず、目の光すらも見えない不気味な兵士である。

「なんだこいつは？　どこから湧いた⁇」

「そんな馬鹿な、こんなにデカいくせにリサのセンサーに引っかかりませんでした！」

不審に思ったリサが、詳しく探ろうとさらに集中する。

「全身鎧ずくめ。これで足音も立てずに、よく動けるな」

「それはそうでしょう。こいつには中身がありません、鎧だけがふわふわと彷徨(さまよ)っているのです」

「どういうことだ？」

ニアがリサに尋ね、アルフィリースが答える。

「動く鎧(リビングアーマー)とかいうやつかな。魔術で動く使い魔のようなものだけど、同時に足音を消すような工夫も施されているのかも」

「こいつです！　この敵には魔術が効きませんでした！」

「なるほど、それは厄介ね……普通は魔術で倒す相手なのに、剣が通じればいいけど」

その鎧がメキメキという音と共に、扉を無理やり引っぺがして入ってこようとする。そして、その後ろにさらに二体の鎧が続いているのが見えた。

「こんな奴らとやりあう必要はない。動きは鈍重だし、無視するに限る！　皆、窓から逃げな」

ミランダをしんがりに、全員が窓から飛び出した。そして来たとおり、南側の森に脱出しようとしたその時、

「アンタたち、そんなに急がなくってもいいじゃないか？」

先頭を走るニアに、突然頭上から斬りかかる者がいた。ニアは横っ跳びであわてて躱（かわ）したが、進路を塞がれ足を止められてしまった。

そしてアルフィリースたちの行く手に立ち塞がる女。両手に曲刀を持ち、全身についた無数の傷を隠そうともせず、ほとんど肌が見えているやたら露出の高い格好をしていた。また髪は肩程度の長さに切りそろえてあるが、片方の目が隠れるほど前髪が長い。大柄ではないが、発する殺気のせいで，彼女の体が実際以上に大きく見える。

「これは厄介そうな奴だね。傭兵か？」

「リサ、接近に気付かなかったの？」

「いえ、気付いていましたが速すぎたのです。東の家からこちらに向かって動いたことにリサが気付いた時には、既にニアに斬りかかってきていました。獣よりもよほど速い」

敵の出現に、フェンナがぎゅっと書をかき抱く。それをちらりと見やって女剣士がニヤリと笑った。

「へぇ……それが封印ってやつなのかい？　やっぱりあのぼんくら貴族、外に行っただけイモ引いたね。だから中を探せと言ってやったのに」

「さぁ、どうかしら。これが封印なんて、一言も言ってないけど？」

ミランダがフェンナの代わりに答える。

「そんな大事そうに抱えておいて何を言うのさ。まぁ奪ってから考えりゃいいよな……と！」

会話を中断するようにニアが女に蹴りかかる。曲刀を持つ上半身を避け、下半身を狙う。女は避けるのではなく逆に打点をずらすように前に踏み込み、ニアの蹴りを足で受け止めた。そのまま曲刀の柄でニアの顔面を殴ろうとするが、ニアはそれをくぐるように躱し、次は肘を打ちこむ。

そこからは全員の目が追いつかないほど速い攻防だった。三回呼吸する攻防の後、ニアが自ら距離を取ると。見れば相手の女は無傷で、ニアはそこかしこから出血していた。獣人のニアが速度で後塵を拝したのだ。

「あらあら、ネコちゃんはそれなりにすばしっこいわね～首を落としそびれたわ」

「貴様こそ、なんだその出鱈目な速さは？　本当に人間か？」

「私が速い？　ぷっ、アハハハハ！」

女が大きな声で笑い始めた。どうやら、何かがかなりツボだったらしい。

「たしかにまあ団内ではそこそこ私も速い方だけどね……これくらいで驚くなんて可愛いのね、ネコちゃん⁉」

「なんだと⁉」

血相の変わるニアに、へらへらしてからかう女。明らかに女にはまだ余裕がある。

「で、時間稼ぎはもういいかい？　ベルノー！」

「充分じゃて、ドロシー」

「！　しまった！」

『炎の障壁（ファイアーウォール）』

魔術を詠唱する老人の声と共に、南への脱出路を完全に塞ぐように炎の壁が出現する。飛び越えられる高さはゆうに超えており、アルフィリースもミランダも、ニアと女傭兵の戦いに見入ったことを悔いたがもう遅い。

老いた魔術士ベルノーが何もないところから浮き出すように姿を現し、残念そうにアルフィリースたちを諭した。

「若いのぅ。おぬしたちはそのネコ娘を囮（おとり）にして脱出すべきじゃった。失敗じゃな」

「ち、じゃあ後ろに下がって――」

「……無理だと思います、ミランダ」

「逃がすんじゃないよ、ダンダ！」

「ゴフー！」

いつの間にか背後には手に大きな斧を持った、先ほどよりもひと回り大きな全身鎧ずくめの巨漢が仁王立ちしていた。だがリサも存在が意外なのか、驚いた表情をしたままだった。

「リサ、この巨漢も接近が速すぎたの？」

「いえ……リサのセンサー能力が上手く働いていない？　なぜ……」

「ワシが魔術で邪魔しておるからのう」

ベルノーがカッカと笑いながら答える。圧倒的に不利な状況の中、ミランダの判断は早かった。

「アルフィ、あの魔術士をやりな。そうすれば炎の壁も消えるはずだ。アタシは後ろを片づける」

「わかった！」

言うと同時に二人は斬りかかっていくが、老魔術士は残念そうにため息をついた。

「決断は早いが、作戦は相手の力量を見て立てることじゃ。センサーのお嬢さんがもう一人感知しておらんかったか？」

「？」

「お前の相手は俺だ」

ベルノーの何もない横から飛び出してきた黒い塊を、アルフィリースは咄嗟に剣で防ぐ。通常なら薙ぎ払うのだが、本能が守れと告げていた。ギィン、と鈍い音が響いたかと思うと、アルフィリースは奇妙な浮遊感を覚え、後ろに吹っ飛ばされて樹に叩きつけられていた。

「ぐっ⁉」

受け身をとる暇もなく、あまりの衝撃で呼吸ができないアルフィリース。が、それでも目線は反射的に自分に斬りつけてきた黒い塊に向けていた。視界に入った全身を黒い鎧に包んだ男は悠然と大剣を構えなおし、男は低い声でアルフィリースを称賛した。

「ほう、女だてらに俺の剣を受けきるとは」

「どうして追撃してこないの？」

「その必要はあるまい。お前と俺では力量に差がありすぎる。それがわかる程度には強いだろう？ここで引けば、無益な戦いも殺しも不要だ」

「馬鹿にしてるの⁉」

「そういうわけではないが」

やや憮然とした男に対し、アルフィリースにしては珍しく激昂(げっこう)した。完全に舐められたと思ったからだ。これほど屈辱的な扱いは、旅の中で初めてだった。アルフィリースは、元々それほど気が長くない。呪印を解放し、この男を吹き飛ばしてやろうかという考えが頭をよぎる。同時に、怒る以上にこのまま戦い続けるには危険な相手だと感じ取った。

追撃されなかったのは不可解だったが、相手の言う通り戦い続けるには不利な状況だった。

（初手でしくじった！　これだけ不利な状況に追い込まれてから、逆転できる相手じゃないわ。ニアもおそらく勝てないし、リサのセンサーは役立たず。フェンナは封印を抱いて固まっているし、ミランダも――）

アルフィリースが一縷の望みをかけたミランダも、先ほどから手一杯だった。

「こんのぉ！」

「グフー！」

凄まじい音をさせながらメイスと斧がぶつかり合う。信じられないが、オークをまとめて吹き飛ばすミランダの腕力と互角なだけでも驚きだが、技量はミランダが上のようだ。振り下ろされる斧を体をねじって躱し、がら空きの胴体にメイスを打ちこんだ。さしもの巨漢が後退するが、間髪をいれず何事もなかったのかのように突進してくる。

「なんだこいつ？」

ミランダが何発打っても結果は同じだった。鎧が変形するほどの打ち込みなのに、意に介していないかのごとく突進を繰り返す巨漢の戦士。それならばとミランダは顔面に打ち込んだが、頭を横に振った程度で前進を再開した。その拍子に兜がはずれ、その下の顔が露わになる。

「オークだって⁉」

「グフー！」

体躯から判断して巨人族ではないかとミランダは思っていたが、鎧の下の体は紛れもなくオークだった。明らかに標準的なオークより、二回りほど大きいが頬はほっそりとしている。おそらくは相当鍛えこんだ成果だろうが、オークが鍛錬をするなど聞いたこともなかった。それよりも、オークが人間と共闘している事自体が通常では考えられない。

「オークが人間に従ってるなんてね……アンタの隊長って、魔物使い？」

「ち、違う。オデ、自分の意志でた、隊長に従う。た、隊長強い。オデ、隊長に従う」

「まともにしゃべった？」

オークが人間に理解可能な言語をしゃべることなど、それこそミランダは聞いたことがなかった。そんな知性を持つオークはよほどの上位種にならないと存在しない。オークは変形した鎧を外しながら、ミランダに話しかける。ミランダの睨んだとおり、その上半身にオークに特有な脂肪は目立たず、まるで彫刻のモチーフになるほどの見事な体がそこにあった。

「お、お前……強い。つ、強い戦士、す、好き。もっとオデと、戦う！」

「ちっ、鍛えこんだオークはこうなるってか。これ、上位種よりも厄介なんじゃないの？」

「そ、それに、お前女！　お、女は……戦った後も、楽し、楽しみ二倍。強い女、ほど、負けた時イイか、顔する！」

　オークがニヤリと笑う。ミランダの背筋にぞわりとした悪寒が走った。

「アタシもアルフィのことは言えないね、化け物に求愛されるなんざ」

「い、行く、ぞ！」

　再び激しい打ち合いが始まった。あれでは他の手助けどころではない。

「気が逸（そ）れているぞ、女」

　再度隊長と見られる男がアルフィリースに突撃してきた。咄嗟にアルフィリースは剣と左腕の小手で大剣を防ごうとするが、受け切れるかどうかの確信があったわけではない。

　再びギン、と金属音が響き渡る。アルフィリースは剣ごと斬られたかと目を瞑ってしまったが、腕に重みがかかっていない。おそるおそる目を開けると、大剣を横から遮るもう一つの剣が見える。そして不意にどこかで聞いたような声がした。

「また会ったな、アルフィリース」

「ルイ、さん？」

　再度突撃してきた男の剣を防ぐべく咄嗟に剣と小手を差し出したアルフィリースだったが、男の剣は横から差し出された剣によって眼前で受け止められていた。衝撃でふわりとアルフィリースの髪が揺れ、ダーヴの町で出会った黒髪の女性剣士ルイが面白そうにアルフィリースをちらりと見やった。

第十四幕　ダルカスの森の惨劇

時は数日前に遡（さかのぼ）る。暴れないように手枷（かせ）足枷をされ、目隠しまでされたシーカーを連れ立って森の中を行進する兵士たち。彼らは口々にぼやいていた。

「なんで俺たちはこんなところにいるのかね。第三王子とはいえ、一応親衛隊だろ？」

「くじで決まったようなもんだ。第一王子か、第二王子がよかったよなぁ。あのアホ王子は宮廷じゃ相手にされてねぇじゃねぇか。なんだって急にやる気を出しやがった？」

「例の文官じゃないのか？　ほら、最近出世してきたっていう」

「あー、ここ二年くらいで宰相補佐になったって若い奴か。たしかにあいつが整えた保障制度で俺のおふくろは施療院に十分通えたけどよ。しかしなんでまたそこまで有能で出世したのに、あのアホ王子に親切にするかね？」

「さあな。でもあのアホに限らず、全員に親切だぜ？　俺もよく声をかけてもらうしな。気取らなくて感じが良い奴ではあるぞ」

「貴族なのに珍しいよな。俺たち平民を親衛隊に多く取り立てるように進言したのも、そいつだろ？　宰相が病に倒れたせいで、実質宰相と同じ扱いだそうじゃないか」

「でもちょっと痩せすぎだよなぁ。質素倹約しているらしいが、仕事で倒れない程度にはまともなものを食ってほしいぜ」

「誰も飯を食べているところを見たことがねぇらしいぜ。噂じゃ、吸血鬼（ヴァンパイア）か屍食鬼（グール）なんじゃないかって」

「よしてくれ、怖い話は苦手なんだ」

「まだかよー」

「……いや、ここで終点だ……」

兵士たちが声の方を振り向くと、そこには十歳程の子どもが立っていた。黒い髪に黒い瞳、なかなかに整った顔立ちだが表情に乏しく、とても冷たく幽鬼のようだった。いつの間にここに現れたのか、どうしてこんな森の中に一人で佇んでいるのか。そんな兵士たちの疑問をよそに、子どもはゆっくり彼らに歩み寄った。

「……たしかにシーカー……状態も良い……これなら合格だろうな……」

「おい、ガキ！　どうしてこんなところにいやがる⁉」

「……ここまでご苦労……お前たちは用済みだ……」

少年の肩を掴もうとした兵士の手が少年の体を通り抜け、埋まっていた。兵士には痛みもなにもないが、引き抜くこともできない。それどころか、少年に向かって沈んでいくではないか。

「お、おい！　どうなってんだ、これ！」

「おいガキ！　やめねぇか！」

たまりかねた兵士の一人が、ついに槍（やり）で少年の体を突き放そうとして、その柄が少年の胸に沈んだ。

「おい、殺す奴があるか！」

「ば、馬鹿言え！　小突いて脅そうとしただけだ！」

兵士の動揺をよそに、槍が胸を貫いているのに、少年にはまったく動じた様子がない。それどころか、傷口から血すら流れないのだ。さらには、兵士を引きずったままシーカーの物色を続けている。

「……うん、合格だ……君もそう思うだろ、ドゥーム？　……」

「そうだねぇ。美人がいっぱいだし、これなら長い間楽しめそうだよ。ライフレス。アノーマリーが一匹くらい譲ってくれないかな？」

「……どうせ拷問して殺すんだろ？　……」

「失礼な！　悲惨な死に方をさせると土地の汚染に使えるし、同時に自分も楽しんで、死んでからは悪霊として僕の仲間入りだよ？　一つも無駄なところなんてないんだからね！　命だいじに！」

「……意味が違うんじゃないのか？　……」

「それより、君こそその埋まっている雑魚をどうするのさ？　そのままじゃ窒息するよ？」

「……忘れてた……回収を頼まれていたわけでもないし……殺すか……」

「じゃあ僕がもらうね？」

ドゥームが兵士を引き抜こうとして、その体が千切れた。悲鳴を上げる兵士たちに、ちょっと残念そうなドゥーム。

「げっ！　脆いなぁ。これじゃあ直接遊ぶのは難しいし、さて……そうだ、君たちさぁ、ちょっと殺し合ってくれる？」

くるりと振り返ったドゥームが、まるで晩御飯の献立を聞くかのような気軽さで、兵士たちの顔を覗き込むように質問する。

「最後の一人は生かしてあげるよ。どう、これなら希望があるでしょ？」

「な……ふざけ」

反論しようとした兵士がいたが、ドゥームが指をパチンと鳴らすと、地面から突き出た赤黒い槍に尻から串刺しにされて絶命した。ドゥームは指を横に振って、不機嫌な顔をする。

「ノンノン、質問も異論も面倒だから認めないよ。君たちの命は僕の指先よりも軽い。理解したらさっそくはじめたまえ。僕の機嫌が良いうちにね。大丈夫だよ、隣に立ってる友達を数人殺したら助かるんだから。簡単でしょ？　じゃあ皆、用意はいいかな？」

その声を合図に、恐怖に濁っていた兵士たちの眼が血走り始める。もはや彼らに選択肢は用意されていないことを悟ったのか、一人が剣を抜いて隣の兵士に向き直った。

「お、俺には生まれたばかりの子どもがいるんだ！　こんなところじゃ死ねねぇ！　お前、この前奥さんが出ていったんだろ？　俺のために死んでくれよ!?」

「馬鹿言え！　俺だって年老いた母親を一人で世話しないといけないんだ！　こんなところで死ねるか！」

殺されまいともう一人の兵士も抜剣する。それをきっかけとして、全員が武器を手に取り、先ほどまで愚痴を言い合っていた同じ親衛隊の仲間に向き直った。ドゥームが満面の笑顔で拍手する。

「いやー、全員参加なんて僕、感動！　じゃあ、よーい……ぱん！」

ドゥームが手を叩くと同時に森の中が阿鼻叫喚（あびきょうかん）の渦に包まれた。同じ部隊の兵士同士が歯を剥（む）いて剣を相手に突き立て、血飛沫（しぶき）が飛び交う悲惨な光景を、シーカーたちはなすすべもなく見守っていた。

そしてしばらくの後。辺り一面が赤で塗りつぶされた森の中に、兵士が一人だけ生き残っていた。剣を地面に刺し、支えにして言葉もなく肩で息をしている。その様子を見てドゥームがパチパチと拍手をした。

「いやー、おめでとう。キミが勝者です！　そうだ、君にはご褒美をあげないとね！」

ドゥームがパチン！　と指を鳴らすと、周りから囁（ささや）き声のようなものが聞こえ始めた。声は徐々に大きくなり、生き残った兵士も気付いて顔を上げる。その目の前で、ドゥームは口の端を吊り上げるように笑っていた。

「やっぱり友達って一緒じゃないといけないよね。僕は親切だから取り計らってあげるよ、君たちが永遠に一緒にいられるようにね」

兵士はドゥームの言葉の意味を掴みかねたが、周囲の囁き声がだんだんと明瞭な意味をなし始めると、その意味がわかってきた。

（どうして殺した……故郷に帰ったら結婚する予定だったのに……）

（お前が新米の頃からかわいがってやったのに……）

（俺たち同期じゃないか……一緒につらい訓練を乗り越えたろ……？）

（どうして俺を殺したんですか？　先輩……）

（ごめんな、父ちゃん帰れないよ……）

「う、うわ、うわぁ！　なんだ、これは！」

「どう、君に死んだ友達の声が聞こえるようにしてあげたよ？　彼らは一生君の傍にいてくれるから、これでもう寂しくないよね⁉」

「冗談じゃない！　この野郎！」

　生き残った兵士は喚（わめ）き散らしながら剣を振り回しドゥームに襲い掛かったが、地面から突き出た赤黒い槍に串刺しにされて死んだ。

　ドゥームは肩を竦（すく）めて呆れ、はやにえのようになった兵士の死体を眺めていた。

「生かしてやるって言ったのに、自分から死にに来るなんて馬鹿だなぁ」

「……どうせ発狂しただろう……人間は弱い……」

「それは元人間としての感想かい、『王様』？」

「貴様、死にたいのか？」

　ドゥームの言葉に反応し、ライフレスの口調が変わる。同時に溢れんばかりの殺気を発し、ドゥームが飛び退いた。

「あー、噂は本当だったか～。歴史に名前を残すほどの人物とご一緒できて光栄ですよ、と」

「貴様、どこでそれを？」

「何人かは知っているようだよ？　僕の情報網は別だけど。死人に口無しとは言うけど、死人だってしゃべるんだよね」

「ふん、そうか。貴様は悪霊統括者（レイスマスター）だったな。死人に聞いたか」

「まぁそんなところ。それより殺気を抑えなよ、感知されるぜ？」

ドゥームの言葉に、再度魔力と殺気を抑えるライフレス。

「……貴様も一部人間だと聞いたが……憐憫（れんびん）の情はないのか？　……」

「四分の一ほどはね。それが人間をどれほど殺しても、まったくなんとも思わなくてねぇ。ただ感情が複雑な人間は面白くって、人間の数だけ絶望は存在しているし、壊れ方も微妙に違うしさ。その違いがなぜ起こるか検証するのは楽しいんだよ？　そうこうしているうちに、僕も人間らしくなれるかなって」

「……微塵もそんなことを思っていないくせに……お前は人を壊して楽しんでいるだけだ……あるいは悪霊と化した人間を取り込んで自らの力にしているのだろう……」

「あっは！　ばれちゃった？　魔道王ライフレス君は鋭いなぁ」

「……なんだ、その『魔道王』ってのは……」

「別の呼び名で呼ぶかい？　でもそれだと君の本名がすぐにばれちゃうだろう？　君、ちょっと有名すぎるんだよ」

「……なるほど、気遣いなわけか……まぁ好きに呼ぶといいさ……」

ドゥームの賞賛になど心底興味がないのか、ライフレスはシーカーの品質確認を続けていた。その隣でシーカーたちを思い出したように手を叩き、ドゥームが明るく手を合わせて謝った。

「ごめんねぇ、びっくりしたよね？　でも安心してね、次は君たちの番だから。やっぱりこういうのは、順番だもんね？」

そのセリフを聞いたシーカーたちは固まり、眼に涙を浮かべて首を横に振り、助けを請うばかりである。そんなシーカーたちの様子を無視して、さらにドゥームは続けた。

「そんなに喜ばなくても！　あ、これから君たちを扱うアノーマリーっていう仲間のセンスは僕なんかじゃとても追いつかなくてね。今から君たちの身に起こることは、こんな光景がそれこそ子どもだましに思えるくらいそりゃもうすっごいから。

アノーマリーって、君たちが生きているとか、感情があるとか認識しないんだ。君たちだって食用家畜が死んでも悲しくないだろ？　それと同じで、泣き叫んでもうるさいなぁ、くらいにしか思われない。それに絶妙なところで死なせてくれないから、さっさと殺す僕やライフレスの方がよっぽど優しいよ。ま、本人もいたぶられるのが快感だっていう極上の変態だからね、話は通じないと思った方がいい……次に目が覚めた時にはわかるさ。それじゃあ素敵な悪夢を、アハハハハ……」

声にならない言葉を発しようとするシーカーたちに向けて大笑いしながら、ドゥームの一部が黒い靄に変化したかと思うと、シーカーたちは全員意識を失った。

第十五幕　強敵

そして時は、現在のダルカスの森。自らの剣を止めたルイを男が睨みつけた。

「なんのつもりだ、ルイ？」

「ヴァルサスからの伝令だぞ、ゼルヴァー。『全員、現在の依頼を中断してでも、西の都サードイドに緊急集合』だ、そうだ。この依頼の期限は過ぎているだろう？　いつまで遊んでいるつもりだ」

「……ち、一日毎に出る延長料金が上々だったのだがな。全員戦闘停止だ」

ゼルヴァーが大剣を収める。それを見てドロシー、ベルノー、ダンダ、そしてルイも剣を収める。

「レクサス、お前もだ」

「へーい」

リサはぎょっとした。自分のすぐ背後から声がしたのだ。嫌な汗がリサの背中を流れる。

「いつの間に……」

「んー？　君が一番後ろに下がった時から」

「そ、そんな……」

数呼吸も自分の背後にレクサスがいたことになる。背後で木の葉が落ちる衝撃すら感知できる自分が気付かないとは、リサには衝撃だった。

そんなリサの頭を、レクサスはぐりぐりと撫でる。

「そんな顔しなくてもいいさ。言っとくけど、それなりの腕前の暗殺者だったらこれくらい皆やるよ？　だってセンサーに気取られるようじゃ、彼らの商売あがったりだからね。お嬢ちゃんはセンサーとしてまだ甘いし、自分の能力を過信しない方がいい。まだ波状に広がるセンサーしか使えないんだろ？　タイミングさえわかれば容易く対策できるし、世の中にはセンサーの能力を潰せる魔術士やセンサーもいるんだ。ベルノーが特別ってわけじゃない。覚えておくといい」

「……」

リサは悔しそうに歯がみした。その一方でゼルヴァーたちは、既にアルフィリースたちに興味を失くしたようにルイと語り始めた。

「ルイ、お前が伝令役とはな。面倒くさがりのお前がどういう風の吹きまわしだ？」

「別に。たまたまさ」

「たまたまでこんな深い森の中まで来るか？」

「もー、姐さんたらー。素直にヴァルサスさんが苦手だって言いましょうよ!? 早く合流して長く一緒にいるのが息苦しかったんでしょ？」

バキッ、というなにかが砕けたような音と共に、レクサスが吹っ飛んだ。

「たまたまだ」

「う、うむ」

ルイの冷たい目線に、ゼルヴァーが無理やり頷いた。そして、一つ咳払いをすると、ゼルヴァーがルイに質問をする。

「で、何があった？ 依頼を中断してまでの召集となると。ただ事ではあるまい」

「四番隊が全滅したそうだ」

「ヴィラトの隊が!?」

「ゲルゲダの五番隊だったら、気に病む必要もなかったんだがな。むしろ死んでくれればせいせいしていた。だがヴィラトの隊が潰れたとなると、少し事情は違う」

「そうだな、奴は我々の中でも一番慎重だったからな……それが全滅とは」

ゼルヴァーの仲間も、この情報には全員が驚いていた。

「誰がやった？」

「どこぞの魔王だそうだ。しかも相当強力で、伝説の大魔王級なのじゃないかとの噂もある」

「それでも、ヴァルサスは掟（おきて）通りに報復をするということだな？」

「そうだ。ワタシたちの唯一といってもいい掟だろう？」

「では全ての部隊が集合するな」

「さらに昔引退した連中まで召集するらしい。呼び出すにも人手が足りないから、ワタシまでがこんな真似をしている」

「なるほど、腕が鳴るな。団長の本気も久しぶりに見れるかもしれない」

「ああ、それは同意見だな」

ルイとゼルヴァーがニヤリと笑う。それを合図に、他の連中も一斉に楽しそうに口の端を上げた。彼らがまぎれもなく自信に満ち溢れた戦闘狂である証だった。

ようやく一息ついたミランダだが、ルイとレクサスが揃いのコートを着ていることに気付いた。

「黒いコートに、金の刺繍（ししゅう）の鷹……アンタたち、まさか『ヴァルサス率いる黒い鷹の傭兵隊（ヴァンダル＝ヴァルサス＝ブラックホーク）』？」

「そういえば、兵士たちも話していましたね。大陸最強の傭兵団の方々ですか？」

リサの言葉に反応する傭兵たち。

「大陸最強かどうかは知らないが、たしかに俺たちはヴァンダル＝ヴァルサス＝ブラックホークだ。俺はの三番隊隊長ゼルヴァーという」

「残念ながら副隊長と残り半分はここにいないけどね。私が副隊長代行のドロシー。んでそこのオークがダンダ、魔術士の爺さんがベルノー。んでそこの無愛想な女が――」

「二番隊隊長のルイ姐さん。んで、俺が副隊長のレクサス。っていっても、二番隊は俺たち二人だけですけど」

「……死神レクサスとその隊長、それに三番隊の半数……アタシたちが生きていることは奇跡かもしれないね」

ミランダが安堵したようにため息をついて後ろに寝転がった。件の傭兵団とここで出会うとは思ってもいなかった。しかも隊長二人と同時に出会うとは。

『狂獣』の二つ名をとるヴァルサスが全体を率いるとき、五十人程度の傭兵団が一個師団に相当する力を発揮し、竜も裸足で逃げると例えられるほどの戦闘力を誇る傭兵団。竜は元々裸足だろう！というツッコミはさておき。団長のヴァルサスが単独で魔王狩りをしたり、面倒だからと勇者申請を断っていると専ら評判だ。ミランダが寝ころびながら肘をついて、ゼルヴァーに質問した。

「とりあえず、もう戦う気が無いってことでいいかい？」

「ああ、『緊急集合』は全てに優先される。現在の依頼を投げだすことになったとしてもな。この傭兵団における唯一の掟のようなものだ」

「だそうだ、アルフィ。助かったね」

「うん……あの！」

ミランダがゼルヴァーに確認を取ったが、アルフィリースの表情はすっきりしない。ニアもやられっぱなしで苛立ちが抑えられないようだ。アルフィリースはそれでもルイに一礼した。

「ルイさん、ありがとうございました。助けていただいた形になって」

「別にお前を助けたわけではない」

ルイの返事はあくまで素っ気ない。アルフィリースの戸惑う様子が多少かわいそうと思ったのか、ルイの方から言葉をつなぐ。

「それに、打ちこんでいたら死んだのは案外ゼルヴァーの方かもな」

「そんなこと！」

「ちょっと、ルイ！　いくらアンタでも聞き捨てならないよ⁉」

「まあまあ、抑えてドロシー」

ルイに食ってかかるドロシーを後ろから押さえるレクサス。いつの間に後ろに回り込んだのか。軽い言動とは裏腹に、まったく油断がならない男である。

「ド、ドロシー。短気、だ、ダメ」

「オークのお前にゃ言われたくないよ、ダンダ！」

「怒ると、し、シワが増える、と、聞いた……」

「こいつっ！」

「ほっほっほ。ダンダの勝ちじゃわ、ドロシー。それに実力でもルイとおぬしでは雲泥の差じゃよ」

「んだとぅ？　なら、ここで決着つけるだか⁉」

「訛りが出てるぞ、ドロシー。頭を冷やせ」

ゼルヴァーの言葉にドロシーが顔を赤くしたのは、怒りなのか照れなのか。さっきまで戦っていた相手とは思えないほど、彼らは和気あいあいとしている。さっきまでは全員が死神のようにアルフィリースには見えたのだが。これが大陸最強の傭兵団かと、アルフィリースは彼らの様子をじっと観察していた。

そんなきりのない言い争いともじゃれつきともとれない騒ぎを、ゼルヴァーが制する。

「いつまで馬鹿をやっている。雇い主が帰ってきて面倒になる前に行くぞ」

「そうだな。だが、雇い主に一言詫びなくていいのか？」

「ギルド経由の方がよかろう。我々のギルド内での立場は時に王族由来の依頼すら断る権力を有するが、今回の雇い主にまともな話が通じるかどうかは難しいところだ。今のうちに去った方がいい」

「なるほどな。ならばさっさと行くか」

「ちょっと遅かったようじゃぞ。噂をすれば、ほれ」

ベルノーが指差す方向に、三十人くらいの兵士と、先頭にやたら派手な格好をしたこの森に似つかわしくない人間が見えた。焦点がいまいち定まらない目つきに、小男かつ肥満体型であり、威厳とはまるで無関係だった。

「なんだありゃあ？　頭の悪そうな奴だね」

「言うねぇ、シスター。だけどあれが依頼主の王子様なんだよ。金払いはよかったけど、面見た途端やめりゃよかったってダンダが真っ先に言ったもんね」

「お、王家、という、より、道化」

「上手いこと言うじゃない。たしかにそこのオークの方が頭が回りそうだ」

「む、そなたらは何者じゃ？　何をしておる？　わしらの味方か？」

聞くまでもないことだった。そこらじゅうがベルノーの魔術で焼けているし、どう見ても戦っていた痕跡がある。しかも隠密行動している王子に対して、援軍が来るわけもない。フェンナとてシーカーの外見を隠していない。兵士たちがうんざりするのも納得だとリサは同意した。

そんな相手でも、出会ったからには一言もなく去るわけにはいかない。ゼルヴァーは律義に告げた。

「雇い主よ！　すまんが俺たちはここで抜ける。緊急の用件が入ったのでな。追加報酬はいただかなくて結構だ！」

「何!?　そんなことをこの第三王子たるムスターが認めると思うのか？　貴様は頭が足りんのか？」

いや、頭が足りないのはどっちだよと言う顔をブラックホークの面々やアルフィリースたちだけでなく、王子側の兵士もした。せっかくゼルヴァーが気を使って身分を伏せたのに、王子は自分から名乗ってしまった。隠密行動の意味がまったくなくなったのだ。ルイがゼルヴァーの脇を突く。

「ゼルヴァー、もう無視しろ。ワタシは巻き込まれたくない」

「……ああ、あそこまで馬鹿だとは思わなかった。すまん、ルイ。もう行こう。しばらくこの国には来れんな」

「アルフィ。面倒なことになる前に、アタシたちもずらからない？　封印に気付かれないうちにさ」

「ミランダもそう思う？　私もそういう気がしてきた……」

アルフィリースたちもブラックホークの面々も、ムスターなる雇い主の愚かさに全員が呆れていた。そんな中、この光景を空から見守る者たちがいた。

「あれー？　ドゥーム、なにしてるの？」

「いやいや、君こそ。アノーマリー」

ダルカスの森の上空、アルフィリースたちが生死を賭けて戦っていたその真上で、ふわふわと浮遊の魔術で浮かびながら交わされる、のんびりとした調子の会話。

一人は半身を黒い靄に変化させたドゥーム。そしてもう一人は、老人のような姿に子どもの声色をしたアノーマリーと呼ばれた。アノーマリーは目、口、鼻があらぬところについており、見た目からして人間とはかけ離れていた、子どもが描いたできそこないのような顔の造りである。

左目だけが下の方、しかも斜めについていた。鼻は大きくゆがみ、半ば腐り落ちている。口は大きく横に歪み、唇はめくれ上がり、顎が割れ、髪は右側だけにちぢれた毛が残っているが、左側は全面禿げあがっていた。しかもひどい吹き出物が出ていて、ところどころ膿が漏れているせいで臭いもひどく、ドゥームもたまに鼻をつまんでいた。

とても直視に耐えられるものではなく、見るだけで嫌悪感をもよおす姿だったが、声色は明るくお調子者だ。その彼らが上空から一連の戦いの様子を観察していたのだった。もちろん見つからないように、魔術で姿を隠し、声も一定空間から出ないように防音の魔術を敷いている。

互いにここで出会ったのは意外なようだ。

「アノーマリーが研究が忙しくて動けないって聞いたから、代わりに素材の調達に来たのにさ。君が工房の外にいるってことは、無断外出でしょ？　いいのかな？」

「またそんなこと言って、どうせ遊びたいだけでしょ。ボクは素材調達のためなら、ある程度自由は許可されているんだよ。送ってもらったシーカーで実験し飽きちゃったから、こっちを見にきたのさ。しっかしシーカーっていってもダメだねぇ、どこが誇り高い民族なんだか。エルフと大差なかったよ」

「何をやったのさ」

ドゥームは疑問を投げかける。

「素材としては充分な数をもらったおかげで三人女の子が余ったから、玩具として色々遊んでみたんだけどさ。一人を他の二人の目の前で壊したのね。それで『次はどっちがいい？』って聞いたら『自分は嫌だ、隣の奴にしろって』罵り合いを始めちゃってさ。それじゃ人間と変わりないじゃん？　なんか興味なくなっちゃったから、オークとゴブリンにくれてやった。今頃楽しんでるんじゃない？」

「いや、君の壊し方を見たら、普通はそうなると思うよ？　だって、意識を保ったままどこまで解剖できるか、なんて普通はやらないよ」

「えー？　今回は軽めにやったつもりなのにな。それを言うならそっちだって酷いでしょ？　鼠に狂化をかけて、その穴蔵に人間を放り込んで蓋をするとかさ」

「ええ～？　それ、言っちゃう？」

「……お前たち……目糞鼻糞を笑うという諺を知っているか？　……」

さらに頭上からライフレスが姿を現した。呆れたように二人に諭したが、二人はライフレスの言葉に反発した。

「知ってるけどさ、それはさすがに失礼じゃない？　それに、そんなことを言うとさぁ……」

「ねぇ、どっち？　どっちが鼻糞なの⁉　もっと言って！」

目をきらきらとさせて罵倒も要求するアノーマリーに、ドゥームがお手上げとでもいうように両手を挙げた。一度火が付くとアノーマリーは止まらない。ライフレスは無表情を崩さなかったが、さすがにげんなりとしたようだ。

「ね？　だから言ったでしょ？　アノーマリーってば、僕らの仲間の中でも最高、いや、最低の変態なんだからさ」

「……すまなかった……先ほどの発言は忘れてくれ……」

「そうはいかないよ！　どっちが馬糞なのかはっきりしてくれよ！」

「そんなこと言われてないよ！　それより、何しに来たのさライフレス。僕たちにツッコむために来たわけじゃないだろう？」

「……そうだった……彼をね、連れてきたんだ……」

そう言ってライフレスはドゥームとアノーマリーの背後に浮かんでいる人物を指差した。その気配に気付かなかった二人が、がばっと背後を振り返り警戒する。

背後に立つ人物は金の長髪を揺らしながらとても丁寧にお辞儀をして、彼らに挨拶をした。

「これはこれはお久しぶりです、同志たちよ。貴方がたのやりとりが面白くて、つい聞き入ってしまいました」

「――気配を感じなかったよ？　趣味が悪いんじゃない？」

「大人しいのも結構だけど、声くらいかけてほしいものだね」

「名は体を表す、と言うでしょう？　貴方がたと違い、私は静かなことを好みますゆえ」

「それさぁ、喧嘩を売ってるの？」

ドゥームがぴり、と殺気立つ。そのドゥームを制して、ライフレスが前に出た。

「……よせ、ここには仕事で来たんだぞサイレンス……」

「――そうでしたね、すみません。つい」

（つい、で殺し合いになりかけたよね。見た目と違って危ない奴）

アノーマリーが危惧した相手は腰の剣に既に手をかけていた。彼はサイレンスと名乗り、アノーマリーとは対照的に凄まじい美男子だ。金の流れるような長髪を腰のあたりで一つに束ねており、睫毛が長く、少し切れ目の中性的な顔立ちだ。女装すれば絶世の美女で通じるだろうし、アノーマリーたちと同じように黒いローブに身をくるんではいるが、気品すら漂わせてる。

サイレンスはここに来た理由を説明し始めた。

「この依頼には、私の作品も投入していまして。その成果を確かめに来たのです」

「ああ、あの魔術が効かない鎧兵士ね。カーバンクルだっけ？」

「ええ、その通りです。貴方がたは？」

「僕は素材調達だよ。死人が多く出るって聞いたものでね。それに次の汚染地域のことも考えていてね。この地域って兄弟子様担当だったでしょ？　だから汚染を手掛けていなかったんだけど、計画が進むのなら手を下す必要もないかなぁって」

「……私はアノーマリーに追加の素材を届けるために、再度出向いた……一番素材になりそうな王とその妻は人間の不手際で殺してしまったし……やはり素材なら魔力が高い方が良さそうなものでね……逃げていた王女が戻ってきたそうじゃないか……その確認さ……」

「ボクは単純にシーカーの封印さ。南の天然素材の魔王だそうだけど、どんなものか気になってね」

ドゥーム、ライフレス、アノーマリーが順番に答えた。その答えを待って、サイレンスが頷く。

「なるほど。では我々の目的を同時に達成するとしましょう」

「どうやるのさ？」

「あー、そうか。カーバンクルって、たしか魔術を無効化したり結界に穴を開けてすり抜けるだけじゃなくて、封印解除もできるんだよね？　シーカーの封印を解除する気？」

「はい、それが手っ取り早いでしょう？　封印の解除もできる。結果として素材に使えればよし、シーカーの王女の実力も確認できるでしょう」

「……なるほど、一石三鳥か……ではやってもらおうか？　……」

ライフレスの言葉に、下を指さすサイレンス。

「いえね、実はもう始めているんですよ。もうすぐ下が面白いことになりますよ？」

「早っ！　一言くらい声をかけなよ。面白そうな戦いなのに、混じり損ねたじゃないか～」

「貴方が混じったらやりすぎるから台無しになるだけですよ。だから無断で仕掛けたのです。私、こう見えてせっかちですから」

（やっぱり危ない奴だな。紅顔の下にどんな本性を隠しているのやら）

アノーマリーが探るような視線をサイレンスに送ったが、サイレンスは爽やかな笑顔で彼らと下で繰り広げられる光景を見つめていた。

第十六幕　解ける封印

ヒュンッ！　という風きり音と共に、アルフィリースたちを取り巻く状況が変わった。フェンナが問答無用でムスター王子に矢を射かけたのである。矢は王子の足元を射抜き、矢の尾がフェンナの怒りを表すように震えていた。その行為に王子は激怒する。

「クルムス公国第三王子たるワシに向かってなんのつもりだ、ダークエルフ！」

「黙れ！　質問は私がします！」

「こやつ！」

「動くなっ!!」

王子を取り巻く兵が色めき立つが、フェンナが普段からは想像できない大声で一喝する。あまりの気迫に兵士たちだけでなく、アルフィリースたちまでも身が竦（すく）んだ。

「王子と私の距離はおよそ五十歩。この距離だと、私程度の腕前では一撃で王子にとどめを刺せず、苦しませてしまうかもしれません。無用な苦しみを味わいたくなければ、速やかな返答を。質問、沈黙は許しません」

「ダークエルフ風情がふざけ――」

ムスターが何事かを言いかけて、再度の風切り音と共に、なにかがぽとりと王子から落ちた。

「は……は、はぁぁ!? わ、わ、ワシの耳が！」

「すみません、手元が狂ってしまいました」

王子が耳を押さえてうずくまり、フェンナは無感動な一言を投げかけた。

「言ったはずです、私程度の腕前では王子にとどめはさせない、と。次は手元がくるって膝を射抜くかもしれません。次は肩。次は腿。とても軽く私の手元は狂うので、ご注意ください。理解できますか、私の言っていることが？」

フェンナの青の眼が深い海のように暗い輝きを帯びた。ここ何日か一緒にいたが、アルフィリースたちはフェンナが大人しくて引っ込み思案な性格だとばかり思っていた。だが普段はそうでも、一族の仇（かたき）を目の前にして黙っているほど大人しい性格ではなかったのだ。そして仇を目の前にして今や我慢の限界を越えたのか、フェンナは鬼気迫る表情で王子を見据えている。

「速やかに答えるかどうか、返答はいかに？　私としては、答えなくても一向に構いませんが」

「わ、わかった！　なんでも答える!!」

王子は反抗する気力をすっかりなくしたようで、「撃たないでくれ」と懇願して狼狽（うろた）える姿があまりにも滑稽で、無様だと思ったのは彼の周囲にいる兵士たちの表情を見ても明らかだった。兵士たちは彼を助けようとも反撃の隙を窺おうとするでもなく、ただその惨めな姿を眺めていた。

そんな周囲の様子も手伝ってか、酷薄な目をしたフェンナが王子に質問する。

「まず、私の里の者をどこへやりました？　全員が死んだわけではないようですが」

「そ、それは知らない」

ガッ、という鈍い音がした。王子の返答と共に、フェンナの矢が王子の膝を射抜いたのだ。一瞬何が起こったかわからない王子は、自分の膝を確認するとともに悲鳴を上げる。

「ぎゃああ！」

「また手元が狂いました。その嘘をつく口から射抜いておけばよかったようですね？」

「ほ、本当に知らないんだぁ……ワシは何人か生かして捕えろと頼まれただけで……あとは赤い紐を目印に、兵士たちに預けて連れ出しただけだぁ……」

「誰がそう頼んだのです？」

フェンナが次の矢を番え、さらに弓を引き絞る。

「数年前にワシの近侍になった者だ！　今では宰相補佐にまで出世した！」

「名は？」

「ゼルバドス。そう、ゼルバドスだ」

ゼルバドス。その名前をフェンナは口の中で刻み込むように呟くと、さらに質問を続ける。

「私の里を襲うように言ったのもその男ですか？」

「いや、その男はこの里の秘術を教えてくれただけだ……」

その答えにフェンナは疑問を覚える。なぜシーカーの秘術を、外の、しかも人間が知っているのか。

「そのゼルバドスとやらは、シーカーの秘術をなんの秘術だと？」

「錬金の秘術だと聞いた。お前たちダークエルフは、錬金術で金を好きなだけ作れるのだろう？ なら財政難であえぐ我が国でなら、もっと有効活用できると思ったんだ」

王子の答えに、フェンナがふるふると首を横に振った。

「そんな馬鹿な……そんなことはありえません」

「な、なんだと!?」

「考えてもごらんなさい。どうして金は貴重なのです？」

「それはキラキラしてきれいだから……高く売れるだろう？」

その答えに、フェンナは呆れ果てた。

「……どうやら貴方は何も知らないようですね。いいですか、光るだけなら他の金属でもよいのです。美しいだけなら金より余程綺麗な宝石は多数存在しますし、何が美しいかは個々の価値感によっても違います。その中で金が希少価値を持つのは錆びることのない永久不滅の象徴として扱われることと、絶対量が少ないゆえなのです。もし錬金術などが存在し、金が自由に産出されればその価値は相対的に下がってしまう。それゆえ錬金術で自由に金を作りだせたとしても、無意味なのです。他の里と交易を持たない我々シーカーでもそのくらいは知っています。どうして王子たるあなたが、そんなことを知らないのです？」

「な、なんだと？」

王子は心底意外そうな顔をした。フェンナはさらに言葉で追い打ちをかける。

「そんなことにも気が付かないとは……しかも人に言われるままに兵を繰り出して争いをするなど、このような愚か者、馬鹿者のために私の家族は……友人は……」

フェンナが俯いて唇を噛みしめている。が、

「ワシが馬鹿だと⁉　ふざけるな！　ワシは馬鹿などではない！」

王子が突然激昂した。フェンナが流れる涙も隠さず吠え返す。

「貴方が馬鹿でなくてなんなのだ⁉　私欲のために兵を出し、他の者を死に追いやるなど為政者のすることではない！」

「私欲ではない！　ワシは我が国の民のため、よかれと思ってやったのだ！　金があれば財政難にあえぐ我々の国は助かると思ったのだ！」

「そのためなら私の仲間は死んでも良いのか！」

フェンナがいっそう声を張り上げる。引き絞った弓を放つ一歩手間で、次こそ手元が狂うことはないだろう。その瞬間王子の命は終わるのだが、そんなことを彼は忘れているかのようにまくしたてた。

「ダークエルフなど汚らわしい一族だ！　貴様たちは魔王に手を貸して追放された一族なのだろう？　そう本に書いてあったぞ？　つまりワシは正義だ、正義のワシが宮廷で認めてもらうために死ねるのだ。光栄に思いこそすれ、恨まれるいわれなどない！」

「な……」

フェンナが絶句する。とんだ暴論に、ニアやミランダだけでなく、雇われたブラックホークの面々や、果ては王子を護る兵士にまで嫌悪感を示した者がいた。もはやフェンナは怒りが限界を通り越して、目の前が真っ白になり言葉も出ない。それを好機と勘違いしたのか、さらに王子が言葉を紡ぐ。

「ワシは宮廷で認められなければならないのだ。ちょっと兄君たちが優秀なだけで皆、皆ワシを馬鹿にした！　ちょっと背が低くて太っているくらいなんなのだ。馬に乗れないくらいなんなのだ。勉学ができなかったからなんなのだ！　王族はなんでも人より優れていなければならないのか？　それをあいつらは愚図だ、ちびデブだ、ノロマだ、ハゲだと陰口を叩きおって。それを八つ当たりするために庭園の枝を折ったり、ちょっと近侍に当たりちらせば、やれ暴君だのなんだのと！　それでもワシは皆に認めてほしかったんだよ！　そのために役にも立たない、汚らわしいダークエルフを殺して何が悪い！　そりゃあ最初は交渉しようともしたが、上手くいかなかったんだからしょうがないだろう⁉　おとぎ話ではつねに正義が悪を滅ぼして終わりだろう！　貴様らダークエルフなどは、ワシという正義のために死ねばよいのだ！」

怒り狂った顔で王子が激白する。アルフィリースは彼の告白を聞きながら、逆に冷静になってきた。

（多少の同情すべき点もあるにせよ、いかに独善的であるかにはまったく思考が及んでいないのね。むしろそうだったからこそ、宮廷で嫌われたのでしょう。たとえ人として特別優れておらずとも、その仁徳や人柄で名君の名を残した王や諸侯は沢山いる。彼の本当の不幸は、為政者として何が必要なのかを説く人物が周りにいなかったことだわ。でもちょっと気になったのは、交渉しようとしたけど、上手くいかなかったと言ったわね。それにゼルバドスなる人物がどうしてシーカーの秘術を知っていたの？）

同じ疑問はフェンナの頭にもよぎったのだが、もはや限界を通り越した怒りのせいで、そんな考えはどこかにいってしまった。静かに森の中で暮らしていた自分の一族を、たったそれだけの、一人の見栄にも等しい理由でほとんど皆殺しにされたのだ。しかもおとぎ話と同じ調子で自分の仲間たちの命を語られた。限界を超えた怒りのせいで、弓矢を持つ手がガタガタと震えている。顔は怒りで完全に上気し眼は見開かれ、さしもの美しい顔も鬼のように変わっていた。彼女を見ながら、レクサスが隣にいたルイにこっそりと話しかけた。

「姐さん。金にはならないっすけど、あの馬鹿王子を殺ってもいいですか？　本気で腹が立ってきました。証拠は残さないんで、許可をください」

「この変態に同意するのは癪だが、アタシも同じだゼルヴァー。あのバカ王子を殺っていいかい？」

レクサスに真っ先に同意したのはドロシーである。自慢の曲刀は既に鞘から抜き放たれていた。

「その女と同意見なのは腹立たしいが、私も参加していいか、アルフィリース？」

「心配しないでニア。私も止める自信はないわ」

「リサは戦闘には加わらずフェンナの傍にいますが、リサの分まで思いっきりお願いします」

アルフィリースたちとブラックホークが殺気立ち始める。だが意外なことにミランダが全員に釘を刺した。

「あー、いいかい？　いくら依頼の最中の事故ってことにしても、王族が死ぬのはまずい。きっちり捕獲してくれないか？　ま、その過程で相手の顔が変形しても知らないけどね。ただし、フェンナの我慢の限界が来てからだよ、皆。フェンナより先にアタシたちが手を出しちゃだめだ。あの子はまだ一線を越えていない」

たしかにあの王子が死んだことが発覚すれば、いかなる理由があろうともここにいる者は全員クルムスからの誹りを免れない。下手をすれば告発、有罪となり、ギルドでの依頼を受けることにも響くだろう。そのことがわかっているから、フェンナもまだ矢を放っていない。だが、それも時間の問題だった。

さすがにブラックホークの隊長二人はまだ冷静さを残していたが、

「……依頼前の下準備が甘かったことは、こちらの落ち度だ。本来俺は止める立場なんだろうが、止めるかどうか悩むところだ」

「ワタシは止めない。が、それにも増して空気が変だ。全員周囲に気を付けた方がいい」

ルイの一言に全員がはっとする。

「……たしかに。姐さん、これ何スかね。殺気とかは感じないのに。ここはやベーっす」

「リサにもわかりませんが、何かしら危険ということだけ……」

「……封印が解けかけているわ。あの家だわ。皆、あの家と距離を取った方がいい。ゆっくりと離れましょう」

皆がぎょっとした目でアルフィリースを見る。アルフィリースは真剣な面持ちで家の方をじっと見ている。

「どういうこと？　アルフィ」

「魔力の流れが変わったのよ。それに声が聞こえなくなった。さっきまでは少しは聞こえてたのに……これは怒り？　いえ悲しみと、それになんだか不自然に怒りを注がれているような……」

「アルフィ？　声とか、何を言っているのですか？　リサは何も聞こえませんが」

リサが首をかしげたが、ルイとベルノーもまたアルフィリースと同じ方向を見つめている。

「ほっ、これは言われて気付いたわ。たしかに魔力の流れがおかしいの。そこの黒髪のお嬢さんの魔術の才能はワシよりも上なのじゃろうな。精霊の声を直接聞いておるのか」

「今ワタシにもはっきりわかったが、アレはやばい。全員離れろ。そのエルフの娘も守ってやれ」

「そういや鎧の奴らがいつの間にかいないね……あのクソ王子の命令しか聞かなかったのにさ。いかに鈍重でも、王子の加勢をしてもよさそうなものなのに」

ドロシーの指摘に三番隊の人間たちがそういえば、という顔をする。もともと鎧の特殊兵はムスター王子が連れてきたのだが、侵入者を自動的に迎撃するはずなのだ。

ブラックホークの面々の警戒心が上がり、レクサスがふと空を見上げた。その様子を上空から見つめるアノーマリー、ライフレス、サイレンス、ドゥーム、

「まさかあの傭兵、ボクたちに気付いた？」

「……いや、見えているわけではないだろうが……勘が超常的に鋭いのだろう……」

「人形兵を動かしたことに気付かれましたか。だがもう遅い、封印は既に解けました」

「ふっふーん。さらに、今回は出血大サービスで僕の力も付け加えちゃうもんね！」

そう告げたドゥームは手首をかき切ると、黒い粘性の物体がどろどろととめどなく零れ始めた。そして空中で反転し、人間大の黒い塊となると、それはシーカーの里に向けて落下した。

「良い見世物になるでしょうか……」

「キミの演出ってだいたい余計なんだよね」

「ほっとけ！」

上空ではそのような会話がかわされていることを、アルフィリースたちが知るはずもない。そしてフェンナが我慢の限界からついに矢を番える指の力が抜けた時、ズズン！　と地面が大きく揺れた。それと同時に地割れが発生し、大きな集合住宅である大樹が突然隆起した。家そのものがまるで一つの生き物であるかのように起きあがったのだ。

アルフィリースたちは徐々に距離を取っていたおかげで間一髪地面の断裂からは逃れ、反応の遅れたフェンナも、レクサスが抱えて地割れを回避した。一方でなにも気付いていなかった王子の兵士たちは、半分近くが地割れに飲まれてしまったと思った途端、今度は突然地割れから飛び出してきた。彼らの体には木の枝が巻き付き、吊り上げられ、あるいは締め上げられていたのだ。何が起こったのかわからない兵士たちは、恐慌状態に陥っていた。

「助けてくれ！」

「う、うわぁ！　なんだこいつ、俺から何か吸い取って……」

「ぎ、ぎゃあああ」

木の枝が兵士たちから血を吸い取っていく。血を抜かれ、あっという間に干からびる兵士たち。同時に血の色に染まっていく大樹。それに呼応するように、木の幹が生き物のように脈打ち始めた。その様子を呆気にとられながら見守るアルフィリースたち。

「なんだありゃあ。トレントにしてはでかすぎでしょ⁉　しかも吸血種かよ！」

「植物の吸血種なんて南の大森林にしかいないんじゃなかった？」

「だけどい、いくらな、なんでもで、デカすぎ、ないか？」

ダンダの指摘通り、ゆっくりと地中から本体が起き上がってきた。どうやら地上にあったのはほんの一部であり大樹の全体は見えていた範囲の三倍以上、歩数にして二百歩程度の大きさにまで隆起していた。そして体が起きてくるに従ってシーカーの里は完全に変形してしまい、もはや王子とその兵士たちは反対側に退却したせいもあって、姿も見えなかった。悲鳴は聞こえる以上、ろくなことにはなってなさそうだ。

さらに隆起する大樹が他の家まで巻き込みながら、体の一部として取り込んでいく。今や木の枝一本一本が血管のように脈打ち、根の部分は木が寄り合わさって塊のようになっているのだが、顔のような形をとってアルフィリースたちをじろりと睨んだ。そんな木とも生き物とも魔物ともつかない生物を前に、フェンナがレクサスから離れ呟いた。

「意志ある大樹、トレントの最上位種、ヒュージトレント。私たちが秘術とは別に、封印していたものです。シーカーの起源は南の大森林に由来します。その時大暴れしていた大樹――ヒュージトレントを彼の地にて封印し、その封印を預かったのが私の先祖だと聞いています」

「これの封印を確認したかったのか……よくもまぁこんなデカイのを封印したものさ」

「伝承ではここまで大きくはないはずです。それに吸血種の類いでもなかったかと。先ほど確認した時は、封印もあと何年かは何もしなくても大丈夫だったはずなのに。まさかこの封印が最初から狙いだったのでしょうか」

フェンナが大樹の魔物を見上げて不安そうに説明した。つられて全員が見上げるが、ゼルヴァーが実際的なことを口にした。

「今はどうやって倒すかの方が重要だろう。逃げるにしても、弱らせる必要がある。案があれば誰でもいい、言ってくれ」

「木ならば燃やせばよかろう」

ベルノーが言うが早いか、既に魔術の詠唱を始めていた。

『我に仕えし火の眷族よ。湧きて寄りてこの腕の内、巡りて巡りて塊と成し、眼前の敵を撃ち抜け――炎の塊撃（フレイムキャノン）！』

人間の倍はあろうかという巨大な炎塊が木の魔物に向かって発射される。これならば結構な打撃になるのではと全員が期待したが――

『舞葉の防御壁（リーフシールド）』

木から落ちてきた葉が何重にもなり、炎を大樹の本体手前でせき止めてしまった。

「うそ……トレント系統の魔物が魔術を使うなんて聞いたこともないよ？」

「ならばこれならどうじゃ！」

ドロシーの驚愕もよそに次の詠唱を始めるベルノー。今度は詠唱だけではなく、手を使った印も使用している。さらに高位の魔術を行使するためだ。ベルノーの前の宙に、円形の魔法陣と紋様が描かれる。

『我に仕えし炎の眷族よ……湧きて湧きて泉とならん。泉となりて天にたゆらに舞え。我が命に従いて、地上に怒りの雨を降らせよ』

炎が上空高くに集まり、まるで空に現れた炎の海のように漂い始めた。かなりの魔力を消費しているのか、熱量のせいか、ベルノーの額に汗が流れる。

『炎の豪雨（フレイムシャワー）！』

ベルノーの叫び声と共に、空中に集まった炎が無数に分かれて雨のように広範に降り注ぐ。木の魔物は魔術で防ごうとするが、あまりにも火の降り注ぐ範囲が広すぎて防げない。そして各所で葉や枝に引火して、大樹は燃え盛り始めた。ベルノーは大魔術の行使に膝をついて息を切らした。

「ワシの持っておる中でもっとも効果範囲が広い魔術の一つじゃ。これならば防ぎようがなかろう。一度火が付けば、木では止める術がなかろうて」

「さっすがベルノー。ただの無愛想なジジイじゃないね」

「いや、どうかな？　なかなかに面倒な相手のようだ」

やや得意げなベルノーと、はしゃぐドロシーを尻目にルイがつぶやく。

「はー？　何言ってんのさ、ルイ。すんごい燃えてるよ？」

「……でもルイさんの言うとおり、あれだけの魔術なのにほとんど効いてないわ」

「またひよっこが何言って……って、マジかよ」

ドロシーが青ざめた。なぜならヒュージトレントのいたるところが膨れたかと思うと、弾けて血のように赤い樹液を放出し始めたのだ。あるいは本当に血だったのかもしれないが、さらに焼け焦げた範囲を新しく木が覆って補っていく。

「火が消えていく……」

「決まりだな。今のうちに撤退だ」

ゼルヴァーが身を翻した。

「ちょっと、逃げるの？」

「そうだ」

「アンタ、それでも男なの？」

ミランダがわざと挑発したが、ゼルヴァーはいたって冷静に返した。

「あんな魔物を倒すまでやりあう理由がない。団長の最優先命令が出ているうえに、本来の依頼は既に放棄したのだからな。再生に力を費やしている間に、撤退するのが利口だろう」

「ちっ、冷静だね」

「だからこそ、ここまで生きてきた。依頼の下準備に失敗し、愚物への助成で団の名誉を傷つけた可能性、そしてシーカーたちとの交渉が失敗した責任もあるかと考えここまで戦ったが、悪いが団員の安全を優先させてもらう。あとはギルドか国家がなんとかすべき案件だ」

ゼルヴァーの言い分に誰も文句を言えなかった。高位の火の魔術が効かない段階で一度撤退して態勢を整え直すべきなのは、アルフィリースも同意見だ。隊長に促され、三番隊の面々は撤退準備を始める。ルイとレクサスも同じく撤退するようだった。

それを見て、ミランダもまた撤退することを決める。

「アルフィ、私たちも一度退こう。なんの準備も無しじゃ、あれは無理よ」

「私の力を使えば……」

アルフィリースが右手の呪印をチラリと見る。そのアルフィリースの右腕を、ミランダが掴んだ。

「ダメ！　そんなほいほい使う物じゃないことくらい、わかってるでしょ？」

「でも……」

「私は退きません。皆さんはどうぞ撤退を」

突然、フェンナがぐいと前に出た。弓を携え、ヒュージトレントに向かおうとする。

「ちょっと待ちなフェンナ。アンタ一人でどうにかなる相手じゃないでしょう？」

「どうにもならなくてもやります。あれを止めるのは私たち一族の責任。もはや私しか一族はこの場にいませんから。皆様、ここまで私を連れてきてくださってありがとうございました。報酬を払えないことはお詫びしなければなりません」

フェンナがそう言おうとした時、リサが杖でフェンナの頭をぽかりと叩いた。

「フェンナ、なにを一人で完結しようとしていますか」

「そうだな。このまま死なれては寝ざめが悪い」

「ニア、そこは素直に『フェンナが心配だ』って言ったらどうですか？」

「わ、私は別に心配などしていない！」

ニアの尻尾がせわしなくパタパタと動いた。感情を隠すには向いていない尻尾だ。

「でも、皆さんを私の我儘に付き合わせるわけには――」

「今さらそんなこと言いっこなしよ、フェンナ。ここまで来たんだから、最後まで付き合うわ。せめて知恵を出し合ってどうにかならないか考えましょう」

「あー、もう！　アルフィがそう言うんならしょうがない、アタシもやるよ」

「ご、ごめんなさい……」

「フェンナ、そこは謝っちゃだめよ。『ありがとう』がいいと思うわ」

「アルフィ……ありがとう！」

アルフィリースの言葉に、フェンナの眼が潤む。今度は悔しさや悲しみではなく、嬉し涙が流れた。だがミランダも困り顔でアルフィリースに質問する。

「で、作戦は？　啖呵を切ったからには作戦を出してほしいね」

「んー、ミランダがヒュージトレントに効く薬をポケットから出すとか。たしかトレント相手には除草剤みたいなやつを使っていたよね？」

「おいおい、アタシはどこの便利屋だい？　この前で使った奴はまだ少し余っているけど、とてもじゃないけど量が足らないよ！」

「作ってた爆弾は？」

「弱点があるなら有効かもしれないけど、この質量を吹っ飛ばすにはとても足りないね」

「ふむ――作戦と呼べるものかどうかはわかりませんが、リサに提案があります」

その提案の内容を聞く前に、リサがレクサスとルイを呼び止めた。

「ちょっとそこの変態とその相方！」

「はいはーい！」

「誰が相方だ」

なぜか元気いっぱいに返事をするレクサスと、やや苛ついた顔で反応するルイ。

「なにをさせるつもりだ？　面倒なことは御免だが」

「あの化け樹退治を手伝っていただけませんか？」

「断る、と言ったら？」

「俺たちは高いっすよー？」

ルイとレクサスがやや意地の悪い顔でリサを見たが、リサも怯みはしない。

「いえ、無料（ただ）でやっていただきましょう」

「ほう、大きく出たな。その心は？」

「どうやら忘れっぽいようですね。以前アナタはたしかにこう言いました。『急ぎの身ゆえ大した詫びもできんが、また会った折には何らかの形で返そう』と。今がその詫びを返す時だとリサは思うのですが？　傭兵なんて職業、次の出会いがあるかなんて定かじゃありません。まぁ自分で言ったことに責任を持てない人ならしょうがないですが。大陸一の傭兵団の部隊長も、その程度ということでしょう」

挑発にも近い言い方だが、効果はあったようだ。ルイもしばし考えていたが、ふぅ、と一つため息をついてこちらに引き返してきた。

「まったく、宙に吐いた言葉は消せないな。仕方あるまい、やってやろう。それで貸し借り無しでいいか？」

「ええ、もちろんです」

「レクサス、お前も付き合え」

「もちろんっすよ。俺たち、一心同体でしょ？」

「気色悪いことを言うな。誰が一心同体か」

いつもの軽いやり取りをしながら、二人が戦闘態勢に入った。ルイは大剣を、レクサスは既に二剣を抜いている。それを遠巻きに三番隊の面々も眺めていたが、手を貸す様子はなかった。リサは三番隊までは巻き込めなかったかと残念がったが、多少は勝算が出ただろうと前向きに考える。

「で、何か作戦はありますか？」

「そうだな。ワタシとレクサスの二人だけでやるから、お前たちは下がっていろ」

「は？」

今度はリサが面喰う。まさかそんな危険を冒すことまでを要求してなかったからだ。

「それはいくらなんでも危険では？」

「残念ながら、お前たちでは足手まといだ。ワタシの全力に合わせられるのが、そもそもこの変態しかいないから、ワタシたちは二人なのだ。そういう意味では、三番隊もいない方が好都合だ」

「だからと言って――」

「いえ、大人しく下がりましょう」

リサが食い下がろうとするが、アルフィリースが止めた。

「大人しく従います、ルイさん。援護が必要なら遠慮なく言って」

「まぁ必要ないだろう。もし我々がやられたら、撤退する準備をしておけ。レクサス、準備は？」

「いつでもどうぞ」

レクサスが一歩ルイの前に出て、軽くとんとんと足場を確認する。もはや彼にも先ほどのふざけた様子はまったくなく、同一人物かと疑うほどの殺気を放っていた。死神の面目躍如(めんもくやくじょ)である。

レクサスに続くように、ルイの周囲の空気がざわざわと揺れ始めた。レクサスもその様子を見て、ルイの本気を感じ取った。

「ははっ、『氷刃(ひょうは)』まで持ち出すなんて、姐さんガチじゃねぇっすか。やっぱりそれなりにヤバい魔物ですよね。あるいは――」

あの黒髪の女剣士を意識しているんすかね、という言葉はすんでのところで呑み込んだレクサスだった。ルイが魔力を解放する。

『煉獄(れんごく)の底にて魔を封じせし氷の獄鎖よ、氷の験(しるし)をわが剣に宿らせたまえ――呪氷剣(コキュートスセイバー)』

ルイの剣が薄い氷に包まれ光を反射し、白く輝くような氷の剣へと変化した。さらに剣の変化と共に、ルイの髪の色が白にも近い青へと変化していく。そう、彼女もアルフィリース同様、魔術剣士だった。

ルイの変化にアルフィリースたちも息を呑んだ。

「氷の魔術剣士――！」

「しかも水の上位系統、氷の属性の付加魔術だわ。使用するのも暗黒魔術。髪色の変化が早いし、かなりの高位術者ね」

「あの剣、相当ヤバいやつだ。触れたら最後、一瞬で凍っちまう。回復魔術も役に立たないかも」

魔術に詳しいフェンナ、アルフィリース、それに経験豊富なミランダはルイの変化の意味がわかった。同時に、援護など必要ないであろうことも。

「レクサス、先ほどあの魔物の反応は見たな？　露払いは任せる」

「了解」

軽く地面を蹴って走り出すレクサスの後にルイが続く。そして襲い来る敵を認識したのか、ヒュージトレントが何本もの枝を槍のようにして、二人を串刺しにせんと伸ばしてくる。眼前に迫る樹木の槍を、

「甘いなぁ」

と、レクサスが不敵な笑みを浮かべながら、一瞬で無数の木を斬り落とした。剣が速すぎて、木を落とした結果しかアルフィリースたちには見えなかった。その後ろからルイが袈裟(けさ)に斬り下ろす構えをとる。ヒュージトレントまでは随分と距離があるが、斬撃は放たれた。

「氷閃！」

ルイの気合と共に、剣から放たれた氷の刃が風を切り裂いて襲いかかる。一刀のもとに、ヒュー

ジトレントの左腕ともいうべき家であった部分を切断した。その衝撃に、ヒュージトレントは悶えるように暴れ回る。暴れ回って振り回される木の枝の間をレクサスが縫うように走りながら、ルイのために必要な分だけ枝を切り落とす。状況判断、剣筋の冴え、二人の息の合いよう。そのどれもがアルフィリースが今までみた剣士たちとは一線を画していた。あれほど強大な魔物を、一方的に追い詰める、まるで舞台劇のようなその光景を、ただ茫然と眺めていた。

「凄まじいわね」

「ですが、また再生するのでは？」

「それはないわよ」

リサの疑問をアルフィリースがあっさり否定した。

「なぜそう言い切れる？　木の魔物なら、火系の魔術の方がダメージは大きいだろう？」

もっともなニアの質問に、アルフィリースは首を振った。

「いいえ。あの剣は斬った表面を凍らせるか、再生そのものを停止させるわ。暗黒魔術の系統なら、ミランダの言う通りなおのこと効果は高い。火だと炭化して崩れ落ちるから、内部からの再生はしやすいけど、氷の系統では再生そのものが不可能になる。

もっと突き詰めると、火は分子の加速運動で、水や氷は分子の停止運動。だから上限温度がない火系の方が絶対零度が存在する氷系より強いと思われがちだけど、魔術の威力の大きさというものは、精霊を介して『どのくらい早く分子運動に干渉するか』で決まるから、一概にどちらが強いということはないわ。ある程度の魔術耐性はあっても、絶対耐性が存在しない理由がこれよ」

アルフィリースがぺらぺらと話す理論に、仲間の理解が追いつかない。特に分子運動のくだりなど、魔術協会や学問都市メイヤーで専門的に魔術を習っていてさえ知らない理論だということを、アルフィリースは知らなかった。

「……デカ女が何を言っているのか、リサにはさっぱりです。悪いのは私ですか？」

「心配するな、私にもわからん」

「私はなんとか体感としては理解できますが……」

全員がそれぞれ感想を口にする。そして、最後はミランダ。

「アルフィ、アンタ意外と博識(インテリ)なのかい？」

「意外とって何よ！」

アルフィリースの反論前に大勢は決した。ルイとレクサスの二人は段違いの強さを発揮し、ヒュージトレントの各所は凍らされ斬りおとされ、もはや抵抗はできないありさまだった。今まさにルイがヒュージトレントの核らしき赤黒く輝く部分を踏みつけ、とどめの一撃を加えるところだった。

ヒュージトレントも最後の抵抗として、あらゆる方位から葉を刃のように飛ばして反撃したが、ルイの後ろに控えるレクサスに涼しい顔をして全て斬り落とされた。なんのかのとレクサスを完全に信頼しているのか、ルイは周囲を見ようとすらしない。

「葉の一欠片に至るまで凍りつかせてやろう」

ルイが背筋も凍るような冷たい表情で呪氷剣をヒュージトレントの核に突き刺すと、広がるように大樹が凍りついてゆく。枝を伸ばして増殖しようとしても、凍りつく方が速かった。そしてパキパキという凍りつく音と共に、ついにヒュージトレントの全身が凍てつき、巨大な樹氷が完成していた。

ヒュージトレントの抵抗が無いことを確認すると、ルイは呪氷剣を解除して鞘に収め、レクサスと共に引き返してきた。そしてフェンナの方に歩み寄る。

「とどめはシーカー、お前に譲ろう」

「……え？」

「心の整理はまだだろうが、『けじめ』は必要だろう。嫌なら私がやるが、どうする？」

ルイはフェンナをまっすぐ見据えている。フェンナもやや間をおいて、

「いえ、私がやります。御配慮感謝します」

そしてゆっくりとフェンナは弓を構え、先ほどの核に向けて矢を放った。その一撃で既に樹氷と化していた凍った木の魔物が崩れ落ちていく。細やかな氷の粒子となって崩れ落ちるその様は、切なく、儚く、そして美しかった。

「さようなら、父様、母様……里の皆」

そのままフェンナは下を向き項垂(うなだ)れた。アルフィリースたちはかける言葉も見つからず、立ち尽くした。故郷の全てを失った彼女になんと声をかけるべきか、言葉を持たなかったのだ。

どうやら死んだシーカーたちは形だけでもクルムスの兵士たちが最低限の礼儀、あるいは衛生面の問題として埋葬してくれていたようだが、地面はヒュージトレントが暴れたせいで掘り返され、跡形もなくなった。そしてフェンナたちが育った家は、全て魔物へと変化した。今やシーカーの里

だった場所は、ただの大きな荒れた窪地でしかない。アルフィリースたちが最初に足を踏み入れた時の幻想的な光景など、もはや見る影もなかった。

そして、アルフィリースはフェンナに何か声をかけようとそっと歩み寄る。

「フェンナ……」

「……木にね、印をつけてたんです」

「え？」

フェンナが俯いたままで呟く。

「私の里は、一族には珍しく若いシーカーが多くて。皆、年齢も近かった。それで色んなことを比べたり、競ったり、話しあったり……よく背比べをね、してたんです。私はシーカーにしては背が低い方で、よく皆からちびっこと言われてました。一番年下だったからしょうがありませんが。でもそれが幼い私には悔しくて、月が一つ空を巡るたびに身長を測って木に石で印をつけてました」

「そう、なんだ」

「他にも初めて矢を飛ばしたのはどこだったとか、ぶつかって扉を壊した跡とか、木の枝にツタでブランコを作ったり……この里には思い出がいっぱいあった。でも、でも、もう何も無い……無くなってしまった」

「……フェンナ」

「でも、おかしいんです。悲しいはずなのに、涙が出ないんです……どうしてかわかりますか、アルフィリース？」

フェンナがくるりとアルフィリースの方を振り向く。とても悲しい表情だが、同時に心底自分の感情が理解できないという顔をしていた。アルフィリースも思わず胸が詰まりそうになる。

「……それはたぶんね、心が出来事に追いついてないんだよ」

「心が？」

「うん、人間は一人じゃ泣けない時があるって師匠が言ってた。一人だと、自分が悲しいことすら気付かないことがあるって。だから、生き物は友達を作るんだって。師匠はそれで失敗したって言ってた。自分には真に友と呼ぶべき存在がいなかったから、泣くべき時に泣けなかったって。いつの間にか、泣き方すら忘れたって。私も子どもの頃、そうだったと思う。でも私には師匠がいてくれた。だからフェンナは──今じゃなくても、私たちの前でならいつでも泣いていいんだよ。なんだか、上手く言えないけど」

その時、フェンナの青い瞳から一筋の涙が零れ落ちた。

「そう、なんだ──私の心は死んだわけじゃ、ない……んだ。ありがとう、アルフィリー、ス……う……ぐっ……ひっく……」

フェンナが顔を手で覆って嗚咽を漏らし始めた。そのフェンナをそっとアルフィリースが抱きしめてやる。フェンナもそのまま身を任せていた。

「私、しばらく……泣き虫でもいいでしょうか？……」

「うん──いいと思うよ」

「……ごめんなさい」

「だから、こういう時はごめんなさいじゃないでしょ？」

「うん……ありがとう……」

しばらくの間、アルフィリースとフェンナはそのまま抱き合っていた。

そんな二人を見てかすかに微笑み、ルイとレクサスはその場をあとにしようとする。その場を黙って去ろうとする二人を見て、ミランダが声をかけた。

「随分大きく返してもらっちゃったね」

「そうでもないさ。我々が戦うのに相性がいい魔物だった。それだけだ」

「こっちが借りたみたいで、気分がすっきりしないわ」

「そうか？　じゃあいつかまた出会ったら酒でも奢ってくれ」

「まずは、次に出会った時に敵でないことを祈るわよ」

ミランダの言葉にルイは何も言わず、後ろ姿のまま小さく手を挙げて答える。レクサスは手で敬礼の真似ごとをし、ウィンクしてから去っていった。

少しアルフィリースたちと距離を離すと、レクサスがルイに話しかけた。

「気が利きますね、姐さん！　に、しても姐さんが誰かを気にかけるなんて、初めて見たような気がするんですけど」

「……かもな。あのアルフィリースという女傭兵、おそらくはワタシが何もせずともなんとかできていたはずだ。直感だがな」

「じゃあ姐さんと俺を足した戦力と、互角ってことですか？」

「あまり想像はできんがな。そうなると、ベッツ、ヴァルサス並みの強さになるが、そんな気配はしなかった。黒髪だし魔術も使うだろうが――もう少し話したり、いっそ戦ってみてもよかったな」

「また会えますかね？」

レクサスが珍しく期待感を込めた言葉を発する。アルフィリースたちのことを気に入ったのは、ルイだけではないようだ。

「彼女は強くなる。そうなったら意地でも出会うさ。敵か、味方かは別として」

「その前に俺たちも足元を掬（すく）われないようにしないと。当面はかなり強い魔王が相手みたいですから」

「当り前だ。魔王ごときに引けをとるワタシではない」

ルイは小さく笑った。この女剣士に、自分が敗北する姿など想像もつかないのだろう。そんな普段通りの彼女を見て、レクサスもまた元の軽い性格に戻る。

「で、さっき頑張ったご褒美に、姐さんの胸に飛び込んでいいっすか？」

「……どうやら魔王と戦う前に、貴様は今ここで死ぬらしいな」

ルイがすらりと大剣を抜き放つ。

「いやいや、冗談ですって！　って、なんで呪氷剣使ってるんですか!?　ち、ちょっと、危ないー！　俺が死んだら髪を染めるのも面倒ですよ、ぎゃあー!!」

悲鳴を上げながらレクサスが逃げていくのを、ゼルヴァーたちが呆れて見送っていた。

「変わんないねぇ、あの二人。呆れるくらい強いくせに、あんなだもんねぇ。まさかあっさりさっきの化け物を仕留めるとは思わなかったよ」

「単純な戦闘力なら、隊内でも随一じゃからな。まともに相手をできるのはベッツ副長とヴァルサス団長ほか、数名だろうて」

「ゼ、ゼルヴァー隊長。ちょっと、いいだか？」

「どうした、ダンダ」

オークのダンダがゼルヴァーの隣にすっと寄ってきた。

「こ、今回の依頼、おかしくなかっただか？　クイエット副長の下調べがあ、あったのにこんなことになっただ。それに、こ、交渉の最中に手を先にだ、出したのはシーカーだっただ。そ、その時の相手のい、意外そうな顔。ね、狙われたクイエット副長が応戦してこ、交渉決裂しただが、い、いささか短気すぎたべ」

「……たしかにな。手を出せば最終的に不利になるのはシーカーだったはずだ。魔術を無効化する兵士がいたからこちらもあの場でなんとかなったが、そうでなければ我々の敗北だった可能性も高い。少なくとも、我々にも被害が出ただろう」

「こ、これを見越して、魔術を無効化する兵士をつ、連れてきた、とは考えられないだか？」

ダンダの意見に、ゼルヴァーは目を丸くした。

「お前……疑り深いな」

「お、オデはオークだから物事を単純に考えるだが……に、人間はややこしいことを考えるか、からな。おかげであ、頭が爆発しそうだ」

「そのへんにしておけ、全て推論だ。推論をいくら積み重ねても正解には辿り着かんさ。諜報なら一番隊にやらせるのがいいだろう。それより、森の周辺部にいるクイエットとも合流しないといけないな」

「わ、わかった。オデ、隊長に従う」

それきりダンダは黙ったが、ゼルヴァーは心の片隅に仲間のオークの言葉を刻んでおいた。そして同時にアルフィリースの方を少し遠目に見た。先ほどかかっていったとき、ルイが止めていなかったらどうなっていたのか。見間違いでなければ、微かに笑っていなかったかとゼルヴァーは思い出していた。ルイの言う通り、二番隊が横槍を入れなくてもなんとかなったのではないかとふっと考え、その考えを振り払うかのように首を振ってルイたちのあとを追ったのだった。

＊＊＊

この結果が面白くないのは上空にいた四人全員だったが、反応はそれぞれだった。

「つまんないの。三文芝居みたいになっちゃったね」

「そうですね。良い見世物とは言い難い。余計な力を与えて巨大化させたせいで、暴れ出しました。そうでなければもう少し彼らも様子を見たでしょう。やはり蛇足だったようですね」

「はいはい、僕が悪うございましたよ！　それにしてもあの女、あんな魔法剣ありか⁉」

ドゥームの荒れた声が結界の中にこだまし、他の三人は思わず耳を塞いだ。ドゥームはひとしきり地団駄を踏むと、突然冷静に戻る。

「まぁいっか。少しだけではあったけど、死人も悪霊として回収できたし、土地の汚染もこれからやればいいんだから。むしろ誰もいなくなったのは好都合かもね。しかし、あの傭兵隊の強さ！　ブラックホークってあんなのばっかりなのか？」

「そうだよ、ボクの放った魔王がどれだけ彼らに狩られていることか。彼らのせいで魔王出現がおおやけにならず、ギルドの手元で情報が握りつぶされているのさ。特に団長はもっとやばい。単純な戦力なら勇者以上さ」

「……我々の仲間にも腕利きの剣士がいただろう……彼女と比べてどちらが強い……」

「さすがに彼女の方が強いでしょうが、結果は戦わせてみないとわかりませんね」

　サイレンスがふぅとため息をついて、ゆっくりと下に降りた。ヒュージトレントが暴れた際に巻き添えになったカーバンクルの破片を調べている。

「使い捨てでよかったわけ？」

「構いませんよ。どうせ転移もさせられませんし、移動コストを考えると使い捨てが一番でしょう。小型化、汎用性がこれからの課題ですね。あなたはどうですか、魔王製作者（サタンメーカー）アノーマリー？」

「ま、一部は回収したからこれからの研究には反映できるよ。ちょっと大きすぎたから、あの女剣士が砕いてくれてちょうどよかったかな。ただこれくらいの強さなら、辺境にいる魔物や魔獣の方がマシかもなぁ……秘術も回収できなかったから、代替案を考えないと……」

　アノーマリーはレクサスが斬り飛ばした樹木を回収しながら、がっかりしたように掌（てのひら）の上で回していた。ライフレスは周囲を確認しながら、呟いた。

「……もう一つの封印……秘術の方はシーカーの娘が回収したか……興味があったのだが……」

「よせよ、『魔道王』ライフレス。千を超える魔術を使えるくせに、まだ他の魔術を求めるのか？」

「……魔道王と呼ばれるほどには魔術を極めてはいない……それに魔術への造詣という点では、お師匠様ほどではないだろう……私は少々『魔法』が使えるだけだ……」

「魔術じゃなくて魔法が使えるだけでも化け物だよ。この大陸に『魔法使い』が今現在何人いると？」

「……ふん、知らんよ……それより、次の計画は？　……」

「一度全員を集結させるようですよ？　『あの人物』のせいで遅れた計画も、遅れを取り戻したようなので。一度これからのことを確認するそうです」

サイレンスの言葉に、ドゥームとアノーマリーが露骨に嫌そうな顔をした。

「じゃ、じゃあ、女子たちも、く、来るわけ？　うげぇ……」

「声が震えてるよ？　悪霊の王のくせに、女が怖いのかい？」

「怖いよ！　いくら美人でも、あんなのは御免だ！　君も出会い頭に両断されてみろ！」

「ボクにとってはご褒美です」

「そうだったー！」

アノーマリーが照れた顔をし、ドゥームが頭を抱えた。ライフレスとサイレンスは呆れ返る。

「……全員となると、あのバカも来るのか……そもそも起きているのか？　……」

「皆で起こしに行く必要があるかもしれませんね。それに新入りもいるそうですよ？」

「……まだ我々の仲間になる者がいるのか？　……あまり人数を増やすのは感心しないが……」

その時、足元で動いた者にライフレスが気付く。魔術で岩をどかせば、地面の下で芋虫のように這いずるのは、ムスター王子だった。彼の両足は膝から下がなかったが、それでも生への執着は捨てきれないのか、地面を手で這うようにして進んでいる。だが、その出血量からも長くないだろう。既に彼の意識は混濁し始めていた。

そんな彼の目の前に立ちふさがり、ドゥームは呆れたように声をかける。

「なんだ、生きてたのか王子サマ？　悪運だけは一人前だね」

「わ、ワシが死ぬはずはない……ワシは正義だ、ワシは正しいのだ。最後はワシが勝つのだ……」

「……愚かなのもここまでいくと、才能だね」

「ええ、醜すぎて逆に美しいかと」

「なぜワシに皆かしずかぬ……なぜワシだけ軽蔑される……なぜだ、なぜだ……」

意識を失う直前までうわごとを繰り返すムスターを見下ろす四人。

「どうする？　一応兄弟子様の手駒だったようだけど、明らかに使い捨てだよね？」

「いらないいならボクがもらっていいかな？　ヒュージトレントよりも良い素材になるかも」

「ええっ!?　これがぁ？」

「良い魔王になるかどうかは、素材の強さだけじゃなくて精神力も重要なんだよ。だから人間を混ぜた方が上手くいく。人間ほど生き汚く、狡猾で精神構造が複雑な生物はいないもんね。魔王を百体作ったら、百体とも違う形になるんだよ？　素材になった人間の精神の形が作用するんだよね」

「ちなみにルキアの森に放った奴は、どんな人間を混ぜてたの？」

「連続婦女暴行殺人犯の双子だったかな。三十人以上殺してて、生きたまま顔のパーツを抉りだして焼いて食べるのが趣味だったはず」

「うえっ、友達になれそう！」

「……そこまでにしておけ……このままだと誰かに見られかねん……もう行くぞ……」

「はいはーい。じゃあ皆、ボクの近くに。追跡を避けるために何か所か拠点を経由して工房に戻りますからね～転移を連続で使うから、酔わないでね。この国の後始末は兄弟子様に任せましょ～」

アノーマリーが転移のための魔法陣を起動させ、ムスターとともに姿を消した。そしてその数日後、中原に戦火が上がることとなるが、それがこれから始まる大きな戦争の発端にすぎないことに気が付いている者は、まだ誰もいなかった。

第十七幕　集結する黒い鷹

「おやっさん、暇っすね」

「まだ日も暮れてねぇんだ、しゃあねぇ」

「この前のダーク……シーカーの一件以来、客足がなんとなく伸びませんね」

「獣人連中は迷信深いのが多いからな。いわくつきとでも思われたかもなぁ」

「これじゃあ閑古鳥が鳴いちまいますよ。昼定食でも始めますか？」

「俺ぁやらねぇぞ、面倒だ。それよりほとぼりが冷めるまで一度店じまいするか？」

「ぜったいサボりたいだけでしょ、おやっさん」

アルフィリースとフェンナが出会ったミーシアの酒場では、ウルドと店主が店開きの準備をしていた。もっとも働いているのはウルドだけであり、厨房では忙しく仕込みをしている連中がいるが、店主は座って瓦版を読んでいるだけだった。

シーカーが突然来て以来、事の顛末を見ることができなかった客たちはさまざまな噂を立てた。そして尾ひれがついた噂は、客足を遠のかせた。だが店主であるゼルドスは何をするわけでもなく、日々瓦版を見て過ごしていた。今まではそんな習慣はなかったのに、あれから急に始めたことだった。

そして人間と獣人の混血であるウルドですら共通語は読み書きがあまりできないのに、純粋な獣人であるゼルドスが読み書きができることをウルドは初めて知った。よく考えれば店を構えるところから、現在の仕入れまではゼルドスが一手に引き受けている。それなり以上に学がある証拠だったが、あまり知的なそぶりを見せないのでウルドもすっかり忘れていたのだ。

かつてはグルーザルドで身分ある立場だったという噂も本当かもしれないと、ウルドがうろんげな視線でゼルドスを見つめていた。すると、ゼルドスが不意にウルドにどくように手で仕草をした。

「ウルド、お客さんだ。ちょっとそこをどきな」

「店開きには早いっすよ」

「俺の個人的な客だろうさ。しかも団体さんだ。怖い思いしたくなきゃあ、そこをどいとけ」

「へぇ？」

ウルドが間抜けな返事をしたところに、突然店の扉が開いた。

「邪魔するよ〜。獣人の旦那、いるかい〜？」

「今度こそ合ってるんだろうね、ミレイユ？」

「送ってくれたアマリナに聞いてよ」

「合ってますよ、グレイス。僕らが飛竜から飛び降りる前から気付いていましたから。並の獣人じゃないでしょう」

入ってきたのはウサギの獣人、ゼルドスよりも大きく入り口に支えそうな巨人族の女戦士、そして細身のすらりとした青ざめた肌をした男だった。姿も口調も違う彼らに共通するのは、身のこなしに隙がないことと、全員が黒地に金刺繍の鷹をあしらったコートを羽織っていることだった。

そして一歩遅れて、リスの獣人が足を踏み入れてきた。

「間に合ったか！　まったく、お前ら。勇み足だぞ！　止めろよ、カナートも！」

「この二人が言って聞きますか？」

「いいじゃんよ〜別に討ち入りってわけじゃなし。新しい四番隊がもたもたしているからいけないんだよ」

「飛竜の速度に勝てるかよ、馬鹿野郎！」

「騒がしいじゃねぇの、ラッシャ。十数年ぶりの再会がこれかよ？」

ゼルドスが呆れたように肘をつきながら言ったので、リスの獣人はその場にかしこまって敬礼した。

「すみません、隊長！　先ぶれもなく、こんなところまで！」

「ま、そろそろかな、とは思っていたが。お前だけじゃないってことは、ヴァルサスの命令か？」

「はい、ご存じでしたか？」

「瓦版とか、人の情報とか聞いているとな。お前たちも活躍しているそうだし、黒い鷹が暴れる時ってのは、だいだい世の中が不穏な時だ。しかし、引退した俺まで復帰させようたぁ、穏やかじゃねぇ。もう爺手前だぞ、俺は」

「すみません、ヴァルサス団長たっての希望でして」

リスの獣人はその場に正座してかしこまった。その様子を見てゼルドスは深くため息をついた。

「ま、最低顔は出す必要があるだろうなぁ。ヴァルサスは頑固だしなぁ。もし断っても、そこの三人で力ずくで連れてこいってんだろ？」

「わかってんじゃゃん、おっさん。そーいうこと」

「新顔だが、結構やるよなぁ？　これだけの面子がいて、俺が必要かぁ？　腰が痛ぇんだけどな」

「そうっすよ、万年腰痛で悩まされているうちのおやっさん連れていって、役に立つんですか？」

ウルドが横やりを入れたので、迎えに来た者たちは一瞬きょとんとして、そして大笑いした。特にウサギの獣人であるミレイユは、ウルドの肩を叩いて腹を押さえていた。

「キミ、知らないの？　キミの店長さんが何者なのか。二つ名とか、知ってる？」

「……腰痛のゼルドス？」

「ぎゃははは！　そんなおっさん、ブラックホークのアタシたちが迎えに来るかっつーの！　あんたのとこのおやっさんは『暴虐』のゼルドスってね。ブラックホーク創立メンバーの一人だよ！」

「……古い二つ名だなぁ。それは俺が若い頃で、一応『智将』って二つ名もあるんだぞ？」

「おやっさん、『手綱の切れた』が抜けてます。どっちにしろ、暴れん坊でしょ？」

「テメェこそ一番穏やかなリス族のくせに、血みどろラッシャとか言われてたじゃねぇか！」

「うわぁ！　それ、成人前のやつです！」

盛り上がる傭兵たちを見て、ウルドはたしかに同族だなぁと思った。そしてミレイユがウルドの肩を抱きよせながら、いつの間にか手にした酒と肉をほおばっていた。目を離してはいなかったはずだが、どこから持ってきたのか。ウルドは自分の賄いとして用意していた料理と酒が、カウンターからなくなっていることに気付いた。

「ちょっと、それ！　俺の！」

「ケチくせーこと言うなって。新しい仲間にかんぱーい」

「やれやれ、こんな形で店を離れることになるとはなぁ。気に入っているんだけどよ、今の生活」

「すみません、おやっさん」

「ちょっくらケリつけてくるからよ、留守番たのまぁ、ウルド」

ラッシャが持ってきた黒いコートを羽織り、傾いた夕日を浴びながら出ていこうとする。その様が格好いいなぁと思いながらも、ウルドは、

「おやっさん……」

「なんだよ、寂しがるなよ？」

「いえ……いない間の給料、引いときますね？」

と、旅立つゼルドスに強烈な一撃を見舞ったのである。迎えにきた面々が盛大に笑ったのは、言うまでもない。

そして外に出た彼らを待っていたのは、遅れてきた汗だくの四番隊と、飛竜を複数待機させた竜騎士のアマリナだった。アマリナは彼らが笑いながら出てきたことを不審がる。

「どうした、そんなに笑って」

「このおっさん、ウケる～」

「またそんな俗語を使って……もうちょっとまともな言葉遣いをしなさい」

「堅いなぁ、アマリナ。もう互いに軍属じゃないんだから、いいじゃんよ～」

「ふん、これは素よ。それより、あれが噂の？　本物なの？」

「本物だよぉ、私がグルーザルドにいた頃、見たもん。ドライアン王の隣で、いつも軍を率いていたよ。ブラックホークの創立メンバーにして、グルーザルド軍事最高顧問ゼルドス。間違いないよ」

ぺろりとミレイユが舌なめずりした。その表情を見て、アマリナが表情を曇らせる。

「悪い癖を出さないでね、『三月ウサギ』」

「アタシそんなに盛ってないよ～。それより幻のドラゴンマスターさんは、ちゃんと全員分の竜を操れるんでしょうねぇ？　落っこちるのとか、やだかんね」

「皆乗っているだけで問題ないわ、私がまとめて操作するから。軍竜じゃない飼い竜なんて、指笛と手信号だけで十分よ。それより速く合流しないと、そろそろ五番隊のゲルゲダと、六番隊のファンデーヌが殺し合いを始めるわよ。一番隊の『ラバーズ』たちも、グロースフェルドの変態発言に限界が来るでしょうし」

「あ～、変態神父はレクサス以上にひどいもんねぇ」

「そういうこと。ベッツ副長がストレスでハゲる前に急ぐわよ」

「了解～」

「お前たちも結構ひどいぞ……」

グレイスのつぶやきは飛竜のいななきに消され、彼らはまもなく大空に旅立っていった。その先では、魔王の群れと、大陸一の傭兵団の激闘が待っている。

第十八幕　闇の魔術士たち

「前回は夜の森で、今回は廃虚ねぇ。なんて陰気なんだ！　いくら僕たちが悪の組織だからって！」

「……しょうがないさ、人目にはつきたくないだろう……」

「ですが、我々は真にこの世界を憂えています」

「それならもっとまっとうなところで集合したらいいのに。どっかの閑静な宿場や、一流料亭を貸し切るとかさあ」

「静かに、お師匠様のお出ましだよ」

ひそひそ話を続けていたドゥーム、ライフレス、サイレンス、アノーマリーの四人は居住まいをただす。そしてその場に音もなく入ってくる彼らの兄弟子と、その師匠。その兄弟子が彼らの姿を確認すると、四人に向けて質問を投げかけた。

「お前たち四人だけか？」

「つーか、僕は仲間が何人いるか知らないんですけど？」

「……女は一人も来ていないな……」

「そういえば三人ともいないね。目の保養ができないな」

「私はここにいますよ」

暗がりからすう、と黒と黄金の大剣二本を背負った長身の女性が姿を現した。彼女だけは魔術士然としたローブではなく、襟つきの細身の服に加え、ぴたりとしたズボンを穿いていた。さしずめ男装の令嬢かといった格好だが、あまりの気配のなさに彼らでさえ驚いていた。その女性が、髪の中ほどを赤いリボンでくくった、地面につくほどの見事な黒髪を揺らし、師匠に礼をした。

「お師匠様、集合に遅れたことを深くお詫びいたします」

「よい。魔剣の回収に手間取ったのか？」

「まだ秘密裏に、とのことでしたので。次はもう少し強引にやります」

「仕方あるまい、続き励め」

「ありがたきお言葉」

女性は一礼して下がり、控える。下がる時に黒く長い髪がふわりとたなびき、思わず他の男たちの視線を集める。ドレスに身を包めば、貴族令嬢か一国の姫と言われても違和感がないしとやかさだ。その姿を盗み見るようにしながら、アノーマリーが話しかける。

「お久しぶり、『剣帝』ティタニア。相変わらずお綺麗で」

「私はその呼び名を好んではいないのですが」

アノーマリーに剣帝と呼ばれたティタニアが、ややむっとした表情で反論する。表情に乏しい彼女はむっとしても、せいぜい眉がぴくりと動く程度だった。

「そう言うなよ。人間世界で有名な奴もいるしさ、通称って大事じゃない？」

「私の場合はその呼称も有名ですし、そもそも勝手につけられた二つ名なのですが……そういえば『森の乙女』からは言付けを受け取っていますが、お師匠様の元に届いていますでしょうか？」

「いや、聞いておらん」

師匠はうっそりと答えた。何か思いついたのか、アノーマリーが意地の悪い質問をする。

「へー、彼女はなんて？　あ、ちゃんと正確に再現してよ？」

「……『仕事が忙しくって行けませぇン、お師匠様、お許しぉん』……だそうだ」

再現した後でティタニアが顔を赤くする。生真面目と言うかなんというか。おそらく森の乙女も、この展開を想像してわざとそのような伝言にしたのだろう。ドゥームとアノーマリーは腹を抱えて笑っているが、他の者たちは笑っていない。ティタニアの実力を良く知る者なら、決してこんなからかい方をしようとは思わないからだ。

一方でヒドゥンは、額に青筋を浮かべていた。そして彼は唐突に怒って壁を殴った。

「まったく、あの女はこの集まりをなんだと心得ているのだ！」

「よせ、ヒドゥン。あれには潜入任務を与えているのだから、動けん場合もあるだろう。あとで私が直接出向く」

「なにもお師匠様が自ら出向かずとも」

「よい、久しぶりに顔も見ておきたいしな」

その時、さらにヒドゥンを苛立たせる要因が、高笑いと共に部屋に入ってきた。

「キャハハハ！　遅れま～した～！　ごぉめんなさぁい、お、し、しょうサマ～。キャハハハ！」

「げぇ、『お姫様』ブラディマリアが来た。絶対来ないと思ってたのに」

「……苦手だ……」

「心配せずとも、得意な人などいないと思います」

「兄弟子様、そろそろ血管切れて死ぬんじゃないの？」

彼らの心配通りヒドゥンの青筋がさらに浮き出る。外見上は少年たちと同じくらいで、金髪の縦ロールに、いやにひらひら、ゴテゴテした華美な服を着ているブラディマリアが、到着するなりヒドゥンの周りを観察するようにくるくる回りながら、さらに致命的な一言を発した。

「ねーねーヒドゥン～、ちょっと髪が薄くなったかしら？」

「げっ、いくら兄弟子様が嫌いでも、そこまで露骨に喧嘩を売ることはできないぞ」

「……憤死が現実味を帯びてきたな……」

「フ、フフフフフ……」

ヒドゥンがおかしな一人笑いを始め、ブラディマリアはその様子を楽しむかのようにくるくると周りを回る。ヒドゥンが次の言葉を発する前に、あたふたと他の面子が話題を変える。

「そ、そういえばあと一人、あのデカブツはいないの？　えーと通称と名前は……」

ドゥームが、ぽんと手を叩いて話題を変える。

「『バカ』だっけ？　本名は忘れちゃった」

「……ひどいな……」

「『百獣王（ビーストマスター）』ドラグレオですね。彼なら来る前に起こしに行ったのですが、微塵も起きる気配がありませんでした。いつものとおりといえば、それまでですが」

「彼、数年は寝っぱなしじゃない？　起きているところを見る方が珍しい」

アノーマリーが呆れたようにため息を一つついた。そんなやりとりを見ながらも、師匠と呼ばれた男は冷静に言葉を紡ぐ。

「よい、ドラグレオもあとで起こしに行くことにしよう。奴にはやってもらいたい仕事があるからな。報告がある者は受けるが、皆どうだ？」

「それじゃあ～、ア・タ・シ、からぁ～」

ブラディマリアは間延びしつつも、実に調子のよい口調で答える。

「お師匠様のいいつけどおり、この大陸での拠点、工房作りは終了しました～。予定より二ヶ月以上早いですけど～、良かったですかぁ？」

「うむ、早いに越したことはない」

「大変だったんですよお～？　部下はこき使いすぎて過労死するし～、関わった奴らは口封じのため皆殺しにしなきゃいけないし～。御褒美としてぇ～、余った時間は休暇にしたいんですけどぉ～、行ってもいいですかぁ？」

「……まあよかろう、許可する。ただし、ほどほどにな」

「やっっっっっったぁぁぁぁぁ～お師匠さま太っ腹～！　お腹は出てないけど～！」

「休暇かぁ、いいなぁ」

「あの子の場合、休暇と書いて、虐殺と読むんだよ。派手にやりすぎなきゃいいけど」

お嬢は師匠の周りをまとわりつくように跳ねまわっているが、その休暇がろくでもないのは全員が知っていた。彼女が遊びに来る地域はたまったものではない。次にライフレスが口を開く。

「……そういえば、最近仲間が増えたと聞きましたが？　……」

「うむ。まだ私以外は会ったことがないはずだな。一度連れてこねばとは思っているのだが」

「新米なんだから先輩たちに挨拶ぐらいしろってーの」

ドゥームが急に先輩風を吹かせながら文句を言った。

「今まではドゥームが一番後輩でしたものね。あまりきつく当たらないでくださいね？」

「はん、どうだかね。せいぜいこき使ってやるさ」

「残念だが、お前に使われるほど間抜けではない」

今度は全員が虚を衝かれ、はっと息を吞む。ここにいる全員が、その存在を察知していなかったのだ。それが証拠に、ティタニアですら背中の大剣に手をかけ、ヒドゥンも構え、ブラディマリアからは笑いが消えていた。そして何もない部屋の隅の暗がりから、少年がすうっと姿を現した。黒髪、黒いローブ、黒い瞳。肌着まで黒で統一された闇色の少年。真正の暗黒魔術士を思わせる装いに対し、いやに優しげで貴族的な整った顔立ちが、逆に不気味だった。

少年は黒い瞳を全員に向け、彼らを一通り観察すると、もはや興味は失せたとでもいいたげに顔を逸らした。その態度が気に食わなかったのか、ドゥームが食ってかかる。

「おい、いつからそこにいた？」

「最初から。さすがにいつまでも挨拶しないと、師匠殿の面子を潰しっぱなしになってもまずいと思ったものでね。しかし誰も私に気付かないとは、少々油断がすぎるんじゃありませんか、皆様？」

「こいつ！」

にわかにドゥームが殺気立つ。だが新しく現れた少年は相手にする様子もない。

「やめよ」

師匠が一喝するとドゥームはしぶしぶ引いたが、殺気はまだ放ったままだ。そんな彼を気にする様子もなく、純正の黒い少年は師匠と呼ばれる男に向き直る。

「ではオーランゼブル殿――いえ、一応師匠殿とお呼びしますか。もう顔見せも済んだので私はこれで。やることが山積みですから」

「おい、テメェの名前はなんだ？　名前くらい言っておけ！」

「そういう貴様から名乗ったらどうだ？　まぁ、興味はないがな。私のことは好きに呼んでくれ。どうせ私のことを名前で呼ぶことなど、そうはないだろうからな」

師匠――オーランゼブルとドゥームの返事を待たずして闇の中に姿を消す少年。この面子をして、彼の態度には全員が呆気にとられた。

「なんだアイツ。絶対に変な渾名をつけてやる！」

「失礼千万な新米でしたね。だがしかし――」

「……底が知れない相手ではあった……」

「ムカつくよね～子どものくせにさぁ？　キャハハハ」

「ブラディマリアがそれを言っちゃう？」

「――オーランゼブル様、放置してよろしいので？」

「……かまわん。奴には必要な時だけ力を貸してもらう約束だ。その時が来るまでは自由にさせておくさ」

　他の仲間の心配をよそに、オーランゼブルはふぅ、と一つため息を小さく漏らした後で、全員に向き直る。

「……全員聞け。あやつが加入したことでこれ以上仲間が増えることはあるまい。必要な駒は全て揃い、クルムスでの計画は問題なく発動した。これを以って遅れた計画を次の段階に移す。アノーマリー、現在の魔王の制作状況を述べよ」

「はいはい。現在ボクの工房にて、すぐにでも稼働できる魔王の数は百を超えてます。新規に拡充した工房にて制作中の個体を考えれば、千体は使えるかと。ただ」

「ただ？」

「いくらか問題もありますね。まず魔王に多様な嗜好性を持たせることに成功した反面、行動パターンにばらつきがあります。よって個体の能力に関係なく、成果に関しては予想より誤差が出るのではないかということ。それを補うためには我々のような指揮官が必要でしょう。このことから、多面的な作戦展開はまだ実行できそうにもありません。また魔王の備えた能力がどのように高くとも、誕生時は未成熟――いわゆる『レベル一』の状態です。運用までに戦闘経験をいくらか積ませる必要があるでしょう。さらに」

「まだあるのか?」

「残念ながら。仮に魔王を全て同時に運用するとしても、その配下となる魔物が足りません。ゴブリン、オークなどを積極的に捕獲してはいますが、それぞれに百体配備するにしても総数十万を超えます。とてもその数を捕獲・管理しておくのは場所的にも資産的にも厳しいかと。ただこれに関しては代案を既に考えております。実験が必要ではありますが、なんとか形にできるかもしれません。後でお師匠様の裁可を頂きたいと存じます」

「ふむ……」

いまだ山積みの問題にオーランゼブルは少し頭を悩ませたが、彼の頭がめまぐるしく回転し、すぐに対応策を考えついてゆく。むしろ、彼の中ではもう何年も考え尽くした計画である。悩むという作業は、彼の閉じた引き出しをあける作業にすぎない。

「その代案にかかる期間は?」

「実験の進み具合にもよりますが、一年は最低欲しいかと。あくまで完成品が出来上がって、実戦配備できるまでの期間ですが」

「よかろう。ちなみにアノーマリーよ、お前が意図した嗜好性を魔王に持たせることは可能か？」

その質問に、待ってましたと言わんばかりにアノーマリーがニヤリとする。

「まだ魔王制作の法則の理解が完璧ではないですが、およそ八割は意図通りのことができるかと」

「ならば、そろそろ相手の戦力を正確に把握しておきたいな。加えて万全を期すなら、魔王二千体の確保が必要だな。新しい工房の確保は――」

「はいはーい！　それはア・タ・シ、の仕事～キャハハハ！　バカンスついでに、土地の一つや二つ、平らにしておくわぁ」

「それでは資金、資材の調達は私がやりましょう。人間の社会に稼ぎ口もあるゆえに」

「……素材の調達は私がやろう……強力で珍しい魔獣の狩りをしようか……」

各々が次々と役割を申し出る。

「よかろう。ヒドゥンには別にやってもらうことがある、よいな？」

「はい。ティタニアはいかがいたします？」

「まだ魔剣の回収作業が残っていよう。次からは多少暴れてもよい。速やかに予定の数を回収せよ」

「御意」

黒髪の女剣士は優雅に、そして丁寧に一礼する。そしてオーランゼブルはドゥームにも命令を与えた。

「ドゥーム、貴様にもやってもらうことがある。私に同行せよ。ヒドゥンもな」

「あいよ」

「はい」

「ではこれで一度解散とする。ドゥームとヒドゥンは残れ。残りの者は定期的に進捗状況を私に報告すること。では皆、『世界の真実の解放のために』」

「「「「「「世界の真実の解放のために」」」」」」

その言葉を合図にそれぞれが姿を闇に消していく。そして残るオーランゼブル、ヒドゥン、ドゥーム。ドゥームが長い会議に体が硬くなったのか、屈伸をしながら質問する。

「で、お師匠様。何をするんだい？」

「まずはあの眠れる獣、ドラグレオを起こしに行く」

「眠れるバカじゃなくて？」

「少し黙っていろ、貴様」

ヒドゥンの苛立つ言葉と同時に転移魔術が起動し、三人の姿が廃墟から消えた。

＊＊＊

「ぐごー。んごー」

ここはとある洞穴の中。光が届く程度の浅さで空気の流れも感じられるが、凶悪な魔物、魔獣や人を襲う虫などが出没する危険な場所である。人間はおろか亜人種（デミヒューマン）の集落すら近辺にない。そんな洞穴で大いびきをかきながら寝ている大柄な人間の男がいた。

男の髪の毛や髭も伸び放題で、まさに獅子のような風体だった。その無防備な姿は恰好の獲物にしか見えないが、魔物や虫は遠巻きに彼を観察するだけで、近寄る気配はない。そんな彼の近くに、なんの前触れもなく三人の魔術士の姿が突如として現れた。

「うわー、爆睡してるねぇ」

「何年このままなのか……こやつの体はいったいどうなっているのだ？」

「トイレとかどうしているんだろうね？」

「私が知るか」

「……起きろ、ドラグレオよ」

「ぐごごごご」

オーランゼブルの言葉にも、ドラグレオは鼾(いびき)で返答した、実に気持ちよさそうに寝続けている。

ドゥームが呆れてドラグレオの頭を叩いていた。

「おーい、大丈夫かー？　起きろー」

「お師匠様、少々手荒に起こしてもよろしいでしょうか？」

「いいだろう」

するとヒドゥンはおもむろに魔術を唱え始め、突然目の前に火球を打ち出した。火球が炸裂する轟音と共に、目の前で燃え盛る炎。当然、ドラグレオも炎に呑まれた。

「兄弟子様、いくらなんでも無茶苦茶じゃない⁉　死ぬでしょ？」

「……この程度で起きてくれれば、苦労はいらないのだがな」

「え？」

渋い顔をするヒドゥン。ドゥームが目を凝らすと、徐々に薄くなった煙からドラグレオの姿が見える。彼はこの至近距離でなんの防御もなく魔術をくらっても、傷一つない。しかしさらに驚愕だったのは、

「ごー、ごー」

「うっそぉ、まだ寝てるよ」

「ちっ、やはりこの程度では起きぬか」

ドゥームが呆れたように寝続けるドラグレオを観察する。

「二人とも構わん、もっと派手に、殺すつもりでやれ。命令だ」

ドゥームとヒドゥンは思わずオーランゼブルを振り返ったが、命令と言われれば仕方がない。

「じゃあ、この洞穴ごとぶっ飛ばすつもりでやってみるよ」

「お師匠様の命令とあれば」

そして二人は魔術を連続で使い始めた。ドゥームは闇系統の魔術を、ヒドゥンは炎や氷などの多系統の魔術を立て続けに唱えた。凄まじい爆音や衝撃が辺りに響き、洞穴にいた魔物や魔獣が慌てふためいて逃げ出していく。そのうち本当に洞穴は崩壊が始まり、ヒドゥンの放った特大の一発がついに洞穴を反対側に突き破ると、空いた穴からは陽光が射したのだ。

「ハァハァ……もー無理」

「フゥフゥ……これならどうだ？」

その様子をじっと見守る三人の目の前で、むくりと起き上がる人影がある。

「くぁ～～～～～、よく寝たな。おお、今日もいい天気じゃねぇか」

ドラグレオは何事もなかったかのように起きていた。陽光を浴びて爽やかな朝を迎えたかのように、背伸びをしている。その様子にぐったりとするドゥームとヒドゥン。

「なんだアレ。あれだけの魔術が目覚ましにしかならないのかよ」

「相変わらずのタフさだな」

呆れる二人を尻目にひとしきり背伸びを終えた後、なぜか彼らに背を向け再び横たわるドラグレオ。まさかの二度寝である。

「寝るなー!!」

これにはさすがに怒ったドゥームが巨大な悪霊の塊をドラグレオに向けて発射するが、ドラグレオは背を向けたまままそれを鷲掴みにする。

「んなっ？」

「なんだ騒がしいな……む!?」

ドラグレオがようやく彼らに気付いた。ほっとドゥームが安堵するが、その口から発せられた言葉は、さらに意外なものであった。

「全身が……いてぇぞぉおぉぉぉ!?」

今更のドラグレオの反応に、ドゥームが思わずその場で道化師のようにずっこけていた。

「いや、遅いだろ？　このバカ！」

「オレはバカじゃねぇぇぇぇ！」

ドラグレオがドゥームを睨む。そのほとばしる殺気に思わずドゥームが身構えるが、

「オレは……アホだぁぁぁぁぁぁぁあああああ!!」

凄まじい咆哮が辺りに響き渡り、その衝撃で洞穴の外にある木々がたなびいた。鳥や動物、果ては魔獣までもが一目散に逃げていくほどの衝撃だが、ドゥームはもうどうでよくなっていた。魔術を連発した疲労が倍になって襲ってくる気がして、ドゥームは考えることをやめてしまった。だがそんなドゥームを気にかけず、オーランゼブルは淡々とドラグレオに話しかけた。

「久しいな、ドラグレオ」

「!? これは！」

ドラグレオがその場で正座をする。これで話が円滑に進むのかと、ヒドゥンが安心した瞬間。

「えーと……誰だ？」

危うくヒドゥンの血管が破裂するところだった。どうやらドラグレオに一切の常識は通用しないらしい。だが、オーランゼブルはかすかにローブから見える口元に笑みを浮かべただけである。

「本当に相変わらずで安心したぞ。私はおぬしと誓約を結んだ魔法使いだ。貴様も魔術士なら覚えているだろう？」

「………おお！ お師匠様ですな!? ですが久しいというのは違うでしょう、昨日会ったばかりではないですか」

「前回貴様が寝てから、既に五年は経っているがな」

「……はっはっは！　まあ細かいことは気になさらず！」

ドラグレオが多少気まずいのを笑ってごまかした。全然細かくないだろうとドゥームは思ったのだが、「考えるだけ疲れるからやめておけ」とヒドゥンに目で諭されたので、ここは素直に忠告を受け取ることにした。その間にも二人の会話は続いている。

「貴様にやってもらいたい仕事がある」

「力仕事ならお任せあれ！」

「むしろ力仕事しかできぬだろうが」

「うわははは！　これは師匠に一本とられましたな！」

ここにおいてドゥームは一つ理解した。この男にいちいち突っ込んでいたら自分の身が持たないことを。ドラグレオのことは放っておいて、他のことを考えていようと結論付けた。

（こいつ、なんの魔術を使うんだろうな。頑丈さから考えれば防御？　それとも回復か？　いや――そんな単純な魔術で仲間にするかな？　それより、そろそろ僕にも仲間が欲しいなぁ。お師匠様の仕事を一人で片付けるのも一苦労だし、頭が回って闇か暗黒属性の仲間なんていないものかしら。どこかで強力で自我のある悪霊を見繕ってだな――）

「ドゥーム」

「へぇ？」

どうやらいつの間にかドラグレオには説明が終わったらしい。自分の思考に熱中していたドゥームは思わず変な声を出してしまった。

「何を間の抜けた声を上げている。次は貴様に仕事を伝える」

「あ、はいはい！」

「まずはとある洞穴にある封印の回収だ。これは回収後、中身を貴様が自由に使ってよい。むしろ貴様にしか使えないだろうしな。私にも多少因縁のあるものだが、貴様の役に立つだろう」

「？　そういうことなら喜んで」

具体的なことを知らされない不思議な内容の仕事に、ドゥームは首をかしげる。

「その後、ある勢力の戦力を確認することまでが仕事だ。今回はあくまで確認であり、危ないと思ったら退くこと。どこまでやるかは貴様の判断に任せる。貴様なら、万一にも死ぬことはあるまい」

「……ということは、相手の出方次第では全滅させても構わないんだ？」

ドゥームが陰惨な笑みを浮かべた。オーランゼブルも、挑戦的に笑みを作る。

「できるものならな」

「楽しみだねぇ。で、標的は？」

「アルネリア教会と、その最高教主ミリアザールだ」

＊＊＊

チ、チチチ、チ……。
モーイ鳥が絶え間なく深緑宮で囀る季節となった。番（つがい）がいる個体は雛（ひな）を産み育て、いないものは自分の番を求め飛び回る。卵からかえった雛が餌をひっきりなしに求め、親鳥たちがせわしなく飛び回る時期となった。かしましく囀る彼らが鬱陶しいと評されないのは、彼らの鳴き声が美しいからか、深緑宮に勤める人の心に余裕があるからか。

アルネリア教会最奥の宮殿である深緑宮は、その名のとおり緑をふんだんに取り入れた美しい宮殿だった。中庭の噴水や各所の柱を緑に彩るだけではなく、実際の自然も多く取り入れている。また浄化が大陸で最も頻繁に行われている場所でもあり、ここに集まる動物たちの気性までもが穏やかになると言われていた。

そのように優美でゆっくりとした時間が流れる場所に響き渡るのは、平穏とは程遠いミリアザールの悶絶の声だった。

「ミリアザール様、こちらの書類にも決をお願いします。それが終わったらこちらの山も」

「リンデン公国の使節長が面会を求めておりますが、いかがなさいますか？」

「ねーねー、ぺったんこ～遊ぼうよ～」

「いっぺんに言うなぁぁぁ！」

アルフィリースたちと別れた後、ミリアザールは陸路にてジェイクたちを連れ帰った。本当は転移魔術を使って帰りたかったが、多人数かつ遠距離のためミリアザール一人の魔力では不可能だった。お忍びの旅で地方司祭の協力を大々的に得るわけにもいかず、チビたちが幼すぎて飛竜に乗せるわけにもいかず。やむなくアルベルトを伴い陸路で帰ったが、ゆうに一ヶ月以上かかった。

途中でルースが迷子になったり、ミルチェが熱を出したりとくたくたになって帰ったミリアザールを迎えたのは、机の上にうず高くそびえる仕事の山。この最大の敵を前に頭を抱えて悶絶するミリアザールの尻をひっぱたいて仕事をさせるのが、普段は女官として傍に仕える梔子の仕事である。

「ぐうぅぅ～。仕事の量が多すぎるぞぉ～どうしてこんなことになったぁ～」

「普段から三大司教に裁可させておけば、こんなことにはなっておりませんのに。ささ、こちらが討魔協会関連、あちらが魔術協会の関係資料です。加えて、聖都アルネリアが現在の場所に移されてから四百周年。そのための記念式典が冬前に行われますので、その準備が差し迫っています。各国の王族・公爵に詳細を送らねばならないのに、もう遅いくらいです」

「誰がそんな面倒くさいことを取り決めた？」

あまりの仕事量に、ミリアザールが手を動かしながらも文句を垂れる。

「十三年前に、ミリアザール様が大司教たちとの会食の席で呟いたのを、それを当時大司教補佐だったマナディル様が形にされたのですよ。貴女が発端です」

「ちっ、あの三馬鹿め……そういうところだけはしっかりしておる」

ミリアザールは三馬鹿と文句を垂れたが、威厳ある顔役としてのマナディル、勤勉で内外からの信頼が厚いドライド、飄々として裏方の仕事が得意なミナール。三者三様の得意分野があり、ここ数十年ではもっとも安定した三大司教だった。あまり目立ちはしないが、実務だけでなく戦闘力も相当に高い。

若い時は紅顔の美青年として名を馳せたマナディル、精悍だったドライド、陰気で何を考えていたかわからなかったミナール。あの三人が大司教かと、ミリアザールは感慨深くなる。そしてマナディルとドライドが、気苦労から禿げ上がったことも。

「ワシのせいじゃないからの」

「これ以上お二人を禿げさせたくなければ、仕事をなさってくださいませ」

「心を読むなぁ！」

ミリアザールが少し物思いにふけろうとした瞬間、ダン！　と新たな書類が目の前に積まれた。

「休息くらいよこせ！」

「ダメです。お花摘みも一日三回まで。先代梔子からそう承っております」

「貴様らは鬼か!?」

「我慢できないようでしたら、簡易便所の上で仕事をしてください。戦場でもお花摘みなどに行くことができないのは常識でしょう？　今はここがあなたの戦場ですよ」

「ギィイイイ！」

「外まで聞こえてるぞ、何やってんだ？」

手に練習用の木剣を携え、部屋に入ってきたのはジェイクであった。

「ぺったんこさぁ、アルベルトを借りていい？」

「別に構わぬが、また稽古か」

「ああ、リサ姉に約束したからな。まずはアルベルトから一本取れるようになってやる！」

その一言にミリアザールと梔子が顔を見合わせる。まずは、が最終目標に近い気がするが、それは言わないでおく。アルベルトもジェイクには見所があると言っていたし、魔術も使えるらしい。どうやらジェイクは騎士として、最低限出発点に着くだけの素養はあったようだ。

「ところで、貴様の愛しのリサたちから手紙が届いているが、読むか？」

「……まだ難しい字はあまり読めない」

「愛しのは否定せんのか。まあ仕方ない、ではワシが読んでやろう」

梔子はやれやれといった顔で呆れたが、さすがに目をキラキラさせて楽しみにしている子どもたちを止めるわけにもいかなかった。いつの間にか、他の子どもたちもアルベルトも集まっていた。

「では読もうかの。なになに、『拝啓、ぺったんこババアへ』……キーッ!!」

「……フ」

「落ち着いてください、そこまでぺったんこではないですから」

「ババアは否定せんのか！」

そのやりとりを聞きながら、子どもたちは転げまわって笑っている。ミリアザールの周りは最近ずっとこんな調子で、賑やかだった。

手紙には、他の仲間からの言伝もあった。アルフィリースからはさまざまな手配に対する簡単な謝意、ミランダからの近況を伝える内容、そしてリサからは子どもたち一人一人に対してメッセージがしたためてあった。リサは目が見えないので、ミランダが代筆したようだが、からかう部分だけ妙に筆跡が濃い。

アルフィリースたちはフェンナの依頼を果たした後、進路を中央街道に向けていた。どうやらフェンナをシーカーの一番大きな里まで送り届けるらしい。詳しい場所については言及されておらず、手紙に書くことに危険を感じたのかもしれない。実は口無(くちな)しにこっそり見張らせているので、ミリアザールは彼女たちがどこでどうしているかは、全て知っているのだが。

その時、ミリアザールはぴくりと使い魔の気配を感じた。この宮殿にめぐらしてある結界を抜けて使い魔を出してくるとなると、自ずと相手は限られる。

「アルベルト、ジェイクと剣の稽古に付き合ってやれ。ジェイク、チビ共を連れていってこい。ワシは仕事があるでな、ちと集中したい」

「ああわかった。大丈夫なの？」

ジェイクが意味深な目をこちらに向ける。彼はセンサーではないのだが、長らくリサの傍にいたせいか、相当勘が鋭い。時折まだ十歳とは思えないような冴えを見せる。

「心配いらん」

「ん。皆いくぞ、ぺったんこの邪魔しちゃだめだ」

「えー」

「ミルチェ、贅沢言わないの」

「タッドもクエスも今日は遊んでもらうって言ってたのに～」

「だめよ、ほら行くわよ！」

最後はネリィに促されて全員出ていった。残ったのはミリアザールと梔子だけである。

「……もうよいぞ」

「久しぶりだね、ミリアザール」

入ってきたのは人語を喋る小さな青い鳥の使い魔だった。

「わざわざ使い魔で結界を抜けてこんでも、他にも色々と連絡の仕方はあるじゃろう？」

「最近は君のところ以上に私の部下も信用できなくてね。苦肉の策さ」

「魔術協会の長も楽ではないか、テトラスティン」

ミリアザールが名前を呼ぶと、自嘲気味に笑う声が鳥から聞こえたような気がした。

「そういうことさ。面白い情報が手に入ったけど、身動きが取れなくてね。久しぶりに君に直接逢いたいな。おいしいお茶と菓子を用意して待ってるよ」

「菓子はともかく、茶にはうるさいぞ？」

「はは、わかったよ」

そういって鳥はざぁ、と姿を崩し青い粉に戻る。だがその粉に戻った場所がまずかった。先ほどミリアザールが文章を書いて捺印した書類の上だったのだ。

「ああ、書類が粉まみれに！　元に戻るのも場所を考えよ、まったく。じゃが、どうやらさらに忙しくなりそうじゃな……ふぅ」

と、一つ物憂げにため息をついたミリアザールであった。

第十九幕　初心者の迷宮にて

ミリアザールが深緑宮で悶えるちょうど同じ時、アルフィリースたちは何をしていたかと言うと

――一文無しになり、酒場で働いていた。話は数日前に遡る。

その日、アルフィリースたちはフェンナをシーカーの他の仲間の元に送り届けるため、大草原を目指していた。大草原というのは、東に向かうための中央街道と北の街道の間に広がる広大な草原のことである。名前は優雅だが大陸でも有数の辺境と称される危険地帯であり、むしろこの草原を避けるために、二つの街道が発達したと表現した方が正しいだろう。

馬で抜けても最短でゆうに一カ月はかかるといわれるこの土地は、従来魔王たちが好んで占領地としていた。広いだけではなく森も深く、また不思議な磁場があるのか見晴らしの良い草原でありながらも迷いやすく、魔獣や魔物も異常に強力なこの土地は、魔王を排除した現在でも蛮族と犯罪者の巣窟だった。

だがその分珍しい素材も多く採れ、傭兵としての等級を上げるにも格好の修行場となるため、時期を選んで一度は傭兵が訪れる場所でもある。噂では草原には主と呼ばれる魔物や、旅人を助ける風の精霊がいるらしいが、誰も生きてその姿を見た者はいないという神秘性もあった。

その中の一画に、シーカーは五千人を超える一大拠点を構えているそうだ。次なるアルフィリースの目的地は、その里となる。

アルフィリースたちは長旅に備え、大草原に入る手前の町で買い出しをしていた。ミランダやリサは各所で日用品を値切るのに必死で、アルフィリースは武器の調達、ニアは食料の見積もりに出かけていた。そしてフェンナは、やはり彼女の容姿を考えて人前に出したくないと、宿で荷物と一緒に留守番させたのがまずかった。流れの商人にフェンナは上手いこと騙され、一文無しにされた。

アルフィリースたちは失念していたが、シーカーの里で育ったフェンナに、人間世界の金銭感覚があろうはずもない。しかもフェンナは無類の宝石、光り物好きであり、アルフィリースたちが揃って宿に帰った時、最高の笑顔と共に偽の宝石を見せびらかされた時は全員がショックで思わず荷物を落とした。輝くフェンナの瞳は、底抜けの節穴でもあった。

そしてその日の宿代すら払えなくなったアルフィリースたちは、宿の主に頼んで働き口をもらっている、というわけである。

「二ヶ月分の旅行費が～しくしく」

「元気出して、ミランダ。後でギルドにでも行って、手ごろな依頼を探しましょう」

「しかし店長はどうしてあんなに楽しそうなのかな」

「亡くなった奥さんが裁縫好きの給仕だったそうですが」

「それでこんな短いスカートの女中服（メイド）なのか。いかがわしい商売と間違われそうだね」

ミランダがスカートをつまみながらひらひらとさせる。膝上掌一つ分は短い。

「評判の宿屋とのことでしたが、こういうことでしたか。料理が美味しいのは認めますが」

「お前たち、無駄口を叩かずに仕事をしろ」

気が乗らないアルフィリース、ミランダ、リサに対し、ニアが一番乗り気で仕事をしていた。どうやら女性としてちやほやされるのはまんざらでもないらしく、

「ニアさーん！　こっちも早く注文ー！」

「待て、今行く」

「ニアさんって、可愛いですね～」

「わ、わ、私なんかがそんなに可愛いわけないだろう！」

などと言いながら真っ赤になっており、上々の客受けだった。

「ふむ、ツンデレランクが上昇していますね。私の教育が活かされているようです」

「あまり変なことを仕込むと、グルーザルドに恨まれるわよ？」

きらりと目が光るリサを、アルフィリースが窘める。ニアとフェンナを看板娘にして店を出したらひと山当てられるのでは、などとくだらないことをリサが考えていた。

休憩時間になると、アルフィリースとリサはギルドで仕事を探す。明日もメイドをするわけにはいかない。

「どうリサ、そっちの依頼は？」

「人口二万人程度の町では大した依頼もありませんね。大草原周辺部の町なら探索系の依頼も多いでしょうし、様子も違うでしょうが」

「私もよ。宿場町らしく、ほとんどが輸送とか護衛の依頼ね。今の仕事以上にお金を稼げる依頼がないわ」

「アルフィの等級が低いからでは？　ちゃんと真面目に傭兵の等級を申告しておけばこんなことには……」

「ぐっ、それに関しては反論できないわね」

「とはいえ、ないものねだりしても仕方がないですね。やれやれ、魔王を狩ることができるE級な

ど聞いたこともありません」

「そんなこと言われても、前回の依頼はギルドに申告できないじゃないのよ〜」

二人で頭を悩ませているのを見かねたのか、ひげにパイプをくわえたいかにも人のよさそうなギルドの主人が声をかけてくれた。

「お前さんたち、お金がないのかい？」

「うん、実は……」

アルフィリースは、かくかくしかじかの理由を話す。

「うーん、それならこんな依頼があるんだけどな。俺は眉唾だと思ってわざと掲示しなかったんだ。なんだか怪しくてな」

「どんなやつ？」

「これなんだけどな」

ギルドの主人が紙を開いて見せてくれた。

「どれどれ……『迷宮探索人員公募。日当は一人報酬五百ペンド、等級規定なし、移動費、食費、武器代も別途請求可。成果に応じて成功報酬あり』……待遇が良すぎない？」

「怪しさが溢れ出ていますね。話がうますぎます」

金欠のアルフィリースたちにとっては願ったりの依頼だが、それにしても報酬が破格すぎる。贅沢をしなければ、宿代は一部屋一食付きでおよそ十ペンド。人数が増えるごとに、一人五ペンドずつ加算されるのが相場だ。剣を研ぎに出してもせいぜい五ペンドだし、旅装備を裸から一式揃えたとして、質を問わなければ百ペンドもあればなんとかなる。

ちなみに先ほどアルフィリースが見た荷物輸送の依頼など、日当はせいぜい五十ペンドだ。ギルドの主人が怪しく思うのも無理はない。

「だろう？　場所も場所だけに、余計にな」

「どこにあるの？」

「ダルカスの森を西から入って一日もないくらいの遺跡だよ。魔物もほとんど出ず、二刻もあれば隅々まで歩けるくらいの広さなのさ。このあたりで傭兵を始めた連中は、練習を兼ねて一度は潜る場所だ。通称、『初心者用の迷宮(ダンジョン)』ってくらいだからな」

ギルドの主人は目を細めながら、煙を用紙に向かって吹きつけた。

「ふーん。これを出した依頼主は何がしたいんだろう？」

「さあな、なんせ他の町の出来事でな。どこかの金持ちの道楽としか思えん。参加人数にも制限がないしな。もし千人の申し込が来たら報酬が払えるのかって話になるし、払えなかったら信用問題になる。それで俺は何か裏があると踏んで、おおっぴらに掲示してないんだよ」

「もっともな考えですね。アルフィ、どうしますか？　ちなみに私の予感ではイイ感じはしませんが、条件自体は申し分なしです」

「そうね……」

アルフィリースは少し考えた。おいしい話には裏があるわけだが、今の状態をいち早く打開するには稼ぎの良い仕事がしたい。稼ぎのよい仕事は魔物・魔獣討伐や探索が主となるが、準備、食事などは大抵が自腹である。当たれば大きいが、外れれば損害の方が大きくなることもある。

一方で護衛や輸送の仕事は持ち出しは少ないが、報酬はあまりよくないし何より時間がかかる。それにフェンナに対する偏見も問題となるだろう。

これだけの仲間なら多少危険な依頼も大丈夫かと思いつつも、前回戦ったブラックホークのことが脳裏をよぎる。もしあの強さの敵に、次出くわしたら。自分の決断が皆の生命を左右するのだ。

アルフィリースは考えた。

「おじさん、この依頼は周辺のギルドにも出回ってる？」

「ああ、この地方一帯にはね」

「わかった、やるわ」

「いいのかい？」

「ええ、大丈夫よ」

こうと決めると、アルフィリースは早い。すらすらとサインし、依頼を受理した。リサが訝しむ。

「受けるとは思いましたが、決断が早いです。決定打はなんだったのですか？」

「この周辺の人口総数、ギルドの支部数、活動中の傭兵の数をざっと推測したわ。前に立ち寄ったギルドの支部で、この周辺土地の情報を押さえたの。私の推測では五百人はこの依頼に集まってくるはずよ。それだけいれば、たとえば他人を盾にしても逃げることくらいはできるかなって」

その言葉に、リサは少し表情を歪める。

「……腹黒いですね。もっとアナタは正義感にあふれた人間だと思っていましたが」

「残念ながら私は正義の味方ではないわ。もちろん助けられる人間は助けるし、無用な殺生もしない。でも、なんでも助けられると思えるほど私が強くないのは、この前の戦いでよくわかったから。私が正義の味方になるとすれば、もっと強くなって、それからずっと先のことよ」

「そう言う割には、ここに来るまでに何回道端で困った人を助けたことやら」

「そうだっけ？」

ここに来るまで実際に行き倒れた旅人にご飯を分け与えたり、溝にはまった馬車を助けたり、一日一善以上していたアルフィリース。リサの感覚で言えばお人好しもいいところだったが、そこが実にアルフィリースらしく、リサが彼女を好ましいと思う点の一つだった。この余裕のない時代で、こんなお人好しは珍しい。口ではこんなことを言っていても、いざというときにはできる限り多くの他人を助けようとするのだろう。

（まあいざとなれば、汚れ役はリサやミランダでやりましょう）

リサはため息をつきつつも決意を固めたが、そんなことをアルフィリースは露知らず、気持ちは初めての迷宮探索に飛んでおり、それが楽しみで依頼を受けたというのは皆に内緒にしておくことにした。

翌朝、気持ちのいい晴天と共に出発する。マスターが報酬にイロをつけてくれたので、馬を併用して目的のダンジョンまでおよそ三日。だがアルフィリースは失念していたのだ。傭兵が沢山集まるということは、自分が苦手とするあの男も来る可能性があることを。

＊＊＊

「さて、この辺に力場ができていたはずだけど――」

オーランゼブルの依頼を実行する前に、ドゥームはやりたいことがあった。以前土地の汚染で立ち寄った際に、自分が関与していない汚染地域が拡大されているのを感じた。戦争とも呼べない小競り合いで、あるいは魔物の大量発生で、あるいは盗賊団などによる襲撃で。多くの死は、土地を穢す。穢れた場所を放置すると、新たな魔王の発生や、あるいは魔物が大量発生する素地となるが、たまにアルネリアの浄化が追いついていない場所がある。そういった場所をドゥームは探し、拡大する。時には積極的に土地を穢す。それがドゥームの主たる役割だった。

その中に一つ、不思議な場所があった。汚染の気配を感じたが、具体的な場所が見つからなかったのだ。その時は時間がなかったので放っておいたが、後から考えれば原因は一つ。汚染の原因が移動している――すなわち、汚染の原因となった「個体」がいるということだ。

自分の手駒を増やしたいと考えているドゥームは、これを好機と考えた。勧誘、あるいは隷属させて、使役しようとこの土地を訪れたのだ。一見平和な中規模の町。だが貧民街があるなど、それなりに光と闇を抱えた町。当然のごとく貧民街では死者も出るだろうが、それにしては死の気配が強いと感じられた。

「二十、いや三十――ちがうな、もっとだ。何人がここで死んだ？　肉の一切れ、骨の一欠片に至るまで、いや、今際の悲鳴や魂まで喰いつくしたんだね。なんという貪食だろう」

ドゥームは貧民街の一画に足を踏み入れたが、そこだけがとても静かでひんやりとしていた。足を踏み入れたドゥームの背後に、突然少女が立った。ドゥームはすぐに理解した。このガリガリに痩せこけたこの少女こそが、この土地を汚染する悪霊だと。ドゥームはその少女を見るなり、いたく気に入っていた。

「へー、その幼さで悪霊になるなんて大したもんだ。悪霊としての力はまだまだだけどね」

少女を見てニヤニヤと笑うドゥーム。少女は驚いた。自分に話しかけてくる人間は久しぶりだからだ。いつも自分を見て悲鳴をあげるか、逃げまどうしかなかったのに。少女は少し相手に興味を持って、首を傾げた。その反応を見て、ドゥームはますます気に入っていた。

「なるほど、既に第三階梯に達しているか。自由意志があるんだね？　これだけの才能があれば、僕の力ですぐにでも第四階梯に行くことができるだろう。君は何かしたいことがあるかい？　僕でよければ手伝えるけど」

少女は少し考えたが、どうせ考えることは一つしかないことに気付く。生まれた時から、そして死んでからもそうだった。

「……お腹いっぱい食べたい」

その言葉を聞くなり、ニヤリと少年は歪んだ笑みを浮かべた。

「なら、それができる場所へ連れていってあげよう！　僕の名前はドゥーム。君の名前は？」

「名前、ない」

「それなら僕が名付け親だね！　君の名前はそう、マンイーターだ！　好きなだけ、なんでも食べさせてあげよう！」

その言葉に少女は生まれて初めて微笑み、ドゥームの手を取った。マンイーターと名付けられた少女の悪霊が第四階梯に到達し、通常の浄化では消滅しない大悪霊となった瞬間である。

「さて、そうなるとアノーマリーのところに行くのがいいかな」

ドゥームはマンイーターの手を取って、その場から姿を消した。

＊＊＊

「まったくさ、キミっていつも問題を持ち込むよね⁉」

「ごめんごめん」

ぷんすか怒るアノーマリーの後を、謝りながら歩くドゥーム。当然、まったく本気で悪びれている様子はない。

「そりゃあ、魔王の失敗作の処分に困ってるって言ったよ？　だからってさぁ、解決の仕方がさぁ」

「どうなったの？」

「見なよ！」

アノーマリーが鉄の扉を開けると、そこには鋼鉄製の檻（おり）が何十とあった。それらはほとんど全てが空であり、そして中には血だまりができていた。一部にはまだ魔物などが入っていたが、全て怯えているか、発狂しているかのどちらかである。

「御覧のとおりさ。三日前までこれらの檻は満杯だった。全部マンイーターとやらがやったんだよ」

「えーと、彼女はどこ？」

「あそこだ」

檻の一つから咀嚼音が聞こえる。ドゥームの気配に気付いて振り返ったマンイーターの顔は血に濡れていた。ドゥームはその口回りを拭いてやる。

「口くらい拭きなよ、女の子でしょ？　で、満足した？」

「……全然足りない」

「これだよ。三日間休みなく処分し続けてこれだ。なんてものを仲間にしたんだい？」

アノーマリーがお手上げをする。だがドゥームは笑顔でマンイーターを歓迎した。

「ふふふ、期待通りだ」

「期待するなよ。三日三晩、この処分場は阿鼻叫喚の渦だったよ。彼らの悲鳴が耳について耳について」

「眠れなかった？」

「いや、熟睡できた」

「ならいいじゃん。子守歌みたいなものだろ？」

「おかげさまで寝坊だよ！　予定が詰まっているのに、どうやって取り戻せってのさ！」

アノーマリーが地団駄を踏んだが、ドゥームは無視した。

「それより、頼んでおいたものは用意できた？」

「その点は抜かりないよ、仕事に関わることだからね。だけどキミも面白いことを考える。こういう魔王運用を思いつくなんて、発想だけならボクを上回る時があるよね」

「褒めてくれてる？」

「最低のクズ野郎だって言ってんの」

「やっぱり褒め言葉じゃん」

アノーマリーが準備した巨大な生物を見て、ドゥームはほくそ笑む。下準備はサイレンスに頼んだ。これでオーランゼブルの依頼を、より理想的な形で達成することができそうだ。

「優秀な指揮官は、一手で二つも三つも効果を考えるってね。楽しくなりそうだ」

「また失敗するんじゃないの？」

「僕が直々に乗り込むんだよ？　そんなことはありえない」

「ありえない、はありえないってね。まぁ良い報告を待っているさ。使えそうな素材があったら調達よろしくね」

「ああ、借り一つにしておくよ。行くよ、マンイーター！」

「もうちょっと待って。食べ残し、よくない」

マンイーターが残っている魔物たちにぎらりと目を向けると、再度処分場の中には悲鳴が響いた。

＊＊＊

依頼の期日は何日かに分かれていたが、アルフィリースたちは最後の日程に合わせることにした。今度の旅は街道沿いであり、宿場も多いが、宿代節約のため野宿している人たちの明かりもそこかしこに見えた。魔物も滅多に出ず、アルフィリースが旅を始めてから最も安全で、のんびりした道のりだった。

また昼に限らず夜半でも、中央街道近くはそれぞれの国が自分の領地を巡回している。どの宿場にも詰め所があり、酒場で住民と盛り上がる騎士や警備兵を見かける。国境沿いの酒場では、二つの国の兵士が肩を組んで騒いでいる姿すら見ることがあった。元はれっきとした国家間の懇親会が催されていたのだが、中原に平和が成立してから何十年も経った今、そんな堅苦しいことをせずとも多くが顔馴染みとなった。中には、互いの子ども同士を結婚させようなどという話も飛び出す。このおかげで西方ではありがちな国境での小競り合いが、中原では行われない。

もともとこの一連の仕組みを考え出したのはミリアザールだが、そのことは各国首脳陣しか知らないことである。誰が成したかは重要ではなく、結果のみをミリアザールは視察の際に笑顔で眺めていた。

盛り場では酔っ払い同士の喧嘩もしょっちゅう行われるが、事件にはならない。喧嘩が始まると賭けが始まり、その喧嘩を肴に全員が飲むなど、ちょっとした祭りの様相を呈する。なぜかミランダも時々混じって大暴れし、リサが賭けの胴元となる。

「シスター服は着てないから大丈夫！」

「確実に勝てる賭けを仕切らないのはもったいないでしょう。ミランダに一点賭けしておきなさい」

ということだった。そういえばミランダは昔、山賊まがいのこともしていたとアルフィリースは聞いた。酒場で暴れるのは昔から慣れたことなのだと、イズの町の出来事も納得してしまった。あのシスターは絶対ロクな死に方をしない、あ、不死身だったっけ、とかつまらないことをアルフィリースは考えながら、喧嘩をのんびりと眺めていた。

そんな旅路の中で、彼女たちは互いに手合せや打ち合わせを繰り返した。いざという時の判断を統一しておくのは、一瞬の判断を要求される戦場では生死を分ける重要な要素となる。実際に戦場では烏合の衆一万を、訓練された千の兵が打ち破ることなど珍しくもない。

アルフィリースたちの中で、純粋な近接戦闘ではニアが突出して強く、僅差でアルフィリースだった。手合せとなると、きちんとした武芸を習ったアルフィリースの方が、ミランダよりかなり上手だ。そして扱う武器の多様さも、アルフィリースの特徴だった。ニアが休憩を取りながら、アルフィリースに質問する。

「アルフィは武器を選ばないな。それは師匠譲りか？」

「そうね。剣を取って敵を倒す人生を選ぶのなら、木の枝でも人を殺す技術を身に付けろというのが師匠の言葉よ。色んな武器を渡されて、練習したわ。棍棒、槍、鎖鎌、手甲剣、ブーメラン……変わったところでは、木の実とか革袋ね」

「うーん、それは独創的な訓練だな。師匠は武芸の達人だったのか？」

「達人……だと思うわ。所属した国では千人長だったそうだし、棒術は間違いなく天才だった。棒術を使う師匠からは、結局数千回戦って二、三本しか取れなかったもんね。最近、街道警備兵と訓練して、師匠がどのくらい強かったのかわかったわ」

「でも、最初は平団員とも五分だったのに、最後は副隊長と隊長を手玉にとったよな？　あれはどうやったんだ？」

　ニアが不思議そうに聞く。ニアは隊長とは割と良い勝負になったので、ちょっと悔しかったのだ。

　アルフィリースがくすりと笑う。

「騎士団ってものはね、扱う技術が一緒なの。大筋の型があり、それが熟達しているかどうかだけ。だから平団員で型を引き出して、相手の攻撃を誘導したの。それであっさり勝ったようにみせただけ。混戦の中で戦えば、結構強い二人だったわ」

「なるほど……もしかして、先のブラックホークとの戦いでは、相手が私にそれをやっていたのか？」

「私も細かいことはわからないけど、相手はあの速度でニアの攻撃を誘導していたのかもね。だけどそうだとして、戦闘経験が段違い。そしてニアよりも速い相手と普段から訓練しているのでしょうね。速度に驚かなければ、ニアの攻撃に決定打が欠けるのは事実よ。鎧で重装備した相手にも弱いでしょう？」

「たしかに。爪を使っても、鎧の固さによっては引き裂けない。狼族や熊族なら別だが」

「獣人は魔術にも弱いものね。戦略や戦術も苦手かしら」

「その分、はまると強いがな。罠を蹴散らすほど強いのは、優秀な指揮官がいた時だ。グルーザルドには、その指揮官である獣将が十二人いる。もっとも、本当に武勇で名を馳せた時には王が出陣していることが多く、獣将の上に最高軍事顧問なる人がいたらしい。今は引退して、空位だが。すごかったらしいぞ、百以上の戦で負けなし、苦戦すらなし。最高軍事顧問が引退した後も負けなしだが、苦戦はしていた。唯一引き分けたのが、ブラックホークの傭兵団がいた戦場らしい」

「そこでもブラックホークの名前が出るの？」

驚くアルフィリースに、ニアがきょとんとする。

「有名だろう？　殿を引き受けたブラックホークは、獣将が勢揃いするグルーザルド五万の軍隊に、五百の殿で仕掛けたんだ。その先頭を張ったのが、若き日のヴァルサス。六人の獣将を蹴散らし、グルーザルド王ドライアンに一撃加えて引き分けに持ち込んだ。どんな化け物だったのか……獣人に人間世界を旅する者が増えたきっかけの戦いだったと聞いている」

「軍隊を蹴散らす人間かぁ。戦術が役立たずになるわね……欲しいわ、それほどの強さが」

アルフィリースの言葉には切なる願いが詰まっていた。そして旅の中でリサにはアルフィリースが剣の型を教え、フェンナはアルフィリースに弓のコツを教えてもらった。また街道警備をしている騎士団などに練習相手を頼むことも増えた。

幸いなことに街道のおおらかな雰囲気も手伝うのか、アルフィリースたちの申し出を騎士団は大抵が快く引き受けてくれた。もちろんミランダがアルネリアの権威と猫なで声を使って近寄り、リサが煽り、最後はミランダが手の平を返すのがお決まりだった。

訓練のつもりで始めた日課だが、これがのちに意外な福利を彼女にもたらすことになる。

＊＊＊

そうして『初心者用のダンジョン』の前に到着したアルフィリースたち。依頼最終日ということも手伝ってか、遺跡の前には百人を超える人だかりができていた。人種、職業もさまざまで、獣人はもちろんのこと、珍しいことにエルフやドワーフ、巨人もいるし、剣士、弓使い、槍使い、格闘家、魔術士など職業も多様だった。リサ程度の体格の子どもは魔術士だろうかと、アルフィリースは思わず彼をじっと見てしまった。

その視線に気付いたのか子どもが振り向き、ニコリと笑って手を振ってくる。思わずアルフィリースも同様にすると、その様子に気付いたミランダとリサがアルフィリースをからかい出した。

「アルフィ、知り合いってわけじゃないよね？」

「いくらもてないからって、どさくさに紛れて子どもを誘惑しないでください。あときょろきょろしない。田舎者丸出しです」

「ち、違ぁう！　あんな子どもまでいるからなんだろうって。それにひょっとしたら、アイツがいるかもって思ってさ」

「アイツ……ああ、アイツか。なんだっけ、名前。ラ、ラ――」

「やめて、思い出したくもない」

アルフィリースが耳を押さえたが、背後から突然その肩を叩く者がいた。ぼさぼさの髪に、伸び放題の髭。乞食のような恰好の男が、笑顔で立っていた。

「いよぅ、アルフィリース！　久しぶり！」

「ひぃい！　出たぁ!!」

背後から声をかけてきた傭兵を見るなり、アルフィリースがミランダの背後に隠れる。ミランダはがるるる、と唸るようにして傭兵を威嚇した。

「出やがったな、このスケコマシ傭兵が！　アタシのアルフィにちょっかい出すな！」

「……おう、あの時のシスターか。その傭兵風の格好もいいじゃねぇの」

「え、そう？」

ミランダがちょっと得意気にポーズを取る。傭兵はそれを見ながら、うんうんと頷く。

「そっちの方が暴力シスターにはより似合ってらぁ。それならメイスでぶん殴っても違和感がねぇ」

「前言撤回、アンタやっぱり嫌な奴だわ」

「そうかい？　俺はアンタたちがいつの間にかできてるってのが不思議だがね。アルフィリースは彼氏がどうたらとか言ってたような」

「るせぇ、さっさと消えな」

「なるほど、変な虫ですか。ブッスリやりますか？」

リサが仕込み杖を抜きかけるが、その前に傭兵の連れがそれを止めた。眼鏡をかけた小兵の男はラインを止めると、鋭い視線をアルフィリースたちに投げた。

「ラインさん、私の依頼を無視して勝手に動かないでください。説明が始まりますよ」

「おおっと、悪いな先生。ついからかい甲斐のある相手がいたものでよ」

「あなたがたも遊びに来たわけじゃないのでしょう？　依頼に集中しないと、出し抜かれますよ？」

「あんたは？　傭兵じゃなさそうだけど」

「トリアッデ大のカザスです。遺跡調査でここには赴きました」

「アタシたちは――」

「名乗りは結構、見ず知らずの傭兵などに興味はありませんので。では失礼」

それだけ告げてカザスはさっさと行ってしまった。ラインは少しきまり悪そうに手を挙げて詫びたが、アルフィリースたちは呆気にとられて彼らを見送った。

「なに、あれ。感じ悪いなぁ」

「あれがトリアッデ大のカザスか……たしか新進気鋭の教授だね。若干十四歳で教授に就任した天才って評判さ。考古学、地理学、歴史が専門だったか？」

「詳しいな、ミランダ」

ニアが怪訝な顔をしたが、ミランダが不機嫌そうに答えた。

「あの学者先生が余計な論文を発表したせいで、アルネリアの施療院への寄付が一時期減ったんだよ。いくつかの施療院は閉鎖になった」

「それはひどい」

「まぁ餓死者が出たりとか、死人が出る事態にはならなかったが、何かとアルネリアを目の敵にすることがあってね。厄介な奴ってところさ」

「もう一人の傭兵は？」

「ああ、あれはラインっていう傭兵で、腐れ縁みたいなやつさ。結構依頼で出会うんだけど、何かとアルフィリースにちょっかいかけてきてさぁ。からかっているんだと思うんだけど、アルフィリースのことをデカいだのなんだのと、アルフィリースにとっては嫌な奴だよ」

「うう、ここで出会うなんて幸先が悪いよ」

ミランダは辟易とした表情に、アルフィリースはやや青ざめた表情になる。その間に責任者が今回の依頼の説明を始めていた。

依頼者は見につけている物こそ豪奢だが風采の上がらない男で、彼の説明もそこそこに、傭兵たちは遺跡に殺到した。説明は芝居がかって冗長だったが、要約すると今まで目立った成果はなく、最終日ということで、秘法を探し当てた者には五十万ペンドの追加報酬が出るということである。その言葉を聞くなり、傭兵たちは制御が利かなくなっていた。そしてなぜかミランダとフェンナも。

乗り遅れたアルフィリースとリサ、ニアは後からゆっくりついていくことにしたが、それはラインとカザス、それに一部の冷静な傭兵たちも同じだったようだ。主催者の説明を最後まで聞いてから、ゆっくりと動き始める。

「なるほど、幻の地下四階か。傭兵の研修で使われるようなダンジョンに、未踏破地域があるなんて誰も思わんだろうな」

「そんな古文書、誰が見つけたのか」

「今はそれよりも、どうやって入り口を見つけるかだ。ここまでのべ五百人近い傭兵が挑戦し、誰も見つけてないいんだぞ？　どこに入り口があると思う？」

「まずは地下三階の探索だな。魔物はもう掃討されているだろうし、とりあえず——」

口々に傭兵が呟き動き出す。そしてカザスは古文書の写しを主催者に見せてもらい、頷いていた。

「ふむ、なるほど。おおよその見当はつきましたが、少々面倒なのには変わりませんね」

「今日中になんとかなりそうか、先生？」

「さて、現地に行ってみなければなんとも。ところで、貴方が受けた依頼はどうですか？」

「ふん――俺も現地に言ってみなけりゃなんともって言いたいが、おおよその見当はついた。あとは魔が出るか、悪霊が出るか」

「私の護衛も忘れないでくださいね。戦闘力はないに等しいですから」

「わかってるよ。今回の調査費を肩代りしてもらっているくらいには働くさ」

カザスとラインは口々に言い合いながら遺跡に向かうのを、リサはしっかりと聞いていた。一方ニアは気になることがあったようで、周りを見渡している。

「どうしたの、ニア？」

「ああ、実は来た時から気になっていたが、この周辺には獣人が住んでいた痕跡がある」

「なんで？　昔は獣人の方が領地も多かったし、別に不思議ではないと思うけど」

「たしかにそうだが、ここを中心に天然の要塞を築いていた、と言った方が正しいのか。いたるところに窪地や縦穴を作って兵が伏せやすいようにしていたようだ。これは今でも獣人が使う方法だが、そうまでして守る物とはなんだろうか。獣人は蓄財などしないし、宝石の類にも興味を示さない。獣人が守るような価値あるもの、というのが思い当らなくてな」

「ニアに付け加えるなら、ここはかつて一大集落だったのでは？　リサはこんな目ですから土地の起伏には敏感ですが、地面がただの森にしては整地されていて、歩きやすかったです」

「言われてみれば……」

二人の言葉に周囲を見渡せば、方向によって樹齢に随分と差がある、樹齢数百年はあろうかという大木もあれば、若い木々もあった。

「しかし整地か……そうなると、人間も住んでいたのか。信じられない」

「なんで？」

「いや、獣人は整地など必要としない。むしろ土地の起伏があった方が、防御網になる。グルーザルドの首都も、そもそも天然の地形を多少改造してあるくらいだ。そもそも国家といった枠組みを持つ意識ができたのが最近だ。かつて人間と獣人が共存していたなど、とても信じられない」

「良い視点です」

突然カザスが会話に加わってきた。そこにミランダとフェンナも戻ってくるが、構わずカザスは話し続けた。

「ここは今でこそ初心者用のダンジョンとして有名になりましたが、正式な名称は『廃都ゼア』。かつて他種族が同じ場所で暮らし、そしてその住人が唐突に姿を消した伝説の都市です。測量学者の無数の報告を見ていて偶然気付きましたが、私でなければ気付かなかったでしょう。この秘密を解明すれば、考古学の世界では最高の名誉の一つで、学問都市メイヤーでも偉業の一つとして――」

「ご高説や蘊蓄（うんちく）には興味がないの。時間もないし、さっさと要点だけ言ってくれないかしら、若き天才教授サマ？」

「まったく、歴史上の偉業に立ち会っていることを理解できないとは……いいでしょう。中に入った方がわかりやすいですし、時間も省けるから道すがら説明しましょうか」

カザスは話の腰を折られて少々残念がったが、ついてくるように促した。アルフィリースとミランダは露骨に嫌な顔をしたが、どうせ先ほどの少年が主催者に質問している以外は最後尾になってもいるし、渋々ついていかざるをえなかった。

そんな彼らを見ていたのは主催者たち。アルフィリースたちが遺跡の中に入ったのを確認すると、彼らは糸の切れた人形のようにその場に崩れ落ち、黒のローブを纏ったサイレンスがその場に出現した。

「やれやれ、これでお役御免ですかね。しかし、こんなことでよかったのですか？」

サイレンスの言葉に、いたいけな少年に扮したドゥームがくすりと笑う。

「十分さ。おいしい依頼に釣られた人間たちをアノーマリーの素材にする。僕の依頼にかこつけて、一石二鳥というところかね」

「釣れたのは雑魚ばかりかもしれませんが、思ったよりも人が集まりすぎました。アノーマリーは喜ぶでしょうが、気付く人もいるでしょうし、流石に同じ手口はしばらく使えないでしょうね」

「別に構わないさ。遠く離れた他所でやってもいいし。それより、見た？」

「ええ、例の女剣士。こんなところにもいましたね」

「アルフィリース、とか言ったっけ？　迂闊なのか、それとも勘が良いのか、運が悪いのか。思わず手を振っちゃったよ。お師匠様は万一釣れたらやってもよいとか言ってたから、邪魔するなら殺すことになるかもね」

「仕方のないことでしょうが……楽しそうですね」

サイレンスの指摘に、ドゥームがほくそ笑む。

「そりゃあね！　一方的に虐殺するのも面白いけど、ある程度抵抗してくれないと面白くないのさ。一番最悪なのは、死んだような目をして人生を諦める奴だね。生に未練があるほどに、絶望させるのが楽しくなるのにさ」

「そうですか……私はもう行きますが、せいぜい足元を掬われないように。まだこの遺跡の謎は解けていないのですから」

「それも僕の仕事のうちってね。行ってくるぜ！」

ドゥームが意気揚々と遺跡に向かった背中を、サイレンスは見送った。

「まるで子どものようだ。ああ、実際我々に比べれば、子どもなのでしたか。それにしても私もアルフィリースなる人間には興味があります。もう少し引っ掻き回してくれれば、この仕事も面白くなるのですが……こんなところでドゥームのような小物に殺されないでくださいよ？」

サイレンスは美しい顔に邪悪な笑みを浮かべ、背景に溶けるように消えた。と同時に、主催者たちの姿も灰になる。遺跡の入り口には誰も残っておらず、ダンジョンの入り口は全ての人間を飲み込んで満足したかのように、ゆっくりと閉じたのだった。

＊＊＊

その頃、遺跡の地下一階でアルフィリースたちはカザスの説明を聞いていた。地下一階は大きな空洞のような空間になっており、壁には松明を灯すための場所がある。天然の洞窟に人の手を加えたのは明らかだった。中央には高台があり、地下二階に続く階段は突き当たりに見えていた。

「話の途中でしたね。ここはアルネリアの祭事場に似ている空間です。アルネリア教では偶像崇拝は正式には認められていないため、おそらくは分家筋か、あるいは破門された人間が関わっていたと考えられます。下層に行けば、エルフやドワーフの意匠を凝らした建築物もありますよ。

伝説では多種族が共に暮らす理想郷だったとだけ残っています。まあ伝説と言ってもほんの三百年ほど前なだけで、近い時代の話ですけどね」

「ふぅん、さすが頭でっかちな学者先生だ。詳しいね」

ミランダの言葉に、カザスが不快感を露わにする。

「いやに絡みますね、女戦士さん。何か私に不満でも？」

「おうよ。こう見えてアルネリアの関係者でね、あんたが出した『アルネリアの功罪』とかいう論文のせいで、とんだ迷惑を被ったんだ！　寄付が集まらなくなって締め出された病人たちがどのくらい苦労したか、聞かせてあげようか？」

「ふむ、その件ですか。まず誤解があるようなので言っておきますが、論文は別に大学として発表したわけではなく、それぞれ個人が別々に発表したものを、学会側が勝手に編纂したのです。どれもアルネリア教を批判しており、中にはいきすぎたものや、考察が不十分なものがあったことは認めましょう。ちなみに私が書いたのは『アルネリア教の書籍解放について』です。アルネリア教はこの大陸最大、最古の勢力の一つですから、その蔵書にいたるや素晴らしい本が山のようにあるのです。私のように学問を志す人間にとってはまさに宝の山。

なのにアルネリア教は書籍を一般開放していない。神聖系の治療魔術、悪霊の浄化方法についてもほとんど秘匿とし、独占している。知るためにはアルネリア教に協力、ないし所属することが必須ですが、修得方法については箝口令が敷かれます。これは社会にとって大きな損失であり、そのことを批判しただけです。孤児や病人、老人のことを慮(おもんばか)るのであれば、それこそ知識を共有すればいい。その方がより多くを救えると思いませんか？」

「よく回る口じゃないのさ……自分のせいではないにしろ、アンタたちが発端の一件でしょうが。多少なりとも責任取る気はあるのかしら？」

「いいえ、まったく」

「なんだと⁉」

「自分が書いたものに対する直接的な影響はともかく、その余波まで考えていたら何も発表なんてできませんよ。そういったことは後から考えればいいし、発表したものの評価なんて後世が行うべきことです。そうしないと学問なんて進歩しませんからね」

いけしゃあしゃあと答えるカザス。悪びれる様子はまったくない。対するミランダは額に青筋がピクピクと痙攣(けいれん)しており、明らかに怒っているのがよくわかった。

「……アンタ、一発殴らせなさい」

「殴られるいわれがありません。手を出したらギルドとアルネリアに報告しますよ？」

「こんの！」

「だめよ、ミランダ」

「止めるな、アルフィ」

「いえ、この手の頭でっかちは殴ったら余計に態度を硬化させるわ」

「ほう、随分な言われようだ」

「聞きなさい、学者先生」

アルフィリースがミランダを押さえながら、いたって冷静な表情でカザスに向き直る。

「貴方の言うことに一理あることは認めるわ。でもやり方は間違っている」

「ほう、その心は？」

「私も学問を学んだ身。学問の進歩のためには倫理なんて置き去りにされがちなことはよくわかる。だってその方が進歩は早いもの。でも『言葉は時に剣や魔術よりも強い』こともあるでしょう？」

「その言葉は私も知っていますよ。二百年前の学者、ローランの言葉ですね」

「でも貴方はその意味をまったくわかってない。なぜならどれほど優れた剣士も魔術も、効果はその場限り。だけど文字は長らく残り、人に影響を与え続けるわ。空に吐いた言葉は消せず、写本を大陸で最初に商売とした商人マルコムは、『私はこれより、各国の指導者よりも影響力を持つ人間に初めてなるのだ』と宣言したわ。貴方はとても賢いのかもしれないけど、残念ながら貴方はある点では四歳の子どもにも及ばないほど愚かなのよ。自らの影響力を考慮に入れていないわ」

「……五つの学位を持ち十四歳で教授になった私に、ただの傭兵が説教ですか。面白い」

カザスは腹を立てるよりも、アルフィリースの言い方に興味をそそられた様である。

「魔女裁判のことをご存じ？」

「無論です。アルネリアによる公共福祉、体系的な学問が未発達な時代において、魔女は学者、医師、教師を兼ねていたと考えられます。もちろん魔術士としても図抜けていたでしょうが、人を導く立場だった。だが無知な民衆は凶作や魔物の襲来を魔女のせいとし、彼女たちに責任を押し付けて挙句殺害にまで至る例があった。裁判などとは名ばかりで、私刑（リンチ）と同義ですね。最後に裁判が行われたのは二百年と少し前、たしか鳥の魔女だかの裁判と聞いています。まぁ、魔女から既得権益を奪いたい魔術協会が一役かったのではないかと、私は疑っていますが」

「そこまで知っているなら話が早いわ。その魔女の役割、あなたも果たすことになるとは思わないの？」

アルフィリースの発言を少しカザスは考え、その意図を理解して唸った。

「……なるほど。立場ある者が発言に責任を持ってまとめなければ、私たちの言葉が悪用された場合、責任を取らされるのは教授たる私になりうると。その考えはたしかに欠けていましたね……全面的でないにしろ、どうやら貴女の言葉に一理あることを認めないといけないようだ」

「わかってくれれば嬉しいわ」

アルフィリースはにこりと微笑む。丸く収まった話に、ミランダは振り上げた拳のやりどころに困り、おろおろした。しかしそのやりとりを見ていたリサの方は、内心思うことがあった。

（ギルドでのやりとりもそうですが、アルフィリースはとても純粋な一方で、非常に冷めた部分がありますす。いずれその気質が彼女の命取りにならなければいいのですが。いったい彼女は今までの人生で何を見てきたというのでしょう）

しかしそんなリサの心配をよそに、どうやらカザスは納得したというよりはアルフィリースに興味を覚えたようだ。

「しかし傭兵でありながら、貴女はなかなか学問にも精通しているようですね。いったいどちらの方に師事されたのですか？」

「アルドリュース＝セルク＝レゼルワークって知ってる？」

「！　当然ですよ、私の尊敬する方の一人です！」

カザスが目を輝かせながらアルフィリースに詰め寄ってきた。そしておもむろに彼女の手を握り締める。

「あの方は謎に包まれた人だ。あれほど万能の天才でありながら、全ての権力を放棄して行方をくらませた。その人の顛末が知れるとは……私はなんて幸運なんだろう！」

「はあ……そんな大したものじゃないけど」

「もしよかったら彼の話を聞かせてほしいのですが。いいえ、お金を払っても聞きたい！」

「ま、まあいいわよ」

「それではさっそく！　まず彼のひととなりからご教授いただきたい！」

「え、えーと。今はそれどころじゃあ……」

アルフィリースが心の悲鳴を上げる中、意外なところから救いの手が差し延べられる。

「カザス先生よ、そろそろ先に行かないか？　アンタはゆっくりでよくても、俺は結構急ぐんだよ」

「おっと、そうでしたね。まあ彼女の宿などは調べればすぐわかりますから、今夜や明日にでも伺うことにしましょう」

「え、来ちゃうんだ……」

アルフィリースがカザスに付き纏われる可能性を考え、頭を抱えた。そこへ地下への階段を確認し終えたフェンナが、ラインとカザスに忠告した。

「先に行かれるなら注意した方がいいでしょう」

「なんでだ、ダークエルフのねぇちゃん」

ラインが不躾に尋ねる。だがフェンナもいちいち気にしていない。

「先ほど確認したのですが、地下二階以降とこの地下一階では明らかに建造物の年季が違います。迷路は明らかに後で作られた物です。そして建造物を迷路にする理由はただ一つ」

「……侵入者対策か」

ラインが答える。ラインが考え込む様子が不思議でならないアルフィリース。

「ダンジョンなら迷路にして当然じゃないの？」

「アルフィリース、お前アホだろ？」

「な、何よ！　アンタにアホとか言われたくないから！」

「いーや、アホだね。よく考えてみろ、迷宮を作る目的は侵入者を防ぐためだな。じゃあなぜ侵入者を防ぎたいんだ？」

「……見られたくないものがあるから？」

「そうだ。それが宝だったり、あるいは単純に要塞でも迷路のような構造にはするがな。だが宝ならわざわざ迷路を新たに作成しなくてもいい。なんせ迷路の作成自体に凄まじい金と労力がかかるし、『ここにお宝があります』って自分からばらすようなものだからな。このダンジョンは、かつて迷宮を作るほどの魔王の拠点として使われた歴史もねぇ。と、すると考えられる可能性としては──」

「……何よ？」

「根拠があるのか？」

「可能性の中の一つだが、ヤバい物を封印したとかかな。だがそっちの方がかなり信憑性はある」

今度はさすがにもう冷静に戻っているミランダが加わってきた。ラインがミランダの言葉に頷く。

「ああ。この依頼、実はこれが四回目の期日だが、一部帰ってきてない連中がいる」

「なんですって⁉」

「最近俺はこの周辺で稼いでいてな。その中で親しくなった奴がいたが、七日前の最初の募集に応募した。そいつがいつまでたっても帰ってきやしない」

「そのまま次の依頼に行った可能性は？」

「彼女への求婚をほったらかしてか？」

「それは……」

質問したニアが詰まる。

「俺もちょっとした催しを頼まれてよ、こっそり準備してたのさ。それをほっぽらかして次の依頼に行くなんてありえねぇ。そもそも催しをやるための小銭稼ぎ目的で応募したんだからな。怪しいと思った俺は独自に調査を開始した。そいつの嫁になるはずだった女にも頼まれたしな。そしたら確認が取れただけでも十人は行方知れずだ」

「それでもたかが十人では、確証というほどではないだろう？」

「確率の問題だ。調べた十人中全員だぞ？　ギルドでもちょっとした噂になってるし、もう調査が始まっている。それに、どうにもきな臭い話がここのところ多くてな」

「他にもあるのか？」

「ガキが突然消えただの、森の魔物が急にいなくなっただの、死者がよみがえるのだの、そりゃもう色々よ。その程度はよくある四方山話だが、この前はクルムスとザムウェドが戦争状態に入ったそうだ。今まで良好な関係を築いていた両国だが、クルムスの一方的な奇襲で戦端が開かれた。宣戦布告書は後で届いたそうだ。国際的な取り決めを無視する暴挙だな」

「なんですって⁉」

今度はフェンナが驚いた。それはそうだろう。間接的だが、クルムスはフェンナにとって仇である。だがそんな事情を知らないラインは続ける。

「その過程においておかしい点はいくつもある。第一王子は突然の病で死に、ついで第二王子がなんの脈絡もなく小姓に刺殺された。相次ぐ王子の逝去に、国王は心労がたたり倒れたそうだ。宮中が混乱すりゃあ、戦線も押される。それらの事情を受けてか、無能として知られた第三王子が、突然国王代理を名乗り出た。だが馬鹿王子として有名な第三王子だったから、当然重臣たちは反対した。すると……」

「……」

「その場で反対した全員を斬り殺したんだそうだ。中には武官として名を馳せたような奴らもいたらしいが、まるで魔王のように圧倒的な強さだったと生き残った連中は口を揃えて言っている。だが何はともあれその王子のおかげでザムウェドとの戦線は持ち直したそうだ。むしろ指揮官としちゃあ有能で、押しているとも言われている。おかしいだろ？」

フェンナはあいた口がふさがらない。それはそうだ、自分の仇が生きていたのだから。手傷を負わせたあの王子が、あの状況で逃げきれるはずなどないと思いこんでいた。絶句するフェンナを尻目に、リサが質問を続ける。

「すみませんが、ゼルバドスという男がどうなったかわかりますか？」

「いや、知らないな。その男がどうかしたか？」

「少し気になっただけです。もしかすると大きく関わっているかもしれませんので」

「ふぅん……お前らも無関係ってわけじゃなさそうだな」

リサの質問に興味を示すライン。だが、

「聞かれるまでもないわよ、先を急ぎましょう！　この依頼はおかしいわ！　先に行った人たちにも声をかけて――」

「先を急ぐのはいいが、どうする？　得体の知れん傭兵が呼びかけても、誰も応じないぜ？」

「それならば、リサに一案が」

リサが手を挙げて注目を集める。

「要は隠し階段の場所がわかれば一番早いのでしょう？　間違いなく全員食いつきます」

「そんな簡単にわかれば苦労はねぇ」

「いいえ、既にわかりました」

「えええっ⁉」

　全員が驚愕の声を上げる中、飄々としているリサ。

「ダンジョン探索にはセンサーの同行が常識ですが、全体にセンサー対策がしてあるダンジョンというわけでもなし、なぜ隠し階段ごときが長い間見つからないのか不思議だったのです。でもここが初心者用のダンジョンということが、逆に仇となったのです。センサーの昇級試験に、厚さを測定する試験がありますが、最低C級以上でないとわからない厚さの壁の向こうに空間があることがわかりました。初心者のセンサーではこれの発見は無理です。しかも隠してある位置がなんとも言えず性格が悪い。なにせ、地下二階にありましたよ」

「地下三階じゃなくて？」

「ええ、違います。三階は侵入者を戸惑わせるための心理的な罠で、ようするにスカです。二階から四階に直接降りるようですね」

　リサの案内を元に一行はその場所に辿り着く。しかし――

「で、どうやったら開くの？」

「さあ？」

「さあって」

「リサは万能ではありません。胸にばっかり栄養を送ってないで、ちょっとは頭にも栄養を回したらどうですか、アルフィ？」

「好きで大きくなったんじゃないわよ！」

「栄養云々はさておき、この壁の開け方ならわかりそうです」

カザスが石を組み合わせた壁を調べて発言した。

「へえ、先生にわかるの？」

「私の専門は考古学と説明したでしょう？　建築様式を見ればだいたいは。時代によって流行りの仕掛けもありますし。構造から察するに、およそ三百年前のドワーフの様式でしょう。だとすると、一つだけ重さの違う石があって、それを押すと開くと思いますが……」

「一つって、この中から？」

このダンジョンの壁自体が、手のひら程度の大きさの石を組み上げてできている。その中から一つを探すとなると、それこそ日が暮れても不可能である。

「時間がかかりそうだね……そりゃあこの近くなんだろうけど」

「でもやるしかないわ。天井とかに仕掛けがないことを祈るのみね」

「皆さん、ちょっと待ってください」

フェンナが壁に手を当てて何かを呟き、魔術を唱えた。しばらくしてすたすたと歩くフェンナは、

「これですね」

とおもむろに一つの石を押した。するといくつかの石が反対に飛びだし、ゴゴゴ、という低い音と共に、厚い壁が二つに割れていく。

「フェンナ、どうしてわかったの？」

「私は土の魔術士ですから。精霊が豊富なこの土地なら、壁そのものに聞くことが可能です」

「なるほど、多種族がいないと解けない仕掛けですか。ゼアらしい」

「よし、俺はもう一回傭兵どもに声をかけてくる。アルフィリースたちは先行して安全を確認しておいてくれ。危険ならすぐに撤退しろよ？」

言うが早いか走り去るライン。一方でカザスは荷物をラインから受け取り、さっさと階段を降り始めた。

「私は史跡の調査を優先させてもらいましょう。大人数に来られると調査どころではなくなりそうですからね。ふふ、滅びてから手つかずの史跡ですか。わくわくしますね」

「待って、私たちも行くわ」

カザスに続いてアルフィリースたちも階段を降りていった。

第二十幕　封印の間

階段は非常に長く、地の底にでも辿り着くのかと思われた。既に四百段以上は降りているが、まだ終着点が見えず、二階の光ももう届かない。灯りは松明二つ分だけ。陽の光が届かない地下というのは、時間の感覚を失わせる。空気は湿気を含んで澱(よど)んで重くなり、いかに地上が恵まれているのかをアルフィリースは痛感する。

ようやく階段を降りきると、ひらけた空間に到達した。ミランダが魔術で光源を作ると、地下一階の広間ほどではないが、百人以上はゆうに収容できる大きさだとわかる。明らかに人の手が加わった空間であり、眼前にそびえるのは人の背の倍はある赤い扉。素材は不明だが、重厚で頑丈なのは見た目に明らかだった。そしてその前には白骨が全て扉の方を向いて何十と横たわっており、この扉は開けてはいけないのではと、誰もが無言で不安を感じていた。だがそんな中、ただ一人この地下空間を熱心に調べるカザス。

「この空間が人為的なものなのは明らかですが、岩石の質から採削には余程の労力を必要としたはずなぜこんなところにわざわざそんな空間を作ったのかはさておき、この扉の様式は不思議だ。色々な建築様式が混ざっている……おや、こんなところに文字が」

カザスが扉の汚れを慎重に拭き取り、読もうとする。

「『この……扉を……』だめだ、私では十分に読めませんね。獣人の文字、それにエルフの文字、あとはただの古代語とも違うようだ。誰か読めますか？」

カザスがアルフィリースたちに声をかける。まっさきに反応したのはミランダ。

「どれどれ……一部は教会文字だね。アルネリア教会が外部に情報を漏らしたくない時に使うやつだ。司祭以上の身分にしか読めないやつだけど、上の祭事場を作った人間が関わったのかな。他の文字はわからないわね」

「それは呪印を刻むときに使う精霊文字の一つと、竜言語文字よ」

アルフィリースが答えたので一同はびっくりした。特に驚きが大きかったのはカザス。

「竜言語文字ですか……文献では見ましたが、実物を見たのは初めてです。ということは、ここには竜も関わっている？」

「とは限らないわ、竜人の可能性もある。高位の竜が人の姿を取る時に使う文字のようだけど、竜人でもある程度知識があれば使えるそうよ」

「それなら専門の学者に依頼しないと、解読不可能ですね。書き写すのが面倒ですが……」

「私は全部読めるわよ」

アルフィリースがしれっと言ったことに、さらに全員が驚いた。

「なんという……専門家以上の言語知識があると？」

「やっぱりアルフィって頭良いの？」

「魔術を使う上で言語知識は必須だから、ひとしきり現存する文字は叩きこまれただけよ。前言ったみたいに竜とも親交はあったし。どれどれ……『なんびともこの扉を開けるなかれ、この奥には……』」

最初は褒められて意気揚々と解読し始めたアルフィリースだが、徐々に表情が険しくなる。そして読み終えた彼女ははっきりと言いきった。

「今すぐ探索を切り上げて、引き返しましょう」

「な、なぜですか？　ここまで来て、そんな」

「これは私たちの手に余るわ。調査するなら、もっといろんなところに協力を仰がなきゃ」

「なんて書いてあるのさ？」

「それは――」

その時階段から大勢の声が聞こえてきた。なんとも間が悪いことに、傭兵たちが来たのだ。

「ラインのやつ、入れたの？」

「大挙して押しかけられたら、そりゃあ防げないでしょうが……」

「おお、ようやく開けた場所に出たぞ」

「げっ、なんだこの白骨は」

「あの扉がお宝への道か！」

傭兵たちががやがやと叫び出した。どうしたものかとミランダやカザスは狼狽えたが、アルフィリースの行動は早かった。

「全員聞いて！」

凛とした声でその場を一喝する。よく通る張りのある声に、思わずその場の全員が動きを止めて彼女を見た。

「この扉は開けてはいけないものよ。この奥には宝などないわ！」

「おいおい、俺たちを煙に巻こうたってそうはいかねぇぞ？　どうせ宝を独り占めにするつもりなんだろ？」

「心配しなくても山分けにしてやらぁ！　そこをどきな！」

逆に全員が殺気立ち、文句を言い始めた。既に武器に手がかかっている者もいる。だがアルフィリースは一歩も引かないどころか、逆に真っ先に剣をすらりと抜き放った。その行動に思わず一歩下がる傭兵たち。後から入ってきたラインだけは、感心した様子で口笛を吹いていた。

「どうしてもと言うなら、私が相手になるわ。この先に行くのなら私を斬っていきなさい！」

「ちょっと、アルフィ⁉」

「何を言い出すのです？」

ミランダとリサが止めるが、アルフィリースは構わず立ちはだかり続けた。その様子にさすがに傭兵たちも察したのか、今現在彼らの目の前で剣を抜いて立ちはだかる女剣士が、金目当てには見えなかったのだ。

「どうする？」

「そこまで言うのなら本当にヤバいのかもな……あの女が嘘をついているようには見えん」

「では、せめてこの扉を開けてはいけない理由だけでも教えていただけますか？」

どよめきの中から質問したのは、アルフィリースと集合時に目の合った少年だった。

「理由？」

「ええ。貴女が扉の先を危険だと判断した理由です」

「……この扉にはこう書いてあるわ。『なんびともこの扉を開けるなかれ、この奥には邪悪と破滅しかない。再びこの扉開かれたる時、融和と信仰の土地ゼアと同じ命運を辿らん』とね。察するにこの扉の奥にいる何者かにより、ここにあったゼアは滅びたようね。もっともこんな強力な封印術を普通の人間に破ることは不可能だから、余程強力で邪悪な何かが奥にいるのだわ」

「その封印術というのは、この白骨の山から察するに呪印の一種ですよね。どうやら自らの命と引

き換えに施したようだ。扉の赤い色は彼らの血でしょうか。それほど強固に封印する必要があった、と」

「……随分詳しいわね。まだ幼いようだけど、魔術士なの？」

「だって、暗黒魔術や闇系統の魔術は僕が最も得意とするところだから」

「……その年で暗黒魔術士ですって？　いったい何者なの？」

「人に名を聞く前に、自ら名乗ったらどうですかねぇ、呪印の女剣士アルフィリースさん？」

「！　なぜ私の名前を⁉」

アルフィリースは身構える。この少年は笑顔を崩さなかったが、段々とその笑顔が歪んできた。

「貴女のことはよーく見てるんだよ？　前回は僕のお気に入りの魔王を殺されたし、シーカーの里でも演出を台無しにされたし」

「貴方は何者⁉」

「その前に一仕事しないとね。どうせいるんだろ？　出ておいでよ！」

「……妙に鋭いね、君は……」

「ふん、ボンクラじゃないんだよ。お目付役が君だってことくらいわかっているさ」

壁の中からもう一人、少年がぬるりと出てくる。音もなく出現した少年に傭兵たちが警戒心を露わにする。

「せっかくだから手伝いなよ。あの結界さ、どのくらいの時間で無効化できそう？」

「……そうだね、解呪するなら半刻、無理矢理壊すなら百も数えるほどもあれば十分かな……」

「なんですって⁉」

早すぎる。だがそれ以上に危険すぎるとアルフィリースは真っ青になった。

「あなた、自分が何をしようとしているのかわかってるの？　とんでもないモノを起こそうとしているのよ⁉」

「いやー、むしろそのために来たんですけど」

「ここにいる人間が死んでもいいと言うの？」

「うーん、ネタバレすると、むしろ君たちはそのために集められたんだよね。この依頼自体が僕たちの仕掛けた罠だし。ここにこの封印があることはわかっていたんだけど、どこにあるかが不正確だったんだよ。強引に掘ってもいいんだけど、崩落したら面倒だし、それなら君たちに開けてもらえばいいかなぁって。ま、今日開かなかったらどうしようかと憂鬱だったけど、ご苦労様。もう君たちは用済みだからさ、死んでくれる？　あ、生きてないといけないんだっけ？　じゃあ、自分で手足を捥いでくれると手っ取り早いんだけど、駄目？」

少年はおねだりするように小首をかしげて陰惨に笑った。口の端は歪み、アルフィリースが驚き怒る様子を楽しんでいるのは明らかだった。ここで初めてアルフィリースは背筋を冷たい汗が伝っていることに気が付いた。なぜ自分がこの少年に目を止めたのか。そのことをもっとあの段階で考えておくべきだったと。目の前にいる存在、それは――

「み、皆……逃げてください……」

リサが真っ青な顔をしてガタガタと震えだしている。

「どうした、リサ⁉」

ニアがその様子に気が付いてリサに駆け寄る。

「し、調べようとするんじゃなかった……こんな……こんな存在は人間、いいえ、魔物とさえ呼べない。アナタの中身、いったい何を集めてできたのですか!?」

「へえ？　僕のことがわかるの？」

少年の姿が揺らいだかと思うと、一瞬でリサの正面に現れる。ニアは反射的に殴ろうとしたが、拳を振り上げた段階で、拳が止まってしまった。いや、殴りかかれなかった。

（拳が動かない……まさか、怯えていると言うのか、こんな少年に？）

そのようなニアの様子を気にかける様子もなく、少年は言葉を続ける。

「僕のこと、どう見える？」

「アナタは……人間、いえ、生物ですらない。中身は悪霊や死霊の集まりで……その本質は憎悪、快楽、破壊だけ。それだけしか、それだけしかない。生き物ならそんなことはありえない」

「アッハ!?　いいね〜そこまで君は僕を理解できるんだ。盲目だけど、元が霊視の魔眼なのかな？　ただのセンサー能力にしては逸脱しているね。気に入ったよ！　君は僕のお嫁さんにしてあげよう！」

少年の瞳に狂気が宿る。瞳には暗く、しかし爛々(らんらん)とした明りがともった。

「おことわ――げほっ、うぇぇ――」

その瞳に宿る感情を、正面から感知してしまったリサが思わず吐いてしまう。

（どうりでセンサーがまともに働かないはず、それは私の防衛本能だったのですね。こんな相手と正面から向き合ってたら、それだけで発狂してしまう。ジェイク、助けて――）

「おっと、つい制御がきかなくなるところだった。しかし吐いちゃうなんてかわいいね～僕の傍に置いて、君の大切なものを目の前で順番に壊していってあげよう。何日で発狂するかな？」

少年がリサに手を伸ばそうとした時、アルフィリースが予告なく少年を斬りつけていた。だが背後から斬りつけたにもかかわらず、ひらりと鮮やかにかわす少年。その後頭部に目が移動してぎょろりとアルフィリースを睨みつけたが、アルフィリースは怯まない。

「リサに触れるな！」

「ひどいなお姉さん。こんないたいけな子どもに後ろから斬りつけるなんて」

「もはやあなたを子どもとは思わない。いったい何者なの？」

「ああ、これは失礼しました」

少年は大仰にお辞儀をしてみせる。

「僕の名前はドゥーム、人は僕のことを悪霊の王と呼ぶよ。ちなみにそこの無口なのはライフレス。彼は魔導王と呼ばれている」

「……いや、君が勝手に呼んだだけで……」

「いいじゃん、雰囲気出しなよ！　ノリ悪いなぁ」

『光縄（ブレイズホールド）』

ドゥームの注意が一瞬外れた隙に、ミランダが光の縄でまとめてその動き止める。

「悪霊の王とは、御大層な通称だね！　今までそんなことを名乗った奴は一人しかいないわよ？」

「知ってる。アルネリアが討伐に一番苦労した悪霊を第五階梯に認定したんだもんね。第一が自己の意思表示をもって現世に留まる悪霊、第二階梯が実害のあるもの、第三階梯が自我を持つもの、第四階梯が光の魔術に耐性をもつもの、第五階梯が他の悪霊を率いるもの、だっけ？」

ドゥームがにやにやしながら答えた。その知識に、ミランダがぐっと詰まる。ドゥームは返答しないミランダを楽しそうに見ながら、光の縄をいとも簡単に引きちぎった。

「なっ？」

「だめだめ、こんな初級魔術じゃあ。せめてルキアの森で魔王に使ったくらいの上級魔術じゃないと。これで僕は第四階梯は確定かな？」

「……おい、そろそろ扉を壊していいか？　……」

「ああ、どうぞ。僕じゃあ時間がかかりそうだから、よろしくお願いするよ」

「……心得た」

『大気よ満ちよ、分けよ、集めよ、巻けよ——穿(うが)て、風貫槍(ウィンドブレイカー)』

ライフレスの詠唱で集められた空気がいくつにも収束し、回転して槍のように圧縮されると、赤い扉めがけて放たれた。部屋に突然現れた嵐のごとき衝撃と共に、赤い扉が変形した。

「……ふむ、思ったより頑丈だな……」

「すぐにやめなさい！」

今度はフェンナがいち早く矢を番えてライフレスに向けた。

「……聞けない相談だね……」

「ならば！」

フェンナが矢を射る。矢は見事肩口に命中するが、ライフレスはまるで気にかける様子もない。フェンナは内心動揺しつつも、既に次の矢を構えている。ライフレスはその様子を見て、小さく笑った。

「……急所をはずすなんて優しいことだ……」

「……次は頭に当てます！」

「……どうぞ？　……」

フェンナも本来の気性は穏やかとはいえ、戦場において躊躇はしない。すぐさま解き放たれた矢は見事少年の後頭部に命中するが、それでも少年は無視して次の詠唱に入った。

「そんなバカな⁉」

「……やはり優しい……損な性分だ……」

『風の精霊ティフォエウスに命ずる。其の全力をもって、我が眼前の敵を撃滅せよ――風巨人の剛腕（マウンテンハンマー）』

ライフレスの魔術で、風の巨人そのものが顕現した。巨人が振るう剛腕で、赤い扉はへしゃげて粉砕された。奥への道が、漆黒の闇とともに姿を現す。ドゥームが歓喜してはしゃいだ。

「さっすがぁ！　僕じゃあ五、六発は必要だもんね」

「……さっさと用事を終わらせるぞ……」

ライフレスが振り向いた。その顔を見て、フェンナが悲鳴を上げて弓矢を落とした。

「ひっ！」

矢はライフレスの後頭部から眼球に突き抜けていた。なのに血が一滴も出ていない。それは異常な光景だった。

「ライフレス、目が見える？」

「……そういえば半分しか見えないが、まあいい……ところで君はシーカーの王女だったな？　……」

「そ、そうですけど」

震える声を押し殺して、フェンナが必死に応答する。

「……君の仲間だが、まだ生きているぞ？　……」

「えっ？」

それは意外な発言だったので、フェンナは思わず相手が敵であることを忘れてしまった。

「……私たちと来れば会わせてあげてもよいが……どうする？　……」

「そんな……私……」

「フェンナ、聞くな！」

フェンナの迷いを遮るように、ライフレス目がけて振り下ろされるミランダの巨大メイス。巨体のオークすら粉微塵にする一撃を、ライフレスはいとも簡単に片手で受け止めていた。

「んなっ？」

ミランダは驚いたが、さらに彼女が驚いたのは、今度はライフレスがそのメイスを握力で握り潰し始めたことだった。鋼鉄製のメイスを、である。

「は、放せ！」

「……いいよ？　……そら！　……」

ライフレスはミランダの言うとおり、ミランダごと天井に向けてメイスを放した。

「ぐあっ⁉」

激しい激突音と共に、人間五人分の高さはゆうにあるであろう天井に叩きつけられるミランダ。そしてそのまま落下してくるところを、ニアが間髪いれず受け止めた。ライフレスは既に興味を失くしたように、背を向ける。

「……さ、行くぞ……」

「えー、僕はリサちゃんと遊びたーい！」

「……それはダメだ……仕事が先だ……」

「ぶー！　じゃあ後でたっぷり遊ぼうね、リサちゃん。それまではこの子と遊んでておくれよ」

ドゥームが指を鳴らすと、彼の影がぞわりと広がり、その中からガリガリにやせこけた少女が出現した。ドゥームがミランダめがけてほくそ笑む。

「これで第五階梯確定かな？」

「……自分で言うな」

「ごもっとも！　で、たしか今回集める予定の人間はもう十分集まったから、あとは好きにしていいんだっけ？」

「……そのはずだ……何人集めた？　……」

「えーと、二十人かな」

ドゥームが足元の影から人間の頭だけを出して数える。どうやらラインが探している傭兵たちはそこにはいないようだったが、ラインは彼らの顔と風貌を素早く記憶した。

「よし、間違いなし！」

「……なら問題ない……多すぎても転移魔術が一仕事だからな……」

「じゃあマンイーター、残りは好きにしていいよ！」

ドゥームの掛け声とともに、彼らに無情な現実が付きつけられる。ガリガリガリ、と突然階段の入口に上から石の扉が下りてきて閉まったのだ。おそらくは赤い扉が開いたときに発動し、封印されている者を出すまいとする予防措置なのだろう。

ここにきて事の成り行きをただ呆然と見守るだけだった傭兵たちも、現実に引き戻された。石の扉が閉まる音は、彼らにとっての死刑宣告に聞こえたのだ。何人かの傭兵が出口に殺到したが、石の扉はびくともしなかった。

「くそ、開かない！」

「魔術で補強されてやがる！」

扉の周囲で騒ぐ者、事の成り行きをさらに見守る者、冷静に対処しようとする者などさまざまだったが、ドゥームは彼らを嘲笑いながらライフレスとともに部屋の奥へと消えていった。それと同時に俯いていた少女が顔を上げ、窪みながらも爛々と光る眼を彼らに向けた。

＊＊＊

奥に進むドゥームとライフレスは、小さな部屋に辿り着いた。そこには台座の上に小瓶と、地面には一振りの剣が刺さっている。どちらも不吉な雰囲気を放つことには違いないが、同時に人を魅了する妖しい空気を纏っていた。

「……どっちが目的だ？　……」

「小瓶の方だね。剣はよく知らない……ん？」

ドゥームが無造作に瓶に手をかけると、瓶の中からゴポリ、と黒い液体が流れ出てきた。

「なんだこりゃ？」

「……気を付けるといい……封印はまだ作動してるが、どうやら中の怨念がそれをはるかに上回ってるようだ……出てくるぞ！　……」

ライフレスの方を向いて話していたドゥームが手元に目をやると、小瓶からは既に湧き水のように黒い液体があふれ出ており、しかも自分の意志があるがごとくドゥームに襲い掛かった。

「うぉい！　なんじゃこりゃあ！　僕を取り込もうとするなんざ、とんだじゃじゃ馬じゃねーの⁉」

ドゥームが自身の内蔵する悪霊を放出し始め、小瓶の侵食と拮抗させる。その額には汗が滲んでいた。

「……ふむ、どうだ？　……」

「なんとか大丈夫だけど……拮抗させておくのが手一杯だね。手強いのもそうだけど、どうやら何百年も封印されて気が立ってるみたいだな。これはだめだ、ちょっと暴れさせてやらないと、ひっぺがせそうもない」

「……なら、転移でどこかに行くか？　……」

「頼むよ。ちょっと気を抜いたらもっていかれそうだ。僕とやり合える悪霊が現存してるなんてね」

「……マンイーターと、アルフィリースたちはどうする？　……」

「マンイーターならほっといていいんじゃない？　これしきで死ぬような奴に興味ないね。リサちゃんはしょうがないけど今回は諦めよう。また縁があったら遊べるさ」

「……仲間が欲しいんじゃなかったのか……ひどい奴だ……」

「僕と一緒に遊べないような仲間はいらないよ。リサちゃん、また遊ぼうね？」

そうしてドゥームとライフレスは、小瓶と共にダンジョンから姿を消した。邪悪な気配が消えた後には、黒い光を発する剣が地面に刺さったまま残されていた。

＊＊＊

一方、目の前に出現したマンイーターを前に、アルフィリースたちを含む傭兵の面々はどうしていいのか戸惑っていた。その姿はあまりに幼くみすぼらしい姿と、爛々と光りながらも虚ろでもある目を見て、彼らは剣を振り下ろすかどうか躊躇っていた。百人近い武装した傭兵たちと、そのようなぼろぼろの子どもの睨みあいといった異様な対立に耐えきれなくなったのか、ついに一人の傭兵が口を開いた。

「おい。お前、戦う気はあるのか？」

その言葉にピクリとマンイーターは反応し、ゆっくりとそちらを振り向く。そして何事か口を動かし始めた。

「…が、……たの」

「なんだって？」

「おなかがすいたの」

その言葉の意味を測りかねる傭兵は、ありのままを答えた。

「……あいにくと飯は持っていない。地上に出れば食料ぐらい取れるだろうが」

「？　目の前にいっぱいごはんがあるよ？」

「何を言って――」

傭兵が最後まで言葉を言い終える前にマンイーターが動く。そして目にもとまらぬ速さで傭兵に飛びかかった。そして彼女の頭だけが成人男性ほどの異様な大きさに一瞬で膨れ上がったかと思うと、口が上下に大きく開き、頭から傭兵にかぶりついていた。

バキッ、ゴキィ！　バリバリ、ボキリ、ムシャムシャムシャ……ゴクン。

咀嚼音と嚥下音が終わると、元の少女の大きさにあっという間に戻るマンイーターの頭。先ほどの傭兵がいた跡には、傭兵の膝から下だけが立っていた。具足も剣もおかまいなしにマンイーターは噛み砕く。そして真っ赤に染まった口を隠そうともせず、マンイーターが手を伸ばしながらその隣にいた傭兵に近づいていく。

「……もっとちょうだい？」

「ひ、ひ、ひぃぃ！」

目の前の事態をよく理解できないまま、闇雲に剣をマンイーターに向けて振り下ろす傭兵。その剣を彼女はあっさり歯で受け止め、やはりそのまま噛み切った。バキン！　という破砕音と共に、鉄製の剣がなんの抵抗もできず折れる。そのまま剣をバキバキと食べるマンイーター。

「あ、あああ～」

「……あんまりおいしくない」

そしてその傭兵に飛びかかろうとマンイーターの体が宙に浮いた瞬間、ニアの飛び蹴りが彼女の腹にめり込み、吹き飛ばして壁に叩きつけた。

「動け貴様らぁ！」

そのニアの一喝ではっ、と我にかえる傭兵たち。アルフィリースたちも我にかえる。

「ニア！」

「全員気を付けろ。あいつ、硬いぞ！」

「……どうして、邪魔するの？」

ゆらり、とマンイーターが立ちあがる。リサがその様子を探知しているようだ。

「皆さん、気を付けて！　アレは見かけどおりの生物ではありません。もはや生きてなどいない……おそらくは何十年も経た、悪霊の類いです！」

「ワタシは、おなかガすいテルだけナのにぃぃィいイイいい！」

子どもとは思えないほど獰猛で、狂った声を上げてマンイーターの姿が変貌していく。あっという間に傭兵たちの身長を超え、なおも体を巨大に変貌させた。胴体は岩のような外表をし、横に開く大きな口を持つ。歯はまるで頭ほどのノコギリ歯となり、足は蜘蛛(くも)のように毛むくじゃらで六本に増え、長い尾の先にも口がついている。そして両手の代わりには大きな鋏(はさみ)が生え、胴体から先ほどの子どもの姿が胸から上だけ残されていた。

「なんなの、この生物は？」

「これは……いろんな生物が合体してる？」

「蜘蛛と岩蟹が結婚でもしましたか？」

「リサ、気色悪いこと言わないでよ」

「アルフィ、ここは任せた！」

「ええ!?」

全員がマンイーターに武器を向けるなか、ラインだけがさっさと洞窟の先へ向かった。

「あいつ、戦いを投げ出したわ！」

「ほっとけ、それどころじゃない！」

「おなかガすイたよオおおオぉぉぉォォ！」

「グオオオオ！」

「ゲヒャヒャヒャ！」

マンイーターと胴体の口、尻尾の口がそれぞれ別々に吠える。そして胴体の口が吠えた時に、口の中に血走って真っ赤な目をした人間の顔が沢山あった。どれもこれも生者を羨む悪霊の目だった。前戦った魔王に比べればまだ生物に近い、などと考えた自分の浅はかさに舌打ちするアルフィリース。目の前にいるこれは、もはや子どもでも、生物ですらない。れっきとした化け物だ。

「全員で囲むように戦って！」

アルフィリースが反射的に指示を飛ばし、傭兵たちも誰となくその指示に従い、戦いが始まった。

＊＊＊

一方こちらは逃げ出したと思われたライン。アルフィリースは反射的に逃げたと思ったが、出口を塞がれたこの地下に逃げ場など存在しない。アルフィリースがそのことを失念したわけでなかったが、仕事で何回かラインと同行していても、彼がまともに戦っているのを一度も見たことが無かった。いつも戦闘が始まると姿を消し、終わったころにひょっこりと現れる。時には大将首など、おいしいとこだけ持っていったりする。そのためアルフィリースは彼を臆病で卑怯な男と思っていたが、実際にはそういうわけでもなかった。

彼はいついかなる時も冷静沈着で、幾多の戦場をくぐったミランダでさえ遠く及ばないほど計算高く、合理的だった。今全員が助かるには、脱出路の確保が必要。そう考えたラインは、前進したのだ。

それにあの魔物だけなら今戦っている面々でなんとかできるかもしれないが、あの少年のうちどちらか片方でも戻ってきたら確実に全滅する。そう考え、自分がなんとしても足留めをするつもりだった。そして道が開けて部屋に出そうなのを感じると足音を殺し、そっと中の様子を窺う。

（気配がない？　……）

ライフレスとやらはともかく、ドゥームと名乗った少年は気配を消しそうな性格ではなかった。思い切って中を覗くと、そこには剣が一本刺さっているだけである。

「あいつら、どこにいった？　で、なんだこの黒い剣は？　こんなしけったところに置いてた割には、錆びてねぇ。不気味な剣だな。出口もなさそうだし、しゃあねぇ、戻るか」

不満を漏らしながら足でゴンと剣を蹴り、引き返そうとするライン。

「おい……」

剣が声を発した。まだ頭がおかしくなるには早いと思うのだが、とラインは耳をほじった。

「まさか疲れているのか？　空耳が聞こえやがる」

「空耳ではない……待たないか」

「聞く耳もたん！」

「いや、そこは聞け！」

「るせぇ！」

剣を蹴飛ばしたライン。すると、剣が地面から抜けてしまった。

「馬鹿な!?　蹴りで我の封印を破るとは！」

「んなもん知るか！」

「痛い、それ以上蹴るな！　そこは我の顔だ！」

「剣に顔なんぞあるかぁ！」

「剣にも顔くらいある！　なんてことだ、こんなのが我の主になるとは」

その言葉でラインの足がぴたりと止まり、くるりと背を向けた。

「さて、帰るか」

「待て、責任を取れ」

「面倒な女みたいなことを言うんじゃやねぇよ」

「ふん、どうするかは勝手だが、このままでは外の傭兵たちは全滅だな。前に来た連中は数人が捕まるだけですんだが、残りもどうなったことか」

「なんだと⁉」

ラインの顔つきが変わる。

「前にここに来た傭兵たちがどうなったか知っているのか？」

「我自身がセンサーみたいなものだからな。たとえこの封印された部屋からでも、上で何が起こっていたかは知っている」

「で、何があった？」

「タダで教えると思うか？」

剣がやや意地がわるそうな声を発する。ラインは内心で舌打ちしながらも問いかけた。

「……条件は？」

「話が早い奴は好きだよ。私をここから出してくれ。さすがにこの暗い部屋はもう飽きた」

「……そのくらいならいいだろう。話せ」

「約束だぞ？」

剣は念を押した上で話し始めた。

「この前に集団で来た連中は大半が無事ではあるまい。一部を捕え、さらに何名もを転移魔術で連れていった。目的までは知らぬ。探し人でもいたか？」

「そうだ……だが、どちらにしろもうだめだな」

「ほう、なぜそう思う？」

「転移で送られちゃあ俺には探しようがない。それに奴らはヤバい、本格的にヤバい。あいつらは人間の恰好をしてはいるが、人間を同格の生物とみなしていない。そう、俺たちが普段歩くときに足元の蟻を踏み潰しても気にかけないように、奴らにとって俺たちはその程度の存在さ。いや、もっとひどいか。

奴らは足元にいるアリの数を計算して、最も効率よく踏み潰しに来るタイプだ。数々の戦場を巡ったが、あんな得体の知れない連中を見たのは初めてだ。俺は今後一切関わりたくないね。俺は穏やかに、ひっそりとそこそこの依頼を受けながら傭兵ができれば、それで満足なんだからよ」

「そうだな、あいつらの相手をするとなれば、まさに人生を百回やり直してもきかぬほどの鍛錬が必要だろう。よし、これで我の知っている情報は話した。約束通り我を連れていってもらおうか？」

「ん？　ああ、断る」

なんの躊躇も無しに断ったライン。剣もその可能性を考慮してなかったわけではないが、あまりにも即答ではっきり言われたので面喰った。剣に顔があるかどうかは定かではないが。

「貴様、たった今約束したではないか！」

「ああそうだな。だが、俺は約束を破らないなどとは一言も言ってないがな？」

「そんな詐欺師のような論法を」

「こんなところに封じ込められているお前は碌なもんじゃないんだろう？　このままここに封印されてた方が、間違いなく世の中のためだ。あばよ」

「ま、待て。待たんか！　待ってくれ！」

助けを求める剣を背にし、足早に部屋を立ち去るライン。彼の頭の中にはもはやこの情報をギルドに知らせるために、いかにこの場所を脱出するかしかなかった。そしてできる限り多くを助けるにはどうするべきなのか。

自分の命はもちろんのこと、できれば自分より年若い連中や、あの女剣士の連れはなんとかしてやりたかった。自分では軽薄なつもりでも、なんのかので情に厚いことを自覚してはいなかったが、これからの作戦を立てながら足早にアルフィリースたちのところに戻るラインだった。

＊＊＊

アルフィリースたちが戦っている部屋にラインが戻った時、戦況は劣勢だった。既に十を超える傭兵たちの死体が転がっている。前衛をアルフィリースとニア、ミランダ、それに何人かの腕に覚えがある傭兵が務めていたが、変化したマンイーターに剣がまったく通らない。

「この！　聖別（ブレイズバースト）で武器に聖属性を与えているのに！　単純に硬い！」

「硬いにも程があるでしょ!?」

「胴体だけじゃなく、足まで硬いぞ？」

「そういう時には――」

ミランダが後ろに控える連中をチラリと見る。

「全員回避！」

ミランダの声を合図に全員が飛びのくと同時に、何人かの魔術士が攻撃魔術を一斉に放った。即席にしては見事な連携だったが、傭兵を生業とする程度のもぐりの魔術士ではそれほど威力は期待できない。それでもマンイーターは苛ついて地面を踏みならし、吠えた。

「オオオオオン！」

「そいつを待ってた」

マンイーターが吠えた瞬間を狙い、ミランダが口に爆弾を投げ入れる。虚をつかれたマンイーターは反射的にそれを飲み込む。

「外が硬い奴ほど中は柔らかいってね！」

轟音と共に爆弾が爆発すればマンイーターも木端微塵になるはず、だったのだが。音は中途半端にしか聞こえず、甲殻の隙間から煙を出すばかりで大きな痛手は無いようだ。

「……中まで硬いってか、くそ、面倒くさい！」

「どうしよう。やっぱり私が呪印を」

「それはダメ！」

アルフィリースがミランダに一喝される。

「私のことはいいから！」

「それもそうだけど、こんな閉鎖空間で下手な強さの魔術を使ったら、周囲も巻き添えよ⁉」

「じゃあどうするの？」

「今考える！」

「そんな暇はなさそうです、もう動きます」

リサの言うとおり、既にマンイーターは爆発の衝撃から回復しつつある。再び構え直す時にアルフィリースが視線の端にラインの姿をとらえた。

「ライン！　あなたも手伝いなさい！」

「やなこった」

「ちょっと、あなたそれでも男なの？」

「ベッドの上で確かめてみるか⁉」

「さっ、最低だわ！」

「そんなことより」

赤面しながら激昂するアルフィリースの頭を押しのけるようにして、ミランダに駆け寄るライン。

「おいシスター。さっきの爆薬はいくつ残ってる？」

「あん？　残り三つだ。それがどうした？」

「三つか……俺のを入れて五つ。いけるか？」

「？　何を考えてる？」

「逃げる算段だ」

「ライン！　あなたまたそんなこと言って――」

ラインの発言にさらに怒りで顔を赤くするアルフィリースだが、ミランダがその顔を押さえる。

「いや、アルフィ。ここはこいつの言うことが正しいかもしれない。爆弾をあんたに預けるとして、アタシたちは足留めでいいのか？」

「察しがいいな。話が早い女は好きだぜ、シスター」

「それは戦い以外の時に言ってほしいもんだね」

「へ。二百数える間でいい、食い止めれるか？」

「さて、どうかな」

「私が食い止めましょう」

名乗りを上げたのはフェンナ。

「フェンナ、あなたの弓じゃ効かないでしょ」

「いえ、魔術を使います」

「そんなことができるなら、早くやれって話ですよ、スカポンタン」

「す、すみません。こんな狭い空間だと危ないかもしれないので使わなかったのですが」

「おいおい、俺たちが生き埋めにならないように頼むぜ？」

「出力の細かい調整が難しいですが、努力します」

「よし……カザス先生！　ちょっとこっちに来てくれ！」

「何をするつもりですか、ラインさん」

　ラインがカザスを連れて階段に向かう。一方でマンイーターも既に体勢を整え直した。

「フェンナ、任せていいの？」

「土の魔術は私の方がさすがに得意だと思いますよ、アルフィ。まあ見ててください」

　フェンナが弓を肩にかけ、手で印を結ぶ。

『我、大地の精霊グノーム座して願う。汝が力、地脈を通じて我に伝えよ。伝えて寄りて拳に宿し、汝が怒りの波動を我が敵を払うために現さん——地津波（アースウェイブ）！』

　魔術名と共にフェンナが地面を右手で殴る。すると細腕のはずのフェンナの拳が地面にめり込み、そこを起点として地面がマンイーターに向けて放射状に波打ち始めた。そして急激に地面が隆起し、メキメキという音と共に家の壁程度に高い津波となってマンイーターに襲いかかった。

「グギ⁉」

　マンイーターが気付いた時には時既に遅く、もともと鈍重な身であるからそれこそ回避の暇もなく津波に飲み込まれ、そのまま奥の壁に叩き付けられた。そして盛り上がった岩がそのままマンイーターの動きを封じる。その様子を見て感嘆するアルフィリースとミランダ。

「フェンナ凄い！」

「やっぱりシーカーは人間と魔力量が違うわね」

「この空間が崩れなくて幸いでしたが……なんと、まだですか」

「ブオオオン!」

リサの言うとおり、マンイーターが大きな口を開いて自分の動きを封じる岩を食べ始めた。節操のないがっつきぶりを見るに、ほどなくしてマンイーターは体の自由を取り戻すだろう。

「地面まで食べてる! どんな悪食(あくじき)なのよ」

「そういえば、剣も食べてたな」

「だが魔術を連発しようにも……」

ニアが天井を見渡すと、軽くひびが入っていた。フェンナの魔術を連発すれば、崩落でマンイーターと共に生き埋めになってしまう。だがフェンナは一瞬考え込み、そして決意を固めたように、口元をいっそう強く引き結んだ。

「……仕方がありません。秘術を使います」

「え、秘術ってシーカーの里から持ち出した?」

「ええ。本来は許可なく私が使うことは許されないですし、他人に見せてはいけないのですが。事態が事態です。仕方がないでしょう」

フェンナが背中の荷物から魔術書を取り出し、シーカーの言葉を呟くと、魔術書に施されていた止め具が自動的に外れた。すると魔術書が自動的に開き、中から魔法陣が空中に浮かびあがる。地面に垂直に浮かび上がったその魔法陣にフェンナが両腕を浸し取りだすと、フェンナの両腕には文様が描かれ、両手首には白銀に輝く腕輪が装着されていた。

「我がシュミットの一族に伝わる秘術をお見せします。練成魔術――」
『我と落とし子を包む大地よ。今、汝の恩寵を忘れし者に、その御力を示し刻まんとす――大地の封縛。重ねて、ローゼンワークスの名において命ずる。汝の姿を鍛え描く我が意に従え。元素変性、金剛石！』

マンイーターの動きを封じていた地面が形を変え、マンイーターを縛り付けるように絡みつく。そしてフェンナが地面に触れると、地面が次々とダイヤに変換されていった。ついにマンイーターを縛りつけた土もダイヤに変換され、完全にマンイーターの動きを封じることに成功した。

マンイーターはなんとか脱出しようと口を開き目の前の土を食べようとするが、いち早く察したフェンナがさらに土の魔術の重ねがけでマンイーターの口に土を叩きこみ、ダイヤに変換させてしまった。さすがに最高硬度に近いダイヤを噛み砕くこともできず、また自慢の歯も折られ、まさにあいた口がふさがらない状態のマンイーター。それでも反撃を諦めきれないのか、尻尾がアルフィリースたちのところに届くように細く長く変形していく。

「アルフィリース、ミランダ、武器を！」

フェンナの叫びに合わせ、反射的にフェンナの方に武器をかざすアルフィリースとミランダ。

「我の加護をこの者に分け与えよ。金剛石の付加剣！」

見る間にアルフィリースの剣がダイヤで覆われ、ミランダのメイスは曲がった部分すら修正される。武器そのものの力が増したように二人に伝わり、二人は雄たけびと共に駆けた。その瞬間、変形を終えたマンイーターの尻尾が笑い声と共に、アルフィリースに伸びて襲いかかってきた。

「ゲギャギャギャ」

「しつっこい！」

アルフィリースたちの武器を歯で受け止めようとした尻尾だが、ミランダのメイスに歯を粉砕され、アルフィリースの剣によって悲鳴と共に真っ二つとなって動かなくなった。

「よぅし！　これで総入れ歯だ、ざまぁみろ！」

「そういう問題でもないと思いますが……」

ミランダの歓声に冷静に突っ込みをいれるリサ。全員が一安心した表情を見せるが、ミランダが忠告する。

「でも残念ながら、アタシの魔術じゃ浄化までは行えない。魔獣が動けないうちに逃げるに限る」

「私の練成魔術も完璧ではありません。これほど大規模となると、元素変性の効果はもってせいぜい三百を数えるほどかと。それにもう一度使う魔力は残っていません」

「そっか。あとは脱出が上手くいけばいいよね。フェンナはよくやったよ」

よく見るとフェンナの額には大粒の汗が浮かんでいる。大規模魔術を連発したのだ、かなり負担がかかったのだろう。もう一度マンイーターを押さえつけるのが無理なことは、想像にやすい。

「ラインは？」

アルフィリースははっと思いだし、意識をマンイーターから一度そらした。だが彼女たちはマンイーターの執念をまだ甘く見ていた。あのドゥームが、部下に欲しがるほどの悪霊になることができた妄執を。斬られた尾から流れ出る血が、黒い油（タール）のように変化していることに気付いた者は誰もいなかった。

＊＊＊

一方ラインとカザス。ラインが扉付近の壁を叩くのを、カザスは怪訝な表情で眺めている。

「ラインさん、爆薬なんて持って何を考えているんです。石の扉には効きませんよ、魔力で補強されてるみたいですから。魔術も既に試しましたけど無理でしたし」

「先生は発想が固いな！　なにも扉を狙わなくてもいいだろう？」

「ではどこを？」

「壁が下りてきたんだ。その分だけ上の壁は薄くなっていると思わんか？　特に継ぎ目の辺りとかはな！」

「！　なるほど、それは良い考えかもしれません。あなたはやはり機転が利く人だ」

「褒めるのは上手くいってからにしてくれ。で、お前さんは物理学の学位もあるとか言ってたろ？もっとも効率的な爆弾の仕掛け方がわかるか？」

「爆発物は専門ではないですが、善処しましょう」

「そうしてくれ！　おい、お前らはちょっと離れてろ！　残りは脱出の準備をしろ！」

そうして駆けるラインを見て、カザスはラインを雇った自分の直感が正しかったことに感謝した。

そしてすぐに爆弾を爆発させたが、部屋が揺れるほどの激しい衝撃にもかかわらず、完全に崩壊させるまでには至らなかった。だが、石の扉の上に隙間はたしかに空いたのだ。

「階段が見えたぞぉ！」

力自慢のドワーフがハンマーを叩きつけ、通路を広げてなんとか一人ずつ通れそうな隙間を確保する。

「よし！　年若い者、怪我をしている者から順番に逃がす。異論は認めねぇ」

ラインの口調には有無を言わさない強さがあった。弱者、若年者救済は傭兵ギルドにおける暗黙の了解だが、混乱を起こさない手際は見事だった。

（あの男はただの傭兵じゃなさそうね。元はどこかの軍人だったんじゃないかしら）

既に扉付近では互いを上に押し上げて脱出を図っていたが、生き残りはまだ八十人近くいる。ラインはその様子を見ながら、

（ち、四半刻はかかるな）

そのような計算をすると、業を煮やしてフェンナに質問した。

「おい、ダークエルフの姉ちゃん。あの魔術はあとどのくらいもつ？」

「もうそろそろ崩れ始めるでしょう」

「そうか。いいか、先にお前たちは脱出しろ。もう足留め役は充分だ」

「それはアルフィリースに言ってください。私たちのリーダーはアルフィリースですから」

「あれは妙に正義感が強いから最後まで残ろうとするだろうさ。引きずってでも連れていけ」

「貴方は？」

「こういうのは好かんが、リーダーみたいなことをやっちまった。言いだしっぺが最初に逃げたら

恰好つかんだろうよ」

　そんなやり取りをするうちに、突然傭兵たちの後ろから叫び声が聞こえた。はっとして振り返ると、そこには黒い粘液生物（スライム）のようなものに襲われている大柄の戦士がいた。気付けば、いつの間にか現在出口に殺到している人間たちをスライムが包囲していた。

「なんだこいつは⁉」

　傭兵たちは驚き引っぺがそうとするが、一度捕まれば逃げられないらしい。スライムは先ほどアルフィリースが二つに割いた尾から、ドボドボと噴水のように際限なく流れていた。その正体は執念。動きを止められたくらいでは止まる事のない、マンイーターの食への執念だった。

「くそっ、助けるぞ！」

「手が空いてる奴はこっちにこい！」

　その声を聞いて何人もの傭兵が飛び出していく。アルフィリースも同様に飛び出そうとするが、ラインとミランダが同時にアルフィリースの腕を掴んで止めた。

「どうして止めるの？　助けなきゃ！」

「だめだ」

「ラインだっけ？　今から階段部分『だけ』を守護するように防御結界を張る。まだ大丈夫そうな奴をこの結界の内側に集めてくれ」

「わかった」

「二人ともどうしたの？　あの人たちを助けないと！」

「……残念ながら無理です、アルフィ。よく周囲を見てください」

リサが周囲を指さす。そこに見えるのは、仲間を助けに行って次々とスライムに絡め取られていく傭兵たち。スライムは傭兵たちの顔を残すように絡めとり、わざと悲鳴を上げさせていた。傭兵たちがどれほどもがいても魔術を使っても、まったく剥がれる気配がない。ミランダが呟く。

「あれはただのスライムじゃないわ、悪霊の類いよ。聖属性の魔術でしか退治できないわ。そしてあれを退治することのできる魔術の使い手は、今ここにアタシだけ。でも御免、この量は無理よ」

「だとしても、見捨てるなんて！」

つまり、諦めろと言われた。目の前で死にゆく人間たちを目の前にして、なすすべのないアルフィリース。この依頼が始まる前にはいざとなれば周囲の傭兵たちを犠牲にしてでも、とは言っていたが、やはりアルフィリースは自分の仲間のために効率よく他人を見捨てるなどできなかった。リサはそういうアルフィリースだからこそ、一緒に旅をしている。歯噛みして耐えるアルフィリースにリサは残酷な言葉を告げられないが、代わりにラインがとどめともいえる一言を発した。

「アルフィリース、よっく見とけ。力が足らなければ、こういう結末は何度でも見るぞ？　お前みたいに正義感が強ければなおさらだ。それが嫌なら傭兵をやめるか、心を殺すか、全員を助けられるくらいに強くなるしかない」

「それであなたは逃げ出したってわけね、この臆病者！」

「アルフィ、言いすぎだ。ここはラインの判断が正しい。納得はできないかもしれないが」

ニアもアルフィリースを止めに入る。苛つきを言葉に変えてアルフィリースはラインにぶつけたため、思わず酷い言葉を吐いてしまった。アルフィリースはラインがいつものように何か言い返してくるかと思い身構えたが、ラインは寂しそうな顔をしただけだった。

「……ああ、そのとおりだ。俺は臆病者さ。俺には力が足りない」

「何よ……」

素直に認めたラインに、これでは私が悪者ではないかとアルフィリースは思ったが、だからといって謝る気にもなれなかった。なぜだかラインには頭を下げるのがいつも躊躇われる。無用な争いを避けるため、比較的素直に謝れるアルフィリースだったが、彼とだけはいつも口論が絶えなかった。

(どうしてかな？　なぜか腹が立つんだよね)

その理由にアルフィリースが気付くのはずっと先のことである。

そんな言い合いをしているうちにミランダが結界を張り終えるが、既に結果の外には助けられそうな者は一人もいなかった。

「さて、これでスライムは入ってこれないけど、あの本体が動けるようになったらこんな結界は一瞬で踏み潰される。今のうちに脱出しよう」

「よし。おい、今何人通った⁉」

「ちょうど二十二人だ！」

「くそ、まだそんなもんか」

「まだ残り半分以上はいるね」

「もうすぐ本体が動きます」

「覚悟を決めるか」

結界の外はひどい状況になっていた。スライムが結界の中に入ろうとすぐ外で大量に蠢いている。そしてやがて最初にマンイーターの子どもの形となったスライムが一、二、三と次々に増えていき、ついには二十を超える数が一斉に結界をバンバンと手で叩き始めた。

「あけてよぉ」

「おなかがすいたよお」

「たべさせてよぉぉぉぉ」

「なんつう光景だ……しばらく夢に見そうだな」

誰となく呟いた言葉だが、子ども型のスライムはまだまだ増殖する。恐怖を抱かざるを得ない異様な光景に、結界が破られることを想定して全員が武器を手にする。だが傭兵内で一番年配であろう人物が、突然大声を出した。

「おいてめぇら！　このお嬢さんと小僧を先に出してやってくんな！」

「おじいさん、何言ってるの？」

「てめえみてえな小娘こそ何一人前の口きいてやがる！　ガキは帰ってとっとと寝やがれ！」

「そんなことできるわけ……むぎゅ！」

さらに言い返そうとするアルフィリースの口を顔ごとラインが鷲掴みにし、代わりに返答する。

「アンタたちの好意に感謝する！　何か俺にできることはあるか？」

「じゃあ万一に備えてこれを持っていてもらおうか」

その年配の傭兵は自分のギルドの階級章兼、認識票をラインに手渡し、周囲の傭兵もそれに倣った。傭兵の死亡確認は階級章が頼りとなるが、軍人と違い、家族やギルドに無事届くことは少ない。

「あとで返せよ？　旨い酒を付けてな」

「ああ、必ず」

そんな願いは果たされないことを全員がわかっている。ただアルフィリースたちとラインがいなければ、どのみち全滅していたこともわかっている。

マンイーターとの戦いで、下手をすれば娘のような年頃の女に先陣を切らせたことを恥じた者もいた。彼らも傭兵という報酬次第でなんでも請け負う仕事に身を落としていても、人間としての誇りまで捨てたわけではない。

加えて、アルフィリースが仲間でもなんでもない傭兵を後先省みず助けに行こうとしたことを、ここにいる全員が見た。傭兵は戦争では捨て駒的扱いを受け、依頼でも正当な報酬を受け取れないこともままある。騙し、騙されの世界で、アルフィリースの行動は彼らの胸を打った。

アルフィリースでなければ、傭兵たちは順番を譲ってくれなかったろう。そうするうちにアルフィリースたちが扉の上から脱出し、ラインが続こうとしたところで、

「ブオオオオン！」

というマンイーター本体のいななきと共に結界が破られた。ラインは慌てて脱出し、次に出てこようとした傭兵の手を掴むが、その傭兵は後ろからスライムに引っ張られたのか、絶叫と共に引き戻されてしまった。

助けられないとラインが判断するや、すぐに階段を全速力で駆け上がる。ラインは殿を務めながら五十段ほど上がったところでちらりと後ろを見たが、既にスライムが石の扉を乗り越えこちらに入ってきていた。傭兵たちの松明が一つ、また一つと闇に飲み込まれて消え、全く見えなくなった。

「ちっ、簡単には逃がしてくれねぇか！」

　もはや後ろを振り返る余裕もない。アルフィリースたちに続き、全速力で階段を駆け上がるライン。そして後ろからは石の扉にマンイーター本体が体当たりする音が響いていた。

＊＊＊

「ハア、ハア」

「この階段、こんなに長かった？」

「無駄口を叩いている場合か！　もうあの化け物は登ってきてるぞ？」

　階段を全速力で駆け上がるアルフィリースたち。その背後にマンイーターの体から出てきたスライムが迫る。本体はさすがにその巨体から素早く登っては来られないようで、スライムの動きも緩慢だが、人間と違って疲れることを知らない生物である。いずれ追いつめられるのは決定的だった。ラインも必死に対応策を考えているが、あれほどの化け物との邂逅(かいこう)は彼にとっても初めての経験だったため、あまりにも手札が少なすぎた。むしろ先ほどの脱出だけでもよくやったといえた。

「ハア、ハア……ミランダ」

「ゼイ……何？　アルフィ」

「もし地上に出てもアイツが追っかけてきたら……フゥ……使うからね！」

「ゼイ……わかったわよ……」

アルフィリースの提案に、頷かざるをえないミランダ。森を一日逃げ通すわけにもいかないし、先ほど傭兵の仲間にいたエルフの魔術でも有効ではなかった。ミランダの魔術でしか打撃を与えられないなら、すくなくともあの鉄壁の防御を突き崩して本体を引きずりだす必要がある、そのためにはアルフィリースの桁外れの魔術ならもしかしたら、と考えてしまうミランダだったが、そこに保証はない。

戦場では直感は重要だ。先ほどマンイーターの動きを封じた段階で、誰もとどめを刺しに行かなかったのはきっと正解だった。下手に傷つけていれば、傷口から噴き出すスライムに取り込まれていたことだろう。

さらにミランダは数多の経験から、戦場で博打を打つ者は早死にすることを知っていた。偶然の要素もあるものの、勝利を導くにはより綿密な思考と計算が重要である。物語のように、ご都合主義の助けは来ないのだから。

（そう、アタシが旅の最初に乱暴された時も、不老不死がバレて村を追い出された時も、あの人が死んだ時も……誰も助けてはくれなかった。それでアタシは人生に絶望して……つっ、今はそんなこと考えてる場合じゃない！　今はできることを少しでもやらないと。今ある手札で、なんとかする方法を考えるんだ！）

「アルフィ！」

「何？」

「アンタ、魔術の系統はいくつ使える？」

「えーと、聖属性以外なら全部！」

「そうか、聖属性以外なら……って、ええ!?」

「あと無属性の魔術を細分化して、召喚魔術とかも一つとして数えたら、十は超えるよ」

「十って……」

ミランダとフェンナが目を丸くした。それはそうだろう、二種類以上の魔術を使うことすら一般的には珍しいのだ。しかも史実から確認された、個人で使える最高の系統数は六。英雄王と呼ばれたグラハムだけである。アルフィリースの使用系統数は、歴史を塗り替えることになる。

「そんなのあり？」

「お、驚きです……どんな資質を持って生まれたらそうなるのですか？」

思わずミランダの気が一瞬逸れるが、ラインの言葉がただちに引き戻す。

「でも肝心の神聖系以外は、決定打にならないんだろ？」

「そうですね。ですがリサが察するに、体を徹底的に破壊すれば動きは止まるはずです。あの体、おそらくは借り物ですから」

「どういうこと？」

「ああいった体をした生物に、悪霊が憑依(ひょうい)しているのでしょう。そうなると心配なのは、あの体を壊しても、他の体に憑依されたらどうしようもないということです」

「しかもダメージを与えた部分からはあのスライムが出てくると。厄介だな」

「とはいえやることには変わりがないんじゃ？　最悪、アルフィリースの魔術で外側をぶっ壊す、その後で、アタシの魔術で攻撃する。あるいは外に陽光がありさえすれば、外側さえ壊れていれば第四階梯にある悪霊でも弱体化する」

「それはそうかもしれませんが……我々が憑依されたら」

「大丈夫よ、リサ」

　アルフィリースがリサの頭をぽん、と撫でる。

「きっとうまくやってみせるわ！」

（リサが心配しているのはあの魔物を倒せるかどうかではなくて、貴女の体です、アルフィ）

　リサはその言葉をぐっと呑み込んだ。どちらにしてもアルフィリースに任せるしかないからだ。それならば余計なことは言わない方がよい――リサは少しでもアルフィリースの決意を鈍らせないため、そう考えることにした。アルフィリース本人が一番わかっているはずのことだからだ。そんなリサの心配をよそに、アルフィリースたちの先頭を走るニアが叫ぶ。

「地下二階に出るぞ！」

「そこからはリサが先頭です。万が一にも道順を間違えるとおしまいですから！」

「よし……って、あれ？」

　階段を上がりきった場所で、先行したカザスと傭兵たちが何かをしている。扉を開けた時に出てきた出っ張りを引っ張っているようだ。

「先生、何やってるんだ？　逃げないとアイツが追ってくるぞ？」

「さっき石の扉が下りてきたのを見て閃(ひらめ)いたんですが」

　ラインの問いにカザスが額の汗を拭(ぬぐ)いながら答える。

「ダンジョンって侵入者対策のための罠が多いですよね。それはダンジョンへ入らせたくない場合ですが。では逆にダンジョンに何かを封印して、外に出したくない場合に仕掛けるものといえばなんでしょう？」

「謎かけはいいから早く言ってくれ」

「せっかちですね。ダンジョンの中には持ち出されたくないものが動いたら部屋が崩壊、ひどければダンジョンごと崩壊させるものがあります。わざわざこのでっぱりが出たということは、これがスイッチではないかと。地下三階がわざわざ設置されたのも、このためではないかと仮説を立ててみました。古文書でこういった仕掛けが流行った時期があるのを見たことがありますし、これを全て引き抜けば地下三階以下が崩壊すると思われます。まあ仮説ですけどね」

「なるほど。で抜こうとしているが抜けない、と」

「そうですね。相当な馬鹿力でやらないとだめです、大の男三人がかりで無理でしたから。おそらくこれを抜くような仕掛けがあったのに、宝物と勘違いして持ち出した連中がいるのでしょう。でっぱりの大きさからも、人間一人でしか持てないようなサイズにしては頑丈すぎますから」

　カザスがコンコンと叩いたでっぱりにはたしかに何かをひっかけるような部分がついていたが、大の男三人がかりでびくともしないなら、どうしようもないではないか。全員がそう考えた瞬間、ミランダがずいと前に出た。

「アタシがやろう」

「ええ？」

「おいおい。ブン回してた武器を見れば普通の人間よりはたしかに力がありそうだが、いくらなんでもこれは」

「それは結果をごろうじろってね。アルフィ、これやったらしばらくアタシは動けなくなるかもしれないから、その時はよろしく」

「？　よくわからないけど、わかった！」

「よし……二つでいけるか？」

ミランダが腰の革袋から何か取り出し、口に入れる。するとミランダの全身が徐々に火照るように赤く染まりあがり、湯気が出始めた。地下だから多少気温が低いとはいえ、現在は夏前の気温にもかかわらず、である。

「ミランダ、それは？」

「アタシが昔傭兵やってた頃のあだ名は『赤鬼』って呼ばれててね。これを使うと強制的に体の代謝や血流が上昇して、さらに興奮物質とかの脳内麻薬を強制的に分泌させることで、常時火事場の馬鹿力を発動させるのさ。ただし脳内の興奮物質ってのは通常体に猛毒だし、普通の人間がやれば筋肉も断裂しかねないからアタシ以外は使えない。ある程度は薬がなくても自分の体で調節できるから、これがアタシが力持ちの理由さ！」

ミランダが石に手をかけ引っ張ると、いままでびくともしなかった石がいとも簡単に引きずりだされた。石を引っ張りだすと、何かが動いてカチリ！　という音がした。すると階段が徐々に崩れていくではないか。

「カザスの推論は当りですね。すぐに脱出します、リサについてきてください」

万一に備えて、再度走り出すアルフィリースたち。だが思ったよりダンジョンがしっかり作ってあったのか、地下二階以上に衝撃は伝わるものの、崩れる気配はなかった。これならさすがのマンイーターも追ってこれないだろうと、ほっと一息つくアルフィリースたち。そしてその後は何事も無く無事地上に戻り、傾く陽を目の当たりにした。

「なんだか太陽を見るのは久しぶりな気がするわ」

「生きた心地がしなかったからな……しばらく地下はごめんだ」

「ええ、本当に。あの少年二人が戻ってきたらと思うとぞっとしますね。彼らが戻ってくる前に脱出できてよかったです」

周囲の傭兵たちも含めニアでさえほっとした様子を見せていたが、フェンナの一言に全員がはっとした。安全になったと思い笑顔が戻ったはずの全員に、再び不安の色が差す。

「……死んだ連中を弔（とむら）いたいけど、すぐにここを離れよう。ここにいるのは気持ちが悪いよ。いいかい、アルフィ？」

「ええ、賛成よ。森を夜に突っ切ることになったとしても、その方がいいわ」

「ところで皆さんはどちらへ？」

カザスがアルフィリースたちに問う。

「一番近いのはミレノの町だったかな。とりあえずそこへ。その後のことは町に着いてからよ」

「わかりました。よければ私も同行させてほしいのですが」

「それは構わないわ。むしろ生き残った傭兵たちとも同行するつもり。ギルドに報告しないとね」

「感謝します。ラインさんも行きますよね？　……あれ、ラインさん？」

「ん？　ああ、俺か……俺は――」

ラインが真剣な面持ちで何か考え込んでいた。アルフィリースが目線で「来るな」と訴えているが、状況を考えれば同行するのが妥当だろうと思われた。だがラインの返事は意外なものだった。

「いや、俺は同行しない。ちょっと考えたいことがあるから、先に行ってくれ」

「えーと、報酬をお渡ししようかと思ったのですが……」

「証文を作って、金と一緒にミーシアの傭兵ギルドに送っておいてくれ。どちらにしろ近々あそこには行く予定だった」

「それは構いませんが、残るのは危険では？」

「大丈夫だって。気にするな、じゃあな」

そう言い残すとラインは全員からさっさと離れていった。以前は何かとアルフィリースにまとわりついてきただけに、ラインの行動は意外だった。ミランダがそっとアルフィリースに囁く。

「アルフィ、いいのかい？　単独行動させて」

「本人がいいって言ってるんだから、いいんじゃない？」

「けどさ」

「いいの！　行きましょ」

アルフィリースがラインと反対の方向に行くように歩き出す。ミランダはラインの行動が気にかかったが、追うわけにもいかずアルフィリースについていく。そしてほどなくしてアルフィリースたちは去っていった。彼女の胸には死んだ傭兵たちのことが去来していたが、まだ気が抜ける状況ではない。死を悼むのは町に着いてからでもいいだろうと、全員が同じ思いで歩きだした。

第二十一幕　魔剣と悪霊

一方ラインは適当に台座になる石を見つけて、傭兵たちから預かった階級章を整理していた。それを一つ一つ裏返し、陽があるうちにそれぞれの出身を確認している。

「ちゃんと届けてやらないとな」

ラインは現在二十六歳だが、十九歳までは軍属だったせいで、年の割には戦場経験が多い。その中で彼にとって一番辛いのは戦場で敵を斬ることではなく、戦死の報告を家族に届けることだった。友人の戦死報告をしたことも何度もあり、そのたびに泣き崩れる家族を見てきた。この二十年は泰平期と言われる平和な時代とはいえ、魔物の発生で軍が駆り出されることはままある。戦いがまったくない時代などありえない。

その中でもっとも悲惨だったのは、生死不明になることだった。死体が回収できないほど激しい戦いではよくあることだが、まだ軍に所属し始めの頃、自分の夫の帰りを二十年以上も待ち続けている婦人を見たこともある。戦争に向かう直前に結婚し身籠っていたのだそうだが、夫を心配するあまり子どもは流れてしまい、そのまま気がふれた女性だった。その光景に衝撃を受けたラインは、傭兵となってからも仲間の戦死報告はできる限り丁寧に行ってきた。

だが今回は戦死の数が尋常ではない。アルネリア教会の影響が及ぶこの地域では、ちょっと考え難い死亡数だった。

「くそ、あんなに死ぬなんてな。戦争じゃあるまいし、もうちょっとなんとかできなかったのかよ……」

こういうところで悩むのはアルフィリースもラインもそっくりなのだが、二人ともまったく気が付いていなかった。同族嫌悪、とでも言うのか。

「これがスタフィーの町で、これがラトレで……さて、どこから回ったものか。ふむ、アルフィリースのあとを追うのはちょっと無理か。ま、仲間もおかしな奴らじゃなかったし、なんとかなるだろう」

ある日、依頼で見かけた傭兵をするには不釣り合いな女。腕前も、知性も、心根も、彼女以上の人間は傭兵で見たことがなかった。騎士崩れかどこかの貴族令嬢かと思ったが、どうやら違う。

ある日のこと。たまたまシスターとの話を酒場で盗み聞く限り、辺境で育てられた野生児というところだったが、「追跡者（ストーカー）」を一人で倒したと言っていた。記憶が正しければ、徒党を組んで倒す辺境の魔物として、A級登録をされた魔獣のはずだ。討伐例はいまだ二件のみ。そもそも追跡した相手は必ず殺す魔物だから、討伐依頼が出ることもないし、姿を見た者すら稀だ。それに追いかけられて倒すとは、絶対に異常だと考えた。

それから正体を知りたくてあとをこっそりとつけ、時に偶然のふりをして依頼を共にしたが、やはり優しくて、そして脆い娘にしか見えなかった。かつての自分のようで、それだけに近くにいて守るべきか、そのままにしてやるのがよいのか、決めあぐねているうちに見事に嫌われた。つい、からかいたくなるからだ。今から考えても、あの絡み方はなかったなとラインは自嘲する。

「生真面目な奴はからかいたくなるもんなぁ……で、そこにいる奴、出てこい」

ラインが横に置いた剣に手をかける。まさか追撃があるかと考え残ったが、気配は違う。そしてラインの背後にある木の影から、黒く波うつ、肩より少し長い髪をした女性が出てきた。露出の多いドレスを身につけ、スリットは足の付け根付近まではいっていた。場末で客を取る娼婦でさえ、外ではなかなかここまで大胆な恰好はしない。娼婦でこの美しさならば相当な人気者となるだろうが、ラインもこのような状況でそのような思考に及ぶほど色ボケしているわけではなかった。何を考えているのかわからない黒い瞳を、ラインは睨み据えた。

「何者だ？　まさかこんなところで娼婦が客を取るわけでもないだろう」

「さあ……」

「はぐらかすな、この状況で冗談を言うほど俺は馬鹿じゃない。返答次第では、女といえど斬るぞ」

「ふふ、怖い怖い」

剣を構えるラインを見て、クスクスと笑う女性。その仕草も妖艶だった。あわや一触即発かと思ったが、ラインがため息を一つつき、剣を収めた。

「おや、斬らないと？」

「……敵意はなさそうだしな。やはり丸腰の女を斬る趣味は無い」

「魔術士かもしれないぞ？」

「そんな気配があればわかる。それに俺とお前の距離は五歩もない。お前が何かする前に、首と胴が分かれることになる」

「ふぅむ」

　実際にそれが可能かどうかはわからなかったが、女は興味津々でラインを観察した。ラインは訝しそうに女に尋ねる。

「何をジロジロ見てやがる。なんの用だ、俺に惚れでもしたのか」

「そのようなものだ。ただ自分の主人になる者を観察していただけでね」

「ぶっ」

　ラインは思わず吹き出した。まさか彼もこんな破廉恥な恰好をした女に仕えられるとは思わなかった。主人と呼ぶからには、夜な夜なあんなことやこんなこと――などという妄想がラインの脳裏によぎるが、慌てて頭を振い正気を取り戻す。だが声は上ずっていた。

「な、なんで俺に仕えるんだ？」

「何を言う。貴様が我の封印を解いたのだ。あいにくと封印を解いた者が我の主人となるのでな。もっとも我も主人は選ぶが、そなたは我が主にふさわしそうだ」

「封印？　いつだ？」

「貴様、我にあれだけ蹴りをくれたのを最早忘れたか？」

「……まさか」

「そのまさかだ。我は地下にいた魔剣だよ」

女がニヤリとする。さすがのラインも呆気にとられたが、女はそんなラインのそんな様子を見てしてやったりとでも思ったか。そして優雅に一礼する女の姿をした魔剣。

「改めて自己紹介させていただこう。我の名前はダンスレイブ。以後お見知りおきを、我が主人（マイ・マスター）」

「魔剣……だと？」

「そう、かつて我の所有権を巡って幾多の人間が止むことなき争いを……」

「いや、そんな事情はどうでもいいから、お前が魔剣だという証拠を見せろ」

「く、人の話を聞かない奴だ……いいだろう」

ダンスレイブが目を閉じ集中すると、その体がダンスレイブの影に吸い込まれ、代わりに剣が浮上してくる。その形状はたしかにダンジョンの地下で見たあの剣だった。

「なるほど、たしかに」

「我の言葉を信じるか？」

「ああ……だが」

「ぐぁ!?」

またしてもラインが突然ダンスレイブに蹴りかかった。

「その姿に戻ればこっちのもんだ！」

「貴様、我が女の姿をしたのを承知で蹴るのか？」

「剣に性別なぞあるか！　だいたい、だーれーがご主人様だぁ？　魔剣の分際で勝手に決めるな！」

「そこは普通泣いて喜ぶところだぞ？　魔剣の主とか憧れるだろう？」

「面倒なことは嫌なんだよ！　俺は平凡に暮らすんだ！」

　不毛な争いがややあって。

「くそっ、俺は魔剣などの世話にはならん」

「そういうな、我は便利だぞ？　別に使わずとも、その知識だけを利用してもよい。なにせ五百年はゆうに生きているからな」

「とかなんとか上手いこと言って俺を呪う気だな？　お前なんか海に捨ててやる！　塩水でゆっくりと錆びていくがいいさ」

「ふん、海水で錆びるぐらいなら魔剣と呼ばれんさ」

「じゃあブローム火山のマグマにぶちこんでやる」

「それは……溶けるな」

「よし、決まりだ！」

　ラインが剣に手をかけると、途端に剣が騒ぎだす。

「き、貴様！　どこを触っておるか!?」

「なんだよ、また顔か？」

「胸を鷲掴みにするな！」

「知るか！」

こんな面倒くさい魔剣があってたまるかとラインは思いつつも、危険を感じると自然と木の影に飛びずさっていた。

「なんだ？　なんの気配だ？」

「さすがマスター。人間にしては敏感だ」

「マスターじゃやねぇ。が、これはどこから……ダンジョンか！」

ラインがダンジョンに目をやると入口が吹き飛び、中からマンイーターが出現した。

「おなかが……すいたよぉおおおぉおぉおお！　ごはんはどこに行ったのぉおおお!?」

「またアイツか！　しつこいにもほどがあるぞ？」

「たしかにしつこいが、悪霊などあんなものだ。大抵は未練、恨み、つらみといった負の感情の塊だからな。未練が果たされん限り止まる事がないというのは、昔から変わらんよ」

「ち、頼むからこっちに気付くなよ……」

ラインは息をひそめていたが、どうやらマンイーターはこちらに気付く気配はない。その代わり、しきりに匂いを嗅いでいる。そして向かった方向は、ラインとはまるきり正反対の街の方向。

「おいおい、アルフィリースたちの痕跡を追いかけていくつもりか？」

「そうなのか。まあより沢山ごはんがある方に行くだろうな。好都合だ、今のうちに逃げることを勧めよう」

「もっともだ。だがな」

ラインが立ちあがり剣を抜いた。ダンスレイブはその意外な行動に慌てる。

「おいマスター。なんとなくわかるが、どうするつもりか念のため聞こうか」

「あれを倒す。あいつらの元へはいかせない」

「そんな正義の味方みたいな真似は、似合わないんじゃなかったのか？」

「そうだな。だが似合う似合わないは別の話だ」

「勝てないぞ？」

「それも別の問題だ」

「やれやれ。言ってることとやってることがちぐはぐだぞ、マスター」

ダンスレイブが呆れた。

「そんな正義感のある人間だとは思わなかったがな。惚れた娘でもいるのか？」

「さぁな。自分でも惚れているのかどうか、よくわからんよ。だが気になるのはたしかだ。危なっかしくてしょうがないからな」

「ふ、そうか。マスターよ、どうしてもやるというのなら我を使え」

「言ったろ、魔剣の世話にはならん。だいたい魔剣は使用者に代償を求めると聞くしな。力の代わりに人間性や魂を捨てるなんざ、御免こうむるぜ」

「別に我が代償を求めているわけではないのだがな。それに何も魂を捧げろとは言わん。正確には反動がくるだけだ」

「反動？　お前、なんの魔剣だ？　能力は？」

「よく聞け人間、我の能力はな――――だ」

ダンスレイブの言葉をラインは真剣に聞いた後、ラインはしばし悩む。

「なるほど……それで反動か。お前、危ない奴だな」

「やっぱりマスターは賢いよ。理解が早いしその危険性もわかっている。我の危険性をわからん奴は、一度の使用で死んでしまうからな」

「で、勝てるのか？」

「我を使って勝てないことはありえない。後はマスターの技量次第だ」

「言うじゃねぇか。使いこなしてみせるぜ、魔剣」

「ちゃんと名前で呼べ」

「アイツに勝てたらな」

ラインが魔剣を握り、マンイーターに向かって吠える。

「こっちだバケモノ！」

さすがにその声に反応したのか、マンイーターがラインに向き直った。

「ごはんがいたぁあああ！」

「お前はそれしかねぇのな。じゃあ腹いっぱい俺の斬撃を喰らわせてやるよ！」

ラインがダンスレイブを構えてマンイーターに突進する。アルフィリースたちの援護が無い状態で、ライン一人の戦いが夕暮れに始まった。

＊＊＊

そして太陽が完全に沈む前に決着がついた。立っているのは——ライン。地面には完全にコマ切れとなり、もはやどこがどの部分かわからないマンイーターの残骸が転がっていた。これがパズルだとしたら、最高難度だろう。その傍らで、剣を支えにようやく立っているライン。

「ゼェ、ゼェ……お前の言う通り……たしかにきついな」

「だがその程度の反動で終わらせるとは、我にしても意外だよ。技量も大したものだ。どうやらマスターは軽薄な態度と違って、相当鍛えこんでいるようだな」

「軽薄は余計だ。だがお前の言うことが理解できたぜ。たしかにお前にこんな力があるなら、お前を巡って戦争が起きてもおかしくねぇ」

「ようやく我の偉大さが理解できたか」

「危険性もな。やっぱりマグマに投げ込むか」

「やめろぉ！」

「冗談だ」

そんなやりとりの最中、マンイーターの霊魂が子どもの姿で出てきた。

「まだやるのか⁉」

「いや、この子に霊体で人をどうこうするような力はない。今はまだ、な。自我が薄弱な有機物に憑依するか、無機物を動かすかどちらかだ。もっともそれすら自在にできる悪霊など、歴史上でも数えるほどしかいないが」

ダンススレイブが解説をする中、マンイーターは悲しそうにつぶやいた。

「わたしはおなかがすいてるだけなのに……どうしてじゃまをするの？」

「さぁな。俺に聞くな」

「マスター、我々では霊魂にとどめはさせないから放っておくしかない。悪霊ともいえども存在根拠がなければ消えるはずだ。あとで然るべき者を派遣して、浄化してもらうのがよかろう」

「ああ」

ダンススレイブの言に従い、そのまま剣を収めて立ち去るライン。一度だけマンイーターの方を振り返ったが、ラインにはできることとできないことの区別がきちんとついている。寂しそうなマンイーターを見ていると、一方的に死んだ仲間たちの無念をぶつけるわけにもいかず、ラインはぐっとやり場のない怒りと悲しみを堪えていた。

ラインは道すがらダンススレイブをどうしたものかと、品定めするようにじっと眺めていた。少々うるさいが、力はたしかで頼りにもなる。危険性さえ理解していれば、人外の化け物が相手でも切り札にはなる。なにより、からかい甲斐がある。

「どっちにしても人間になれるなら、俺についてくる気だろ？　だったらしょうがないから一緒に行ってやるよ。ただ背負うのは面倒くさいから、人間の姿で歩いてこい」

「仕方がない」

ダンススレイブが再度、女性の形に変身する。

「フフフ、どうだ。なかなかの美人だろう？」

「まあ否定はしない。これで人間だったら即座に押し倒してやるけどな。だがなんで女なんだ？剣に性別が生まれつきあるのか？」

「さてな」

「自分のことだろうが」

「それはそうだが、剣によってその姿は色々だ。男、老人、子ども……中には獣だってありうる。我も気が付いたらこの姿だったし、その前の記憶などは無い。なにせ元が剣だからな」

「そんなものか。まぁいい、とりあえず気になることがあるから調べに行く。ついてこい」

「何を気にしている？」

「この依頼の出どころから始めて、クルムスの戦争も気になるし、まずはその辺りからかな。クルムスなら知り合いもいるしよ。この階級章をギルドに届ける必要もあるだろう」

ラインがじゃらり、と袋の中身を鳴らしてみせる。

「律儀なことだ。だがその前に一つ――マスターの本名を聞いていいか？」

「本名だと？」

「偽名だろう。ラインが本名なら、先ほど我を使用した時にもっと力を発揮したはずだからな。魔剣との契約において、言霊的に本名は重要だ」

「なるほど……まあいいか、俺の本名は――だ。ばらすなよ？」

「ほう、良い名ではないか。なぜ本名で通さない？」

「故郷ではお尋ね者なんだよ。まあその辺は旅先でおいおい話そうぜ。あと俺のことはマスターとか貴様はなしだ。ちゃんとラインって呼べよ、ダンスレイブ」

「ふふ、了解だライン。我の呼び名もダンサーでよい」

「わかったよ。とりあえずお前の旅用の服を調達するか。そのままじゃ目立ってかなわん」

「男はこういうのが好みなんだろう？　ほれほれ、つけてないし、はいてないぞ？」

「いちいち見せなくていい！」

そして二人、いや、一人と一本の剣は森の中を歩いていった。彼らの活躍により自身の身が救われたことを、アルフィリースたちが知るすべはない。

＊＊＊

「……マンイーターは回収したぞ……」

「あれ？　やられたの？」

「ごめんなさい」

しゅんとするマンイーターの頭を、ドゥームは撫でる。

「次に上手くやればいいさ。また新しい体をもらおう」

「うん」

「……で、どうなった？　……」

「御覧の通りさ」

マンイーターを転移魔術で回収したライフレスがドゥームに合流すると、眼下には惨劇の爪痕があった。ドゥームが自分に憑りついた悪霊を、小さな村の噴水に向けて投下した結果だった。

悪霊は村の名物でもあった美しい噴水を一瞬で黒く澱ませると、村人に襲い掛かった。まず外にいた村人が犠牲になった。人を溶かし、家畜を乗っ取り人を襲い、次に人間に憑りつき、拷問吏ですら吐き気を催すほどの残虐さでもって、村人に次々と襲い掛かった。

外にいた村人の残骸は全て噴水に取り込まれ、噴水は赤黒く変色した。その噴水から出現したのは、真っ赤なローブに身を包んだちょうどドゥームと同じ年頃の女の子だった。漆黒の黒い髪を伸ばし放題にしており、整った白い顔は能面をはりつけたように無表情だった。

少女は噴水から出るとゆっくりと周りを見回し、家に隠れて窓から外の様子を覗いていた若い女性に目を留める。少女が地面を滑るように移動すると、女性は恐怖のあまりへなへなと座り込んで固まってしまった。そして少女はその女性の頭や顔を愛しい者でも触るかのようにゆっくりと撫でまわし、それはとてもとても可愛らしい笑顔で囁いた。

「ネエ、ワタシトアソンデ?」

その瞬間女性の体がガクガクと激しい痙攣をしたかと思うと、目・口・耳といった全身のあらゆる穴という穴から激しく血を流してをしてばたりと倒れてしまった。それを合図に、夜でもないのに村が暗く覆われた。そして中央の噴水からは赤黒い靄が出て視界を遮り、動物たちは狂ったように吠えいななき、何人かの村人が正気をなくして隣人に襲い掛かった。恐れた人間たちは村から出ようとするが、何か見えない壁にぶつかり前に進めない。それでもなんとかしようと壁をダンダンと叩いていると、今度は手がドロドロと溶け始め、絶叫を上げる村人たち。阿鼻叫喚の渦となった村を、上空から見守るドゥームとライフレス。

「……あれが……ゼアを滅ぼした悪霊か……生前から相当に強い魔力、心霊力を備えていたんだろう……」

「たしか、生前に魔術士の素質があると、強い悪霊になりやすいんだよね。魔術にも耐性をもつし、既に第四階梯くらいの力はあるかもね。うーん、ぜひとも仲間に欲しい。それにあの殺しの豊富さは素敵だ。もうあの子に惚れちゃいそう！」

「ほれる？　なにそれおいしいの？」

「……君は知らなくていいよ、マンイーター……で、御せるのか？　……」

「さて、やってみないと。マンイーターを頼んだ」

ドゥームはマンイーターをライフレスに預け、降りていく。するとそれに呼応するかのように少女が眼前に現れ、ドゥームは淑女にするように礼をした。

「初めましてお嬢さん。僕と遊んでくれないかな？」

「？」

遊びに誘われるのは慣れていないのか、少女が首を傾げる。だがドゥームは間髪いれずに次の行動を起こした。

「沈黙はイエスってことね」

ドゥームはいきなり手をかざし、鈍い音とともに少女の首を百八十度反転させた。ライフレスが呆れている。

「……殺してどうする……」

「はん、悪霊流の挨拶ってやつさ。だいたい、この程度で死ぬタマかよ！」

ドゥームの言うとおり、少女は首を反転させたままドゥームと同じように手をかざすと、今度はドゥームの右手が鈍い音と共に捻れた。

「やるじゃん！」

ドゥームは右手を、少女は首をひねり戻しながら対峙する。

「どぅーむ、たのしそう」

「……悪霊の流儀はさすがに理解不能だな……私はこれを延々と見せられるのか？　……」

全開で力を解放していくドゥームと少女。ライフレスの心配をよそに、それから彼らの戦いは三日三晩にも及ぶこととなる。

そして三日後。結界を張り続けることで精神的に疲労するライフレスの前に、さらに疲労の原因が出現した。

「キャーハハハ！　連絡がとれないと思ったら、こんなところにいたのぉ、ライフレスってば」

「……なんだ、ブラディマリアか……」

「なんだとはご挨拶ねぇ」

ニコニコするブラディマリアに、ため息をつくライフレス。

「……で、なんの用だ？　……」

「決まっているじゃない、ドゥームちゃんが上手くやっているかの確認よぉ。本当ならあの程度の小鬼、アタシたちの仲間に必要ないじゃない？　でも手駒が足りないってことと、陽動も兼ねてわざわざ仲間にしたのよ？　でも役に立たないようなら、処分しちゃうのがイイと思わない？」

「……その役目は私のはずだが？　……」

「ライフレスちゃんはなんだかんだ優しいから、情がうつるかと思って。で、どっちが勝ったの？」

「……見てのとおりさ……」

「まあそれはそうよね〜ここで負けるようなら消滅させるだけだし？」

眼下では少女の右半身部分が消し飛んでおり、地面に突っ伏していた。対してドゥームは無傷どころか、息一つ切らしていなかった。丸三日かけて、ついにドゥームは少女を自分の足元に這いつくばらせることに成功した。そんな勝者の余裕をもって、少女に問いかけるドゥーム。

「どう、遊び足りたかな？」

「……全然足りない」

「ふ、フフフ、アハハハハ!!」

ドゥームの質問に即答する少女。それは彼女の偽らざる気持ちだったのだが、逆にそれがわかったからこそドゥームは腹の底から笑えた。

「いいね、イイね！　キミは最高の女性だ！　僕は人生の伴侶を見つけた気分だ!!　こんなに嬉しいことはない。フフフ、アーハハハハハ！！」

腹と顔面に手を当てて狂ったように笑うドゥーム。そして突然ぴたりと笑いやむと、倒れて再生中の少女に歩み寄り、紳士的に手を差し伸べた。

「お嬢さん、よろしければ僕と結婚していただけませんか？」

「きゃあ～プロポーズしちゃったぁ！　ス・テ・キ」

「……雰囲気も何もあったもんじゃない……さっきまで殺し合ってたのに……」

目をキラキラさせて成り行きを見守るブラディマリアと、呆れ返るライフレス。だがドゥームはいたって真剣だった。だが少女の返事は、

「……イヤ」

「キャーハハハ！　ふられちゃったぁ！」

「……当たり前だ……」

だが断られたドゥームの返答は、彼らの予想の斜め上を行くものだった。

「うーん、結婚式と新婚旅行はどうしたらいいのかなぁ……だいたい結婚式って、誰に挨拶を頼もう？　お師匠様はなしとして、まさかライフレス？　そうだよね、彼と一緒の任務だったし。それに子ども最低三人は欲しいし、そうすると新居の問題もあるなぁ」

「ドゥームちゃんってばまったく人の話を聞いてなーい！　お、面白すぎよ～キャハハハ！　いいのかしら、ライフレス？　このままじゃあ、式の司会決定よ？　挨拶はどうするの？　キャハハハ！」

「……よしてくれ、眩暈がする……ドゥームのやつ、意外と家庭的で、小市民だな……」

一人で人生設計を悩み始めたドゥーム。ブラディマリアは抱腹絶倒の状態で、ライフレスは頭を

抱えていた。そしてドゥームは考えがまとまったのか、まだ半身を再生しきってない少女を抱え起こし囁く。

「さってと……花嫁さん、僕たちの新婚生活にお望みはありますか？」

「……イヤ、もっと遊びたい」

「なるほど、結婚後も自分の自由時間をご所望、と。さて、何にせよこのままじゃ見栄えも悪いから、まずは体を治しまして」

「！」

瞬間、少女の体が再生した。消滅するどころか力も戻り、さすがに驚きを隠せない少女。

「心配しなくても沢山遊ばせてあげるよ？　むしろ結婚前よりもっとね。僕は花嫁さんを家に閉じ込めたりしない。むしろ二人で色んな所に遊びにでかけないか？　ただその遊びに僕も参加させてほしいし、僕の遊びにも付き合ってほしいわけさ。それならどうかな？」

「……遊んでいいの？」

「今までよりもっと沢山。そして派手に」

「なら……結婚してもいいわ」

「やったね！」

「キャハハ、感動的な瞬間ね」

「……ここだけ聞いていればね……生者の敵になる夫婦の誕生だ……」

ドゥームは喜びのあまり、少女を抱きしめてくるくると踊っている。それをブラディマリアは拍手で祝福し、ライフレスは腕を組んで見守った。

「……話がまとまったところで、そろそろ次の仕事に行ってくれるか……」

「わかってるって！　おいで、インソムニア、リビードゥ」

ドゥームの後ろに現れる二人の影。インソムニアと呼ばれた一人は地面について流れる長い髪を伸び放題にした女。余りにも長い黒髪で顔は見えないが、かすかに覗く口は不吉な言葉をずっと呟いている。陰湿で、他を拒絶するどす黒い印象を放っていた。

もう一人、リビードゥはやはり黒髪だが、こちらは妖艶、淫乱を絵にかいたような女で、深紅の口紅に、服の素材も全て透けた肌着のようなものを一枚着ているだけだった。美人は美人だが目の焦点が中空に合ってしまっており、まさに狂人。

「……その二人は？……」

「僕が本気で暴れるときの配下さ。食欲、睡眠欲、性欲は人間の三大欲求だろう？　マンイーターも含め、彼女たちはそれを象徴するような悪霊でね。既に第四階梯に到達しているし、マンイーターと違って普段は好き勝手させてるんだけど、この三日のうちに呼び寄せておいた。ただぼやっと戦ってたわけじゃないんだよ、僕もね」

ちちち、と指を左右に振って見せるドゥーム。

「さてと、これでようやくアルネリアを潰しに行く準備が整った。これが新婚旅行ってことでよいかな？　えーと、君の名前はなんだっけ？」

「――オシリア」

「たしか南方における死の女神の名前だね。死の女神と同じ名前なんて、とても素敵だ！　ますます僕の奥様にふさわしい」

さらに上機嫌になるドゥーム。そしてくるりとライフレスを振り返り質問する。

「できるのなら、そのままアルネリア教自体を潰しても構わないんだっけ？」

「……できるならね……ところでリサちゃんはどうするんだい……」

「あー、リサちゃんね！　もちろん覚えているし、調べていますとも！　たしか、あの子が大切にしている子どもたちが今、ミリアザールの所にいるんだよね？　あの子たちの首を歳の順に彼女の前に並べたら、リサちゃんはどういう顔をすると思う？」

ニタリと陰惨な笑みを浮かべるドゥーム。その彼の意図を理解したのか、彼の配下の女たちやオシリアまでクスクスと笑い始める。

「すごく、すごく楽しみだよ。フフフ……」

「……まぁ余計なことに気を取られて、肝心なことを失敗しないように……」

「了解だ。じゃあちょっと行ってくるよ！」

まるでピクニックにでも行くかのような軽い雰囲気で姿を消し、戦いの場に赴くドゥームとその配下たち。手を振って送り出した後、残されたライフレスとブラディマリア。

「ほほ、とんだ小鬼よな。愛妻たちはともかく、あれほどの大悪霊に目をつけられたただの人間などひとたまりもあるまい。並みの人間では到達し得ぬほどの苦痛が待ち受けておるぞえ」

「……その口調……いいのかい、ブラディマリア……」

「そちこそ、その間延びした口調でなくてもよい。ここには妾たちしかおらぬし、昔通りにせぬか」

「……ふう。ならそうさせてもらおう。力を抑えるためとはいえ、疲れるものだ」

口調だけではなく、纏う雰囲気までが変わる二人。これが本来のこの二人の姿であり、抑えきれぬ魔力が可視化し、噴き出し始めていた。

「しかし万が一にもドゥームがそのままミリアザールを討ってしまったら、不都合ではないのか？お前はミリアザールに個人的な恨みがあるはずだ」

「そのようなことを言ってしまえば、妾はそちにも恨みがあるのう、ライフレス」

「たしかにそのとおりだ。ふむ、藪蛇だったようだ」

一本とられたと言う顔で自嘲気味に笑むライフレス。ブラディマリアはそんな彼を楽しそうに、しかし瞳の奥には彼に対する怒りを隠しもせず話を続ける。

「たしかに妾の目的はミリアザールが一番ぞ。じゃがミリアザールはドゥームにとって、相性が最悪の相手じゃ。ドゥームに勝てる要素はないゆえ安心ではあるが、なぜドゥームを向かわせるのか。お師匠どのは何を考えておる？」

「ドゥームは若い。戦闘経験を積ませたいのだろう。それ以外のことは知ったことではないさ。それこそ直接お師匠どのに聞いたらどうだ」

「一理ある。じゃがその前にドゥームに首輪をつけておく必要があろうな。ユーウェイン、おるか？」

「イエス、マドモアゼル」

ブラディマリの背後に現れた青い髪の美男子。ブラディマリアの部下は執事（バトラー）と呼ばれ、皆美男子で構成されているが、その正体を知っている者は少ない。ライフレスも初めて見る顔だった。

「ドゥームと共にアルネリア教に潜入し、見張れ。ただし本人には気取られるなよ？　まずはないと思うが、万一ドゥームが優勢になるようならば……部下ごと殺せ。妾はアルネリアにて高みの見物と洒落込むことにするでの」

「御意にございます」

そして音も無く消えるユーウェイン。

「怖い女だ」

「知的好奇心を満たすために、国すら犠牲にする奴に言われとうない。貴様にとって仲間とはなんじゃった？　妾はたしかに残酷じゃが、仲間と家族は大事にするぞえ？」

「仲間、ね。俺に本当の仲間などいはしない」

「言いよるわ。ところでドゥームの戦いを見物に行かんかの？　今のアルネリアも直に確認しておきたいしの」

「それは俺も同じだ。では行くとするか、マドモアゼル？」

「ふ、冗談が上手くなりよったわ。多少性格が変わったのではないかえ？」

そうして姿を消す二人。この森の惨状を間もなく周囲の村や町が知ることになるが、その原因はかつてのゼアと同じく謎に包まれたままだった。

第二十二幕　首脳会談

その頃、当のミリアザールはというと——呑気にお茶をすすっていた。彼女がいるのは魔術協会の長であるテトラスティンの私室である。魔術書が山のように本棚に並び、また床に散乱してもいる。魔術協会の長らしく自身は豪奢な机に座っているが、掃除が行き届いていないのか、埃が積もっていた。ただミリアザールが座るソファーだけは、清潔に保ってあった。

「ふぅ～生き返るわい。さすがに魔術協会の長だけあっていいお茶を取り揃えておるの、テトラスティン。これで部屋が綺麗ならよかったがの」

「普段汚い部屋を片付けると、誰を招いたのかと周囲に勘繰られるからね、許しておくれよ。お褒めに与り光栄だけど、これを淹れてくれたのはそこにいるリシーだよ」

「恐れ入ります」

ぺこりとお辞儀をするリシー。赤く長い髪を後ろで一つにくくっており、歳は十七、十八くらいと予想される、やや少女らしさを残す外見だった。目は伏せがちで、決して自己主張をせず、人形のように見えなくもない。深緑宮の失礼な女官どもに比べて、なんと女官の手本かと思うミリアザール。床に散乱する本を器用によけながら、なおかつ優雅な仕草を損なわないのはいいが、

「なぜにあんなピタピタの短いスカートで仕事をさせる？　しかも銀縁鎖付き眼鏡を付加するとは」

「え、私の趣味だけど文句ある？」

「おぬし……見事な変態になりよったな」

ミリアザールの物言いに、テトラスティンがくっくくと笑う。

「人の性癖について細かいことは言いっこなしだよ。今日はたまたまあの服装なだけで、日によってはちゃんとした服を着せてる日もあるよ？」

「ちょっと待て、着せない時もあるということか？」

「ああ、まあ日によって服装を変えるから。メイドだったり、卑猥な水着だったり、バニーだったり」

「欲求不満ならターラムで発散せいよ、貴様」

「行けるわけないでしょ！　私の立場を考えて!?　あるいは私の求愛を受けて？」

「このていたらくで受けれるかぁ！　なんでこんな変態が魔術協会の長なのかのぅ……」

目の前にいるテトラスティンが魔術協会長に就任してから、実に四十年以上。魔術協会は五年周期で会長選挙を行うが、九期連続の任期となる。魔術協会の内部が多様な派閥で形成されている現在において、異例ともいえる事態である。

ただその長い任期に比べ、見た目はまるで少年のようなテトラスティン。背恰好もミリアザールと変わらないが、その年齢はミリアザールも知らず、彼が魔術協会に所属して少なくとも六十年が経過していることしかわかっていない。ただ魔術協会は実力主義なので、彼が協会の会長であっても何ら問題はない。

ともあれ、この場面だけを見れば誰もこの二人がそれぞれの集団の長などとは思うまい。端から見れば、育ちの良い子ども二人が、お茶も楽しみながら談笑している、くらいだ。リシーが落ちきった砂時計をくるりとひっくり返すと部屋を出ていき、テトラスティンが表情を引き締めた。

「さて、そろそろ真面目な話をしようかミリアザール。賓客(ひんきゃく)とはいえ、いつまでも優雅な時間を過ごすわけにもいかない。君も面が割れるとまずいだろう？　完璧な結界を張れる時間はそう長くない。執務室といえど、いつ覗かれるともしれないからね」

「おぬしも苦労するのう」

「それはお互い様さ。で、相談したいことって？」

優雅に紅茶をすすりながら悠然と構えるテトラスティン。少年のくせにその貫禄だけは十分だ。

ミリアザールもお茶をテーブルに置き、話を切り出す。

「まずは最近の魔王の異常な発生頻度について。何か掴んでおるかの？」

「人に物を尋ねるなら自分の手札から披露したらどうかな？」

「よかろう。先日、ラザールに魔王討伐に参加させたところ、見たこともない種類の魔王じゃった。なんでも鉱石、悪霊、人間が混じったような生物じゃったと聞いておる。ワシも千年生きておって、そのような種類の魔物を見たことがない。となると考えられるのは——」

「南方、あるいは東方の大陸から流れてきたか。あるいは合成生物(キメラ)だね」

「前者の場合、素朴な疑問点が一つ。まずはなぜ中原に突然出現したのかということ。これは転移魔術で送り込んだということも考えられるが、コストと成果が見合わんじゃろう。考えやすいのは後者。西側でその魔王に似ている魔王が確認されたことからも、後者の線が濃いと考えておる。それについて何か知っていることはないか？　これは魔術協会の分野じゃろう」

「ふむ。位置的にはオリュンパス協会の方が事情には詳しそうだが」

テトラスティンもまたカチャリとティーカップをテーブルに置き、手を膝の上に組み直す。

「私も直接知っているわけではなく記録上の話だが、たしかに昔そういったキメラの研究をしていた魔術士がいたようだ。だがあまりにも生命を冒涜する研究だとして、魔術士は魔術協会によって征伐され、死亡も確認された。研究も破棄されたはずだが」

「誰かがその研究を引き継いで、キメラを魔王として世に送り出している可能性は？」

ミリアザールが身を乗り出す。

「そうであれば魔王がさまざまな場所に、多種多様な形で出没するのも頷ける。だがもしそうだとすると、この出現頻度から考えて――」

「既に大きな生産場所――工房が存在するじゃろうな。しかも複数」

「頭痛がするね」

と、テトラスティンが指をこめかみに当てて答える。

「まったく……ただでさえ最近協会内の勢力争いが激化してるっていうのに。魔女と導師はろくに活動をしている様子もないし……平和になったらすぐこれだ。まったく業突張りの暇人どもめ」

「おぬしも大変そうじゃのう」

「君の教会がまったくもって羨ましい、もっと命令系統を一本化しておくべきだったよ。背後権力のない私が長になるために色々譲歩した結果、こういった体制になってしまった。まったくもって失策と言わざるをえないな。だがあれ以上の圧政を強いていれば、逆に魔術協会は人材を失う結果になったろうし、恐怖政治もほどほどにしないとね。リシーを着せ替えて遊ぶ僕の気持ちもわかるだろう？」

「それはまったくわからんわい。じゃがワシはおぬしが協会の長でよかったと思うておる。おぬしが出現するまでは、協力すらできぬ者が長だったことも多々あったよ」

「じゃあ私と結婚してくれる？」

「五十年前にきっぱり断ったはずじゃが？」

テトラスティンが真剣な眼差しをミリアザールに向ける。だがミリアザールは一向に動じない。

「やっぱり君ほどのイイ女を諦めきれないよ。だいたい年上女房は金の具足を履いてでも探せっていうし」

「ワシが良人を亡くしていることまで知っておってその言葉は、女としては嬉しい申し出ではある。だがやはりそんな気分にはなれんな」

「昔の旦那に操を立てているのかい？」

「それもある。たしかにあれほど他人を愛することはもうあるまい。じゃが……」

ふとミランダのことを考える。ミランダに先に進めと言っておきながら、自分はどうなのかと思いを馳せる。自分の良人の顔を思い出すが、彼ならば自分の幸せを第一に考えろと言うに違いないと想像するも、彼に嫉妬してほしくもある。

（乙女心、というにはワシは歳をくっとると思うがな。まだそんな感情がワシにもあるようじゃぞ、

ランディ……そなたに会いたい）

それは、ミリアザールにとって二回目の幸せな記憶。だが今のまま昔を思い出せば人前で泣いてしまいそうで、ぐっと堪えた。

「とりあえず返事は保留と言うことにさせてもらおう。やはり今はそういう気分にならん」

「じゃあ魔王頻発の問題が片付いたら、前向きに考えてくれる？」

「ふむ……まあ考えるくらいならよかろう。なんじゃ、モーイ鳥が豆をくらったような顔をしよってからに」

「いや、ここまで色よい返事がもらえると思ってなかったから」

「不服か？」

「いや、五十年も待ったのだからその程度、なんの問題もないね。で、相談事はそれだけ？」

「もう一つ」

ミリアザールの目線がいっそう鋭くなる。

「アルフィリースという娘を知っておるか？」

「ああ、アルドリュースが預かった子だよね。あの事件は衝撃的だったから覚えているさ。アルドリュースも私が目をかけていた魔術士だったから。いずれは私の右腕に、と思っていたんだけど」

「それ以前の話じゃ。なぜアルフィリースは魔術協会で保護されていない？　あれほどの力を持った者を、協会が感知できぬはずはないじゃろう？」

「そのことだけどね……」

テトラスティンも厳しい表情になる。

「このことは内密にしてほしい。協会でもわずかな者しか知らないし、当人にも決して話さないように。実はアルフィリースの誕生前後、占星術やなにやらがおかしくてね」

「おかしい？」

「ああ、実は彼女の誕生した年月の前後で不思議な占星術が多発している。最初に出た占星術は『この地に祝福されし子が生まれる』だった。別に魔術的な要素は示されておらず、最初は偉人の誕生に似通った予言だった。星の巡りは私も確認したが、十数年に一度くらいは見られる配置だったね。だがそれからしばらくしてその予言は変わり、『この世を破滅させる魔王が誕生する』になっていた」

「なんじゃそれは？　占星術が変化するなどありうるのか？」

ミリアザールはテトラスティンを問い詰めるような表情であったが、テトラスティンも渋面をするのみであった。

「わからない。そもそも予言が同一人物を指しているとも限らないし、予言がアルフィリースのことだったのかという確証は何もない。占星術は所詮占星術だ。占星術を元に優れた魔術士を探すとはいえ、必ずしも当たるとは限らない。調査はさせたが何もわからずじまいだった。で、しばらくしてアルフィリースの存在が報告された。最初はあの子を滅びの魔王と関連付ける説もあったんだ」

「なんじゃと？」

「なんの訓練もされてない十歳の女の子が、征伐部隊の精鋭十人以上をいとも簡単に葬ればねぇ」

「ちょっと待て、葬ったと？　殺したのか？」

「そうだよ、いくつかの家系は断絶さ。それが？」

（ミランダが聞いた話では、退けただけではないのか？　アルフィリースが嘘をついた？　それとも……）

悩むミリアザールだったが、そのことはテトラスティンに悟られぬように曖昧にした。

「いや、なんでもない。続けてくれ」

「協会としてもさらなる戦力をだすことはできたけど、その前にアルドリュースが助けに来た。彼の名前を知らない者は魔術協会にいなかったし、彼の特性も相まって、協会は保護を納得したのさ」

「あやつはたしか、封印魔術が専門じゃったな」

「君も面識があるよね。彼は歴代有数の使い手だった。アルドリュースが監督するならと、各派閥を納得させたのは私だ。だけど……」

「奴は死んだ」

「そう。それでその問題を蒸し返す奴らがいる。アルフィリースを放置するのは危険なんじゃないかって。過激な連中は今のうちに彼女を暗殺してはどうか、と主張する者までいる」

「そんな馬鹿な話があるかっ！」

ミリアザールが思わず激昂するのをテトラスティンが押さえた。

「落ち着きなよ。だがさらに馬鹿な話がある。彼女がアルネリアのシスターと共に行動しているのを見て、アルネリア教がアルフィリースを抱き込み、何か企んでいると言い出した者までいる」

「……とんだ濡れ衣じゃわい。暴論の極みじゃのう」

「私も同意見だ、そもそも大陸の実権を握るアルネリア教にメリットがない。その意見はまだごく一部だけど、なんにせよ統率がとれているとは言い難い集団だ。警戒するにこしたことはないし、彼女たちにもそれとなく伝えておくといいだろう。誰とも知れない連中が先走り、魔術協会とアルネリア教会が真っ向対立、なんてまっぴらごめんだ。私が協会の長である限り、そんなことにはなりたくない」

「わかった。じゃが、おぬしが協会の長を外される、なんてことにはなるなよ？」

「もちろんだ、次の選挙でも負けるつもりはない。だけど彼女が間違って協会の者を手にかけでもしたら……その時は私の権力では抑えられないかもしれない。その点だけは承知しておいてくれ」

「心得た」

「で、だ。君とはこれからも頻繁に連絡を取りたい。それで私の信頼できる部下を連絡に使いたい。エレオノール、ニックス、出てこい」

テトラスティンが鈴を鳴らすと、青いマントとフードをすっぽりとかぶった二人が部屋に入ってきた。姿も名前から、男女一人ずつだろうと推測できた。

「この二人を連絡役に使う。以後彼らへの連絡方法は二人それぞれから聞いてくれ」

「信用できるのか？」

「信用できないと思えば処分するがいいさ。そのことも含めて、覚悟のある二人だ」

その時、外に出ていたリシーがドアをノックする。

「会長、召喚士派閥のエスメラルダ様がお見えになっております。先の協定違反の魔術士の取り扱いについて、ご相談したい件があるとのことですが、お取り次ぎなさいますか？」

「応接室で待たせろ、そちらに向かう」

「ではそのように」

「だ、そうだ。短い時間しか確保できなくてすまないね、ミリアザール」

「いや、有意義であった。こちらこそ礼を言う」

「今度はゆっくり食事でも食べたいところだ」

「それは構わんが、なにせ互いに自由な時間がないでの」

「まったくだ。ではまた会おう。エレオノール、ニックス。丁重にお送りしろ」

そう言って書斎の本をテトラスティンがたんと動かすと、机の下に隠し階段が出現する。

「既に転移魔術は起動させてある。即座にアルネリア教会の自室まで帰れるはずさ」

「よく座標設定ができたのう」

「この前使い魔で部屋まで行ったろう？　その時にちょっとね」

「油断も隙もありゃせんの。転移魔術で夜這いなんぞかけに来るなよ？」

「それは来てほしいっていうネタ振りかい？」

「違うわ！」

悪態をつきながらミリアザールが部屋を後にする。その姿を笑顔で見送った後、威圧感さえ感じる真剣な表情で執務に戻るテトラスティン。彼はミリアザールの前でこそ軽い調子だが、魔術協会内では屈指の武闘派として知られており、恐怖と力でもって他の派閥を押さえつけている。自分に面と向かって逆らい、魔術協会の結束を乱そうとした者を全員の前で粛清したこともある。そんな側面を、これからもミリアザールに見せずに済めばいいと考えるテトラスティンだった。

＊＊＊

ここはアルネリア教会、ミリアザールが執務を行う深緑宮に通じる門の前。見張りの兵士たちが自分の娘がどうだとか、今日の晩飯は何にするだとかという他愛もない会話をしていた。

執務中の彼らが気を抜いても、隊長も咎めない。世界一平和とされるここアルネリアで、彼らが見張るのは目の前を通る通行人の数くらいである。盗人すらほとんど出ないこの都市だから、見張りの人数をもっと削減して経費を節約しろという意見まで出る始末だった。当然、今日の見張りである兵士たちにもやる気はまったく感じられない。

「ふあ〜あ、眠いなぁオーディス」

「しっ！　ラファティ様に見つかったら、罰として都市外周走とかになるぞ、ランドー？」

「だってよ、こんなアルネリア教会本部の正門の守衛なんて暇じゃないか？　誰が攻めてくるわけでもなし、偉い人の対応は別の取り次ぎ役や、神殿騎士がやるわけだしよ」

「たしかにそうだけど」

「ちょっとくらい気を抜いたって罰はあたらないよ」

調子に乗ったランドーは、その場に胡坐（あぐら）をかいてみる。さすがにそれはまずいとオーディスがたしなめようとした時だった。

「そうとはいえ……お、おい」

「だいたいラファティ様はたしかに強いけど、まだまだ二十歳になったばかりだぜ？　そんなにビビらなくてもいいっての」

「ランドー、う、う、後ろ……」

「後ろが何……ひぇっ⁉」

後ろにニコニコしながら立っているのは、彼らにラファティと呼ばれた青年。とても優しそうな風貌に、まだどこか少年の雰囲気を残す好青年だった。だがその通称は『微笑みの怪物』と呼ばれていることを二人は知っている。

「なかなか面白そうな話をしているね。どうぞ、続けて？」

「いえ、あの、その……」

「な、なんでもありません！」

「うん、それならいい。だけど、一つだけ間違ってるところがあるから訂正してもいいかな？」

「「なんなりと！」」

「外周は一周じゃなくて、五周だよ。はい、すぐに行ってきなさい？」

「えーと、たしか一周半刻はかかるから……二刻半の罰走？」

「そ、そんな無茶な」

「おっと、言い忘れてた。もちろん兜まで含めた完全装備で走るんだよ？」

「う、うへぇ！」

「私が悪うございました！　どうぞご勘弁を！」

「おや、もたもたしていていいのかい？　早く行かないと行軍装備もつくことになるけど……」

「「喜んで行かせていただきます!!」」

全速力で走り去るオーディスとランドー。その二人に笑顔で手を振るラファティ。周囲はその様子をガタガタと震えながら見守っていた。

ラファティ。フルネームをラファティ＝ファイディリティ＝ラザール。アルベルトの弟で、三人兄弟の次男である。彼は若干二十歳にして、現在の立場はアルベルトの副官補佐。得物はアルベルトと異なり双剣だが、もちろん武勇の程は神殿騎士団内中に知られる豪傑の一人である。いつも笑顔を絶やさないが、部下にも自分にも人一倍厳しい人物として知られ、神殿騎士団内ではアルベルト以上に恐怖の対象でもあった。なお、家庭では一児の父親である。そんな彼が目に留めたのは、一人の少年。

「やあ、ジェイク」

「げっ、ラファティ！」

「目上には『さん』をつけるように」

「な、なんの用でしょうか、ラファティ『さん』」

「うん。時間が空いたから、君に稽古をつけてあげようと思ってね。探していたんだ。最近、私のことを避けていないか？」

「そんなことはありませんが、慎んで遠慮させていただきます！」

「ははは、慣れない丁寧な言葉遣いをするもんじゃないよ。そこは『はい』でいいんだよ？」

「い、嫌だー！」

「ははは、可愛い子だ。そんなに遠慮しなくてもいいのに」

「ダレカタスケテー」

だが周囲の騎士全員がジェイクに向かって合掌をした。ラファティにしてみればジェイクはいつも兄のアルベルトにまとわりついているので、少しでも兄の時間的負担を減らそうとジェイクの相手を買って出たのだが、それがやりすぎであることはわかっていない。仮に、数年後のジェイクが拷問に等しい訓練と手合せに、感謝することになろうとも。

＊＊＊

そしてこちらは外周を走るため、外に向かおうとするオーディスとランドー。

「子ども一人分と同じくらいの重装備を背負って、二刻半走れって？　死んじまうよ……」

「神殿騎士団の訓練では本当にやるらしいけどよ」

「俺たち周辺騎士団に、同じことをやらせるなよ……実戦なんて生涯で何度も経験しないんだぞ」

「これが終わったら……ロクに飯が食えないな」

「トホホ……」

そんな項垂れた二人が外に出ようとすると、正面にフードを深くかぶった少年が立っていた。少年の様子から旅人だろうと察し、兵士の役目として声をかけた。

「坊や、アルネリア教会に用事かな?」

「ええ、アルネリア教会の本部へはここちらで合ってますか?」

「そうだよ。でも通常の参拝や祈祷はここから千歩程あちらに行った門で受け付けるけど。本部に用がある人は予約か、紹介状がないとだめだ。そのようなものはあるかい?」

「いえいえ、そんなものはありません。だって、それじゃ面白くないじゃありませんか?」

「!　いかんランドー、離れ――」

相方のオーディスの声に反応して剣を抜きかけたランドーだが、その前に少年が手をかざすと、ランドーの首が百八十度反対に向いた。目の前でこと切れる友人の様子を確認することもなく、オーディスは非常用の笛を吹いた。ピイィィィィー、と高い音が響き渡り、アルネリア教会の空気が一変した。その行動を見た少年が、素直に賛辞を贈る。

「やるね。剣を抜くより身を守るより、仲間の生死よりも警笛とは。実戦を経験しないとか言っていたけど、兵卒でこの練度と覚悟。さすが、と褒めておくべきかな」

「何者だ小僧!　大陸の平和の象徴を脅かした罪は重いぞ!　何より人の友を――」

「馬鹿だなぁ、だからいいんじゃないか!」

「貴様!」

剣を抜くと同時に少年に斬りかかるオーディス。兵卒にしては見事な判断、剣速、身のこなし。

だが、

「相手が悪いね」

手を無理矢理捻じ曲げ、自分の剣で喉元を突き刺すように仕向けた少年。その剣が喉を貫通し、ガクガクと痙攣しながら断末魔すらあげることなく倒れるオーディス。それと同時に門からは他の兵士たちが、隊列を組んで出てくるのが見えた。

「フフフ、さすがに対応が早い。これは手強そうだね——その分楽しめそうだけど！」

フードを外した少年は、もちろんドゥームだった。

「さあ、お楽しみの時間だ！　あらん限り暴れ、嬲（なぶ）り、殺そうぜ、僕の女神たち！」

そして姿を現した四人の女の悪霊たち。今、まさにドゥームとアルネリア教会の戦いの幕が、切って落とされた。

そして目の前に、五十人以上の装備を整えた兵士たちが出現した。先ほどの警笛からまだ三十数えるほど経っていないが、既に相手は弓矢を構えていた。思ったよりも相手の対応が早いことに、ドゥームは少し考える。

（装備を見るに、まだ神殿騎士とやらじゃないか。せいぜい一般騎士ってところか）

「どうするの、どぅーむ？」

「んー？　まあもうちょっと人数が集まった方がいいかなぁ。花火は大きいほうが綺麗でしょ？」

「そこのガキ共止まれ！」

よく通る声で小隊長らしき中年の男が叫ぶ。言われなくても止まっているけどね、とドゥームは考えるが、それよりも彼の頭を巡っているのは、ここからミリアザールがいるとおぼしき深緑宮までの道のりだった。

（さて、アルネリアは物理的防御、魔術的防御、共に大陸では最高の都市。城壁は厚く、空中には無数の結界が張り巡らせてある。

下調べが正しいなら、一番外の防御は、領地を示すための簡単な柵と検問だけ。守備は一般民衆から集められた周辺騎士団。そこからおよそ千歩程奥に行くと、今度は上級騎士団の領域になる。さらに先はアルネリア教でも選ばれた者しか入れないため検問も厳しく、聖水で満たした外堀を含め、一段階城壁は分厚く、結界の質も上がるって話だ。

さらに中に入ると、騎士たちが生活する兵舎や、練兵場まであるから軍が展開できるほどの広い敷地となる。さらにミリアザールの居城である深緑宮まではもう一つ門があり、そこまでは二千歩近くもあるとか。深緑宮を守る門はそこまで大きくないが、堀はさらに深く、弓を射かけたりする穴や投石機を設置する台があるなど、戦闘が起こることを想定して造られている。

その中が深緑宮。大陸最高の神殿騎士団本隊が警備する、聖属性の最強の砦。大戦期にどれほど魔王の軍隊が押し寄せてもびくともしなかった、当時の人間の前線基地か。腕がなるねぇ）

「常駐の周辺騎士団で五千、上級騎士団で二千、神殿騎士団五百と聞いているわ。私たちだけでやれるかしら？」

「時間をかけなければ問題ないでしょ。下準備はしてきたんだから、一気に駆けるよ」

リビードゥの質問にドゥームが答えていると、周辺騎士団の隊長が叫んだ。

「聞いているのか!?　両手を挙げて降伏の意志を示せ！　五つ数える間に警告に従えない場合は、

子どもといえど容赦せずに撃つ！」

「おじさん、うるさい」

フッ、とオシリアが小隊長の正面に移動し、その首をへし折った。隊員たちが驚いてオシリアを見る頃には、リビードゥの手が変形した刃物と、インソムニアの長く伸びた髪と、巨大化したマンイーターの口により、全員が絶命していた。

「あぁ〜、やっちゃった！　まだ何も言ってないのに！」

「手ごたえがないわ。次に行きましょう」

「……次」

「どぅーむ、つぎのごはんは？」

「だ、そうだけど？」

リビードゥが手を広げてドゥームを促し、ドゥームは深くため息をついて、

「みんなせっかちだなぁ……僕にも残してよ」

「早い者勝ちよ、旦那様」

オシリアが先行し、慌てて背中を追いかけるドゥームたち。その様子を、四百歩ほど離れた城壁の守備兵が遠眼鏡で確認した。

「なんだあれは……」

「どうした？　外で何が起こっている？」

「いえ、襲撃者は子どものような容姿ですが……信じられないことに、最初に行く手を阻んだ小隊

が一瞬で全滅しました」

「なんだと⁉　貸せ！」

物見の兵士の遠眼鏡をひったくる中隊長。たしかに最初に対応した兵士たちは既に残骸と血だまりしか残っておらず、見られていることに気付いたドゥームが、笑顔で手を振っているのが見えた。そのからかうような仕草に、中隊長が歯ぎしりする。

「ぐぬぬ、なんだあの小僧は⁉」

「わかりません。ただ内部の上級騎士団、神殿騎士団に連絡をした方がよくありませんか？」

「馬鹿な、この門が突破されると言うのか？　そんな弱腰だから、上級騎士団や神殿騎士団にでかい顔をされるのだ！　ここで食い止めねば恥だ！」

「ち、中隊長……」

「相手はたかが数人だぞ？　すぐに防衛線を引け！」

「中隊長！」

「なんだ！」

「大規模魔術が来ます！」

「何⁉」

中隊長が確認したのは、二百歩程先でもはっきり見えるほどの大きさの魔法陣を描く魔術が発動しようとするところだった。

『闇を好み、死の谷に住まいし風の眷族よ。生ある者を妬みし死の眷族よ。来たりて集え負の連鎖。

大地を犯し、風を汚し、肉を腐らせ、我が敵を粉砕せよ――『死風暴発（デッド・エクスプロージョン）』

ドゥームの前方に大量に集まっていた黒い風が解き放たれる。唸りを上げて黒い風が突き進み、第二陣としてドゥームたちを迎え撃とうとしていた騎士たちを飲み込み、城壁に直撃した。

ドォォォォン、と地の底から響くような衝撃音が聞こえた時には、城壁の兵士全員が悲鳴を上げていた。

「うわあぁぁぁ！」

おそるおそる中隊長が目を開けると、門ごと城壁が吹っ飛ばされていた。巻き添えを食らった第二陣七十名も全滅状態であり、呆然とする中隊長を横目にひらひらと手を振りながら、余裕さえ見せてドゥームが通過した。

（あー、壊れてよかった。あんなデカイ魔術、何発も使えないっての。発動にも時間がかかるし）

「ドゥーム、私の出番は？」

「……次？」

「どぅーむ、ごはんをそまつにしたらだめ！」

「ぎゃあああ、痛い痛い！　捻らないで！　締めないで！　齧らないでぇ!!」

「締まらないわねぇ」

リビードゥが豊満な胸を強調するように腕を組んでいると、城壁が壊れた時土煙が晴れ、上級騎士の軍団が彼らの前に立ちはだかっていた。

＊＊＊

その頃深緑宮では。

「も、もう無理……」

「どうした、ジェイク？　まだ三十本も終わっていないぞ？」

ラファティに稽古をつけてもらっていたジェイクだったが、ものの三百数えないうちに、いったい何度打ち据えられたことか。稽古というより、ラファティの鬱憤晴らしに付き合わされているとしか思えないジェイクだった。それでも、ラファティが手心を加えることはありえない。

「さあ、立ちなさい。君はこの教会に来るなり『俺はここで一番強くなってやる！』なんて練兵場で叫んだんだからね。言ったからには実行してもらわないと、君は二度と大手を振って表を歩けないよ？」

「い、言われなくても！」

寝転がっていたジェイクががばっと起き上がり立ち向かう。この純粋さがなんとも子どもらしいが、ラファティはそんな彼と打ち合いながらいつも考えることがある。

（いいね。強くなりたという単純な理由で、戦う気概が湧く。義務で剣を取り、言われるがままに強くなった自分と比べ、なんとこの少年の眩しいことか）

ラファティがジェイクと剣を交え始めてしばらく経つが、ジェイクの剣は日増しに鋭くなる。最初は子どもの習い事だと思っていたが、騎士剣の型をちゃんと教えるとあっという間にモノにする。

五百回素振りをしておけと言えば、千回素振りをする。ジェイクはそういう人間だった。

手加減しているとはいえ、時にラファティでも驚くほど深く踏み込まれるときがある。ジェイクの剣撃が、ラファティの間隙や呼吸の切れ間を正確に突いてくるのだ。これは戦う上で全てに通じる手法であり、得難い資質だった。

(何年で私と互角に戦うようになるかな？　現在近衛の主な地位はラザール家の血筋で全て占めているが、遠からず彼はそこに食い込んでくるかもしれない)

ラファティにも既に長男が生まれているが、ジェイクのように育ってほしいものだと思う。もしかすると自分の子どもに指導をするのはジェイクかもしれないと考えると、ラファティは不思議な感慨に包まれた。

(ふ、まるで年寄りの発想だ。まだ私も二十歳だというのに……ん？)

ラファティがふと気が付くと、ジェイクがぴたりと剣を止めて外を見ている。

「どうしたジェイク？」

「いや……外の空気が変だ。ラファティ、気付かない？」

「だから『さん』をつけろと……そう言われれば、何かおかしいか？」

ジェイクに遅れてラファティが気付く頃、バタバタと兵士が走ってくる音が聞こえた。

「申し上げます！　正体不明の敵が敷地内に侵入！　既に多数の犠牲者が出ています。既に一の城壁を突破、上級騎士団で迎撃態勢に入りました！」

「何!?」

ラファティが驚くのもつかの間、次の兵士が報告に入ってくる。

「既に騎士団領域内で上級騎士中隊と交戦しておりますが、形勢は不利！　現在一番大隊ノーヴ様と、三番大隊ブルネル様の隊が出撃準備に入っています」

「待て、敵は誰だ？　そんなに多いのか⁉」

「いえ、それが確認できた敵は五人！　それも女子どものような容姿です！」

「なんだと？」

ここにきてラファティの顔色が初めて変わった。一瞬蒼白になりかけた顔は、だがすぐに引き締め直された。

「わかった。だがこれが陽動かもしれない。さらに五番大隊に出撃準備を急がせろ。足並みが揃い次第、私が陣頭指揮を執る。一、四、七番大隊は第一種出撃態勢で待機。六番大隊は後方支援と連絡要員として第二種出撃態勢で待機。神殿騎士団はこのまま深緑宮にて警戒態勢を取れ。伝令頼む」

「はっ！」

「兄上はいずこに？　報告をする」

「ここだ」

深緑宮の奥から既に戦闘態勢で姿を現すアルベルト。

「既に御存じでしたか」

「あれだけ外で暴れられれば、嫌でもな。ラファティ、お前が気付かないとは少したるんでいるのではないのか？」

「……申し訳ありません」

「敵の進行速度も異常ではあるがな。ラファティ、外で最低でも敵の侵攻を遅らせろ。私はこのまま深緑宮に残る」

「承知しました。ところで、ミリアザール様は？」

「まだお戻りになられていない。こんな大失態を見せたくはないが」

「隠し通すことも難しいでしょう。では私は出撃しますが、ジェイクをよろしく頼みます」

ラファティがアルベルトにジェイクのことを頼もうとするが、当のジェイクが首を振った。

「ラファティによろしくされなくっても、ちゃんとチビたちの面倒見て大人しくしているさ。俺じゃ足手まとい以外のなんでもないだろうからな」

「そうだな、大人しくしているといい。終わったらまた稽古をつけてあげよう」

「ああ、頼むからよ……怪我すんなよ？」

ジェイクが拳をすっと突き出してくる。こういうところだけは一人前を気取ろうとするのだが、ラファティも拳を出し、ジェイクと拳同士を突き合わせると身を翻して出ていく。だがジェイクはその後ろ姿を見送ることしかできない自分が歯がゆかった。

ラファティも悪い気はしない。

＊＊＊

そして深緑宮のさらに奥、ミリアザールの私室。突然その中央に転送魔術の魔法陣が浮かぶ。そして現れるミリアザール。

「帰ったぞー、っと。なんじゃ……様子が変じゃの。誰ぞおるか？」

「おかえりなさいませ、ご主人様」

ミリアザールの声に答えて、間もなく梔子が足早に現れた。普段は気取られぬように、足音や口調も努めて普通の人間と同じように振る舞う彼女だが、どうやら逼迫した状況のようだ。

「何かあったのか？」

「はい、侵入者が」

「聖都アルネリアにつっかけてくるなんぞ、命知らずにもほどがある。どこの馬鹿じゃ？」

「残念ながらその馬鹿どもに第一の門を突破され、中隊も突破されました。死傷者も多数出ております」

「敵は何人じゃ？」

「それが、たったの五人です」

「わずか五人――やりおる」

「は？」

梔子は意味がわからず、思わず聞き返した

「神殿騎士団たちの対応方法は対軍隊を想定しておる。逆に少人数を想定して作っておらんから、対応が遅れる場合もあろう。奇襲なら数を揃えるより、少人数で突っ込む方が効果は高い」

「なるほど」

「報告します」

その時再び侍女が駆け込み、梔子に耳打ちする。ミリアザールはその内容を察した。

「増えたか？」

「はい、魔王級の個体が出現。数は十。それに付随して、魔物の軍団も出現しているようです」

「ふーむ、召喚を使ったゲリラ戦術か。かつてそれを使う魔王がおったが、アルネリアも大戦期にはよく使ったものよ。そうなると、足留めをしておいて一気にここまで来るつもりじゃな。迎撃の準備が必要じゃろうて。しかし、真に厄介なのは——」

ミリアザールが視線を上空にちらりとよこす。その意味を理解して梔子が頷いた。

「準備はしておきます」

「うむ、最悪は想定しておけ。上空のやつらがその気になったら、終わりじゃ」

「御客人の力も借りますか？」

「もう到着しているのか。あまり頼りたくはないが——ワシが上手く収められないようなら、放っておいても出てくるじゃろう」

「あ、ぺったんこだ！　おかえり〜」

その時ミルチェがトコトコと部屋に入ってきた。のんびりした声に、緊迫していた空気が一挙に和らぐ。

「おお、ミルチェか。ただいま帰ったぞ」

「ねえねえ、おみやげは〜？」

「済まんが今日は無しじゃ」

「え〜、つまんな〜い」

「仕事じゃったからの……その代わり明日、下町にこっそり焼き菓子を買いに行こうな」

「ほんとー？　わーい、さすがぺったんこ、はなせる〜！」

「お目付け役の前で、堂々と仕事をさぼる算段をしないでいただけますか？」

梔子がふぅとため息をつくと、その時ジェイクが他の子どもたちを連れて入ってきた。

「……ここまで来そうか？」

「たぶんな。最悪ここが戦場になる。だから皆を集めてきた」

「相変わらず勘の良い奴じゃ。東からの客人と一緒に安全な場所に誘導させるゆえ、隠れておれ」

「ああ」

そして侍女の一人が彼らを誘導して出ていった。入れ違いにアルベルトが入ってくる。

「外は？」

「少々の混乱はありましたが、軍隊が相手となれば逆にいつも通りです。神殿騎士団を出さずとも、決着するでしょう。第二の門の守備はわが父モルダードとラファティが守備につきました」

「数体にまるで戦争じゃの。一般民衆への対応は？」

「既に広報担当の者が市長の元に向かいました。急遽軍事演習を行ったということで通すようです」

「わかった、口裏を合わせるように各部署に連絡を。死体は一般人に見られていまいな？」

「幸いにも。ただ壊された門だけはどうしようもないかと思います」

「そこまで考えて暴れたのなら、優秀じゃのう。一刻以内には全て終わらせる。そのつもりでやれ」

「御意」

「三バカ大司教はどこにおる？」

「マナディル様は第二の門で迎撃態勢に入りました。ドライド様は市中への対応です。ミナール様は所在不明です。探しますか？」

「ミナールは放っておけ。あれはワシの命令で動かすより勝手にやらせた方がよい働きをする。敵が第二の門を突破するようなら、いっそ中に引きこんでやれ、ワシが相手をしよう」

「内部の最終砦は私が務めさせていただきとうございます」

「よかろう。そなたが突破されるような敵でないとよいがな」

アルベルトが一礼して部屋を出ていく。その後ミリアザールは戦闘用の服装に変えようとして手を止めた。髪を止める時に使うのは自分の良人の形見の一つである髪飾りだったが、それを見て気を変えたのだ。

「ふふ、まだその時ではないか。肩慣らしはこの前終えたが、勘はそれほど戻っておらぬ。もう少し全盛期に戻してからでなくては、これをつけても似合うまい。のぅ？」

少し物憂げな表情で独り言ちて髪飾りを棚に戻し、拳を数振りして動きを確認すると、自分の執務用の椅子に深く腰かけ足を組んで瞑想する。ミリアザールからは闘気が漲り、静かな殺気が漂い始めていた。

＊＊＊

「うーん、さすがにめんどくさいかなぁ？」

「ねぇねぇ、どぅーむ。つぎがくるよ？」

中隊を蹴散らしたドゥームだが、さすがに今度は消耗していた。相手の武器防具は聖別されており、攻撃は通りにくく、受ければ確実に削られる。例えれば、燃え盛る炎を身に纏う相手に素手で殴りかかるようなものだ。

それでもなんとか追い払ったが、相手は半ば自主的に撤退した形だった。損耗は最初に比べ、目に見えて少なくなった。そして間髪入れずに左右から新手が向かってくる。

「ふーむ、面倒だねぇ。リビードゥ、ここは任せるよ」

「いくらなんでも、私一人じゃ足留めは厳しいわよ？」

「大丈夫、預かってる連中を呼ぶから」

『召喚(サモン)』

ドゥームの周囲に魔法陣が次々と浮かび、魔王たちが召喚される。その形は多様であり、海生生物、獣、植物、鉱物、加えてどれともつかない生物たち。最初にアルフィリースたちが戦った魔王に似ている個体もいた。もちろん、アノーマリーから預かった魔王だ。

「構わないよ、四半刻も足留めしてくれればいい。その間に終わらせてくる」

「はいはーい。危なくなったら逃げるわねぇ」

魔王たちと共に騎士団に立ちはだかるリビードゥ。

「ふふ、沢山来たわね……人間たち、私をいっぱい逝(い)かせてね？」

自分が沢山の騎士たちに貫かれる様を想像しながら、恍惚(こうこつ)とした表情で魔王を率いて上級騎士たちに向かっていくリビードゥだった。

「で、この門を突破する方法だけど」

大隊の足留めをリビードゥに任せ、ドゥームが目にするのはは第二の門。今度は神殿騎士が防備につき、頑丈さ、防護結界の強力さも第一の門とは段違いだった。

「これは魔術ではどうにもならないね。インソムニア、よろしく」

「……」

インソムニアが一歩前に出るとその長い髪がざわざわと揺らめき、そして一斉に伸び始めた。インソムニアの髪が結界の隙間を縫うように侵食していく。そして門に到達すると隙間から中に侵入していき、閂(かんぬき)に絡みついた。

「あの髪を切れ！」

「本体を矢で貫くんだ」

「攻撃魔術を使え」

インソムニアの髪を神殿騎士たちが切っても、次々に伸びる髪はきりがない。射かけた矢は全て巨大な片手が蔓のように変形したマンイーターが防御し、魔術もオシリアが全て防いだ。そうするうちにインソムニアの髪が門をひしゃげさせ、門をこじ開ける。

「御開帳、っと」

そしてドゥームが堂々と中に入ると、神殿騎士や僧兵たちが行く手を阻んだ。

「ククク、僕とやろうってのか？　お前たちみたいな雑魚が？」

ドゥームは挑発してみるが、無言で騎士たちは距離を詰めてくる。

「挑発にも乗らないくらいには冷静か。なら仕方がない！」

ドゥームが一度左目を閉じ、ぎょろりと見開く。すると彼の左目は血を垂らしたような深紅に染まっており、その目を見た騎士たちは悲鳴をあげ、崩れ落ちたり、あるいは仲間に襲いかかり始めた。

「ぎゃあっ！」

「うわあああ！」

「やめろお前たち！　何をする？」

「俺たちは味方だぞ？」

「発狂の魔眼だ、奴を見るな！　精神を侵食されるぞ！」

混乱した騎士たちの間を、ドゥームたちが抜けていく。

「もう魔眼を使うのね。切り札ではなかったの？」

「正面から戦うには強くて面倒な相手だよ。よし、今のうちに進もう」

「待て！」

混乱した騎士たちを一撃で昏倒させながら現れたのは、ラファティとモルダードだった。

「うわぁ、強そうなのがきたぁ」

辟易した表情を見せるドゥームに、剣を抜きながら立ちはだかる神殿騎士二人。

「ここから先に入れると思うなよ、悪霊ども」

「我らが命に代えてもここは通さん」

「その物言い！　暑っ苦しいなぁ」

ドゥームが悪態をつきながらもさすがに戦う構えをとった瞬間、突然ドゥームたちの周囲を光の結界が包んだ。その圧力にたまらず膝をつくドゥームたち。

「っとお。なんだこれ？」

「……重い」

「即席とはいえ並の悪霊なら一瞬で消し去るのだが、膝をつく程度で済ませるとは大したものだ」

「マナディル大司教！」

騎士たちが道を開け、白の法衣を纏った大司教マナディルが出てきた。だがドゥームは余裕を崩さない。

「なんだ、ただのハゲか」

「誰がハゲか！　これは剃っているのだ！」

「ハゲに限ってそう言うんだよね。おおかた部分的にハゲて、それを隠すために全て剃っているとか言いふらすんでしょ。隣の奴に本心を聞いてみろ、本当のことを知ってるから」

「ぬぐぐ、なんという口の悪さ！　まさに悪しき者！」

「そんなことで悪しき者認定されてもね」

マナディルは図星だったが、口には出さない。周囲の騎士も何人かが顔を背けたが、それは見ないことにした。

「貴様はここで完全に滅してやる、覚悟せよ！」

「おっさん、私怨入ってない？　面白いけど暑苦しいぜ、さっさと——うわっ⁉」

マナディルが印を組むと、さらに結界の圧力が増し、ドゥームが両手をつきそうになる。

「なるほど、口だけじゃないか」

「その減らず口も今の内よ」

「アハハ、そう簡単にはいかないよ。マンイーター！」

「はーい」

ドゥームの声と共にマンイーターが変形を始める。その姿はアルフィリースたちが戦った時とは異なり、まるで蛸のような十本足の上に、大きな食虫植物が乗っかったような形をしていた。体躯も並の二階建ての家よりも大きい。マナディルが張った結界も実体を持つマンイーターには効き目が薄いのか、その体積をもってあっさりと破られた。

「ぬぅ⁉」

「ふー、危ない危ない。範囲型の結界は、それを上回る体積が相手じゃ効果がない、だっけか？　マンイーターが寄生している魔王が巨体じゃなければ、苦戦したかもね。じゃあここはマンイーターとインソムニアに任せまして、僕たちは先に行こうか、オシリア」

「いいえ、私はここで少しあのおじさんと遊んでいくわ」

オシリアがマナディルを指さして薄く笑う。

「えー、君ってああいうのが好み？　浮気なの、ねぇ？」

「……いいかしら？」

「うー、しょうがない。自由にやっていいって言ったのは僕だ。さっさと片付けてあとを追ってきてくれよ、奥様」

「さあ、どうしようかしら？」

不敵に微笑むオシリアから色よい返事をもらえず、項垂れながら深緑宮に向かうドゥーム。それを引きとめようとマナディル、モルダード、ラファティだが、行く手をインソムニアの髪とマンイーターの蔓が遮った。

「……妨害」

「おなかがすいたよぉおおおお！」

「さて、遊びましょう？」

「……止むをえん、全力で排除してあとを追うぞ！」

そして三体の悪霊に向かって構え直す三人だった。

＊＊＊

門をくぐればすぐに深緑宮というわけではない。二百歩程の白い回廊を歩き、そこから宮殿となる。渡り廊下の左右は池となっており、三段階に仕切られていた。外の池は聖水で満たしており、真ん中の池は治療にも使われる霊水、手前の池は観賞用に魚や植物を放っていた。

彫刻が施された優美な回廊を、堂々と歩くドゥーム。ドゥームにも美しい物を美しいと認識するだけの審美眼は持ち合わせているが、このような聖属性のものを愛でるわけにはいかないのだった。またそれ以上に、今は気になる事がある。

(追撃してこないということは、ここから先に余程信頼できる連中がいるってことか。聖水で満たした池とか、いくら美しくても、闇魔術士かつ悪霊の僕にとっては脅威以外の何物でもないよ。この中に突き落とされでもしたら、下手したら消滅してしまうかもね……おや?)

周囲を警戒しながら歩いていると、何かが池ではねた。なんだろうと訝しがるドゥームが目を凝らすと、波が突如として発生し、こちらに向かってくるではないか。

「宮殿に、津波!?」

静かな水面から、ドゥームの倍はある津波が押し寄せてくる。

「ちょ、ちょっと、ちょっとちょっと!?」

慌てて全力で逃げるドゥーム。そして回廊を渡りきると滑り込みでなんとか津波を躱し、水浸しになった回廊を振り返る。

「いったいなんだって津波……何?」

何があったかを確かめようとするドゥームに、背後から水の矢が飛んできた。反射的に悪霊で防御したドゥームだが、一本が悪霊を貫いて眼前で固定されていた。外にいた僧侶やシスターとは何段階も違う威力の魔術。

ふと目線を深緑宮側に戻すと、水の球体が宙に浮いており、その上に乗っているのは下半身が魚、上半身が人間の青く透き通るような髪の人魚（マーメイド）がいた。その傍には、長身に長い耳、ややきつめの目、金髪に金の目をした白い肌の典型的な女エルフの剣士が控えていた。

「なんでまた、マーメイドとエルフがこんなところに？」

「私たちはこの深緑宮の守護者とでも思っていただきましょうか」

「ここから先は貴様のような者が通ってよいところではない。下がれ、下郎」

「はっ、下郎と来たか！　生意気なエルフだ。女は淑やかにするもんだぜ、生娘」

「何ィ⁉」

「落ち着きなさいロクサーヌちゃん」

マーメイドが髪を片手でかき上げながらエルフをたしなめる。

「『ちゃん』をつけるなといっているだろう、ベリアーチェ！」

「まだマーメイドの方が話ができそうだ。ベリアーチェでいいのかな？」

「年下で初対面の男性に、いきなり呼び捨てにされる覚えはなくてよ、坊や」

「これは失礼。僕はドゥーム、以後お見知りおきを、レディ」

「これはご丁寧にどうも。私はベリアーチェ、こちらのエルフがロクサーヌ。でも以後見知りおく必要はないわ。貴方にはここで死んでいただきます」

丁寧な礼をしてみせたドゥームに、辛辣（しんらつ）な言葉で返すベリアーチェ。

「それは困る、せっかく美人と知り合えたのに。僕と遊んでいただけませんか？」

「イヤよ、貴方みたいな明らかにまっとうじゃない存在と遊んだら、何されるかわかったものじゃないもの」

「いやいや、大したことはしないよ？　ちょーっと生きたまま解剖してみるだけだから。ちゃんとあっさり死なないように工夫するから、頑張ったら一ヶ月は生きられるよ？」

「……やっぱり貴方、正気じゃないわ」

「下郎は訂正だ。貴様は下衆だ！」

「いやーもう照れるなぁ、そんなに褒めないでよ？」

笑うドゥームに、予告なくベリアーチェの魔術による水の矢が何本も飛ぶ。水の魔術に長けたマーメイドは無詠唱で低級魔術を行使するが、その簡単な魔術が人間の頭程度なら簡単に吹き飛ばす威力をもつ。ドゥームも今度は油断なくその魔術をかわすが、その隙をついてロクサーヌが斬りかかり、必殺の間合いはそれでも空を切った。

「何⁉」

「惜しい！」

黒い靄のような姿に変化しロクサーヌの剣をかわすと、背後に出現するドゥーム。

「はい、君はおーしまい！」

「いえ、おしまいなのは貴方です」

ドゥームがロクサーヌに向けて闇魔術を行使しようとしたその刹那、二十本をゆうに超える水の矢が一斉にドゥーム目がけて放たれる。だが完璧なはずのそのタイミングは、またしてもドゥームが靄に変身することで不発に終わる。

「だから僕には当たらないんだって！」

「それはどうでしょうか？」

ドゥームが躱したはずの矢が、正確に追いかけてきた。

「自動追尾（ホーミング）だって？」

「どこまで逃げられますか？　躱して御覧なさい！」

だがまたしても二人の期待は裏切られた。ドゥームはローブの内側にいる悪霊を槍に変え、全ての水の矢を迎撃した。小さくため息をつくドゥーム。

「な……」

「だから当たらないんだって、その程度じゃ。本来なら躱すまでもないんだから。水芸じゃあ、僕は殺せないよ？　さて、このままやっても僕が勝つけど、時間もないし面倒だ。特別に僕の本気を見せてあげよう」

　その言葉と共に、ドゥームの周囲に無念のうめき声を上げる数百の悪霊が浮かび始めた。

「な、なんですって……」

「なんておぞましい……」

「オオオオオオォォォォォォ」

「アハハ、この子たちって可愛いでしょ？　僕に職業名をつけるとしたら『悪霊統括者（レイスマスター）』って存在らしくてね。この子たちは頼みもしないのに自動的に僕を守るから物理的にも魔術的にも不意打ちは通用しないし、もちろん意識して使うこともできる。だからなんの魔力もなしにこの悪霊を絡みつかせることで人をねじ切ったり、場合によっては憑依させることもできる。本来僕に魔力や魔術は必要ないんだよ。ちなみにこの悪霊たちは、全部僕が殺した連中だ。僕が殺した相手は、半自動的にこの中に組み込まれるからね。僕に恨みを抱いてるはずなのに僕を守るなんて、滑稽でしょ？　悪霊の王の異名は、伊達じゃないんだぜ？」

「最悪の発想だわ……」

「下衆野郎すら生ぬるいな。こいつを表現する言葉を、私は持っていない」

「心配しなくても、君たちも僕のコレクションに加わるんだよ。僕と一緒に楽しもうぜ」

ドゥームの楽しそうな声と共に、ドゥームの周りの悪霊たちがざわざわと騒ぎだす。

「いやぁ、ここはどこ……」

「おかあさーん、あついよぉ」

「コロスコロスコロス」

「タスケ、テ……」

「あなたー！　逃げてぇー!!」

聞き取った声に、ベリアーチェとロクサーヌが一歩後ずさる。なにせ負けた場合ただ死ぬだけではなく、永遠にこの少年に囚われたまま魂の髄までしゃぶりつくされるのだ。まともな死に方も、名誉の戦死もあったものではない。

加えてドゥームが纏う悪霊たちは、見る者に恐怖を与える効果もある。精神耐性を予め準備しておかないと、徐々に気力を奪われるのだ。

「さぁ、どこからいこうか。手？　足？　あ、でもマーメイドに足は無いから、そのきれいな胸からいっちゃう？」

「ひっ」

「バケモノめ！」

「もう、だから褒めすぎだってば、照れるなぁ！」

その瞬間悪霊たちが渦となってベリアーチェとロクサーヌに襲いかかる。二人はドゥームという存在に飲まれたのか、かわすこともせず、丸まったようにしてその直撃をうけてしまった。

「きゃあああ！」

「うわぁ！」

回廊を吹っ飛ばされ、第一区画と呼ばれる入口部の部屋の壁に突き当たってようやく止まった。

ベリアーチェは体中傷つきながらもかろうじて動けるが、ロクサーヌは打ち所が悪かったのか、ピクリともしない。

「ろ、ロクサーヌ……無事ですか……」

「……ぐ」

瀕死に見える二人を相手に、ドゥームは深緑宮の入口までくると足を止めた。その様子を見て、ベリアーチェが馬鹿にしたように笑った。

「どうしました、怖じ気づきましたか？」

「その手には乗らないよ。こんな罠だらけの場所にうかうかと乗り込むもんか。君たちが今の直撃を受けて見せたのも、劣勢を装って自分たちの有利な場所に僕を誘導しようって魂胆でしょ？　周囲には多くの騎士が伏せているはずだ、その手にはのらない。ここからキミたちを適度に嬲った後、捕獲して連れ帰るさ。マーメイドの解剖は初めてだから、楽しみだね」

「語るな悪霊！　汚らわしい！」

「アハハ、嫌われちゃった。でも処女のマーメイドなんて僕としては楽しみだなぁ！」

「バカにしてるの⁉　ちゃんと私には夫がいます！　……あ」

言ってからしまったと思ったベリアーチェ。ドゥームの顔が楽しげに、そして醜く歪む。

「へぇ……そういえば人妻は試したことなかったな。君さ、マーメイドのくせに、そのカッとしやすい性格とかどうにかした方がいいんじゃない？」

「余計なお世話よ！」

「だからそれだって言ってるのに人の話を聞かない子だな。まあいいさ、誰だか知らないけど君の旦那の首を横に置いてやれば少しは大人しく――何⁉」

ドゥームの上空から影が飛んできた。迎え撃つつもりだったドゥームだが、本能が危険を察知し、危険を承知で奥の部屋の中に飛びのいた。有象無象の悪霊では盾にすらならぬ。そう感じさせるだけの圧力を持った剣だった。足元に転がっていたベリアーチェとロクサーヌを人質にする暇すら与えてくれない。

「おっと、魔王を両断した騎士か。大した圧力だよ。煽って出てきた奴から殺すつもりだったけど、いきなり大物が釣れたね」

「よくやってくれた、あとは私が引き受けよう。下がってゆっくり休むといい」

「いえ、私も……」

「貴方に何かあると私が弟に怒られてしまう。まだジャスティンも生まれて間もない。体調も戻らないだろうに、無理をするんじゃない」

「はい、アルベルト義兄様（にいさま）。ご武運を」

「ああ。他の兵も即時撤退せよ、ここは私が引き受ける！　命令があるまで深緑宮の外部回廊で待機！」

「「「はっ！」」」

アルベルトの号令一科、訓練された神殿騎士たちは二人を救出し、撤退した。この深緑宮内では、ミリアザールの命令を伝えるアルベルトの言葉は絶対である。

意外にも、兵士たちの撤退が完了するまで大人しく様子を見守るドゥーム。残されたのはアルベルトとドゥームの二人だけ。

「いいのかい？　他の兵士を撤退させちゃって」

「構わない。むしろ我々の戦いには邪魔だろう」

「ふーん。ところで彼女は君の義理の妹だそうだけど――」

「そうだ」

「なら君と旦那と、生まれたばかりの子どもの死体を目の前に並べられたら、彼女はどんな顔をするかなぁ？」

ドゥームが残酷な笑みを浮かべる。だがアルベルトは一向に動じない。アルベルトの武器はその剣のみならず、鋼鉄の意志と精神だった。精神耐性の魔術など必要とせず、アルベルトは大剣を悠然と構えてドゥームと対峙した。

「それは永遠に謎のままだろう。貴様は今ここで私に斬られて死ぬ」

「言うじゃないか。調子に乗るなよ、騎士風情が！」

「貴様こそ、悪霊風情だろう。意志ある人間を舐めてもらっては困る！」

アルベルトとドゥームが同時に地を蹴る。ドゥームの周りには悪霊が渦巻き、それが大蛇のようなうねりを見せた。体表に人間の苦悶の表情と呻きを浮かばせ、人間を一飲みする大蛇がアルベルトに向けて、鎌首をもたげる。だがアルベルトは動じない。元々動じない性格ではあるが、先だっての魔王戦が彼をさらに精神的に成長させていた。

じりじりと距離を詰めようとするアルベルトと、距離を離したがるドゥーム。一転、ドゥームがニヤリと笑い両手を宙にかざすと、蛇のような形を取っていた悪霊の塊がふいに渦を描き、壁のように変形する。

「潰れやがれ！　アハハハハ！」

そのまま両手を下ろすと、巨大な壁に変形した悪霊がアルベルト目がけて襲いかかる。アルベルトは線の動きを予測しただろうから、これなら逃げ場はないと踏んだドゥームだったが、アルベルトは逆に踏みこらえて受け止めようとする。

「無理だっての！　サイクロプスもへしゃげる圧力だぜ⁉」

バン、と炸裂音と共にドゥームの目論見通り直撃するが、圧潰音が聞こえない。魔術で光の壁を作り、アルベルトは耐えていた。

「ちっ、神殿騎士団ってのは魔術も使えるんだっけ。それにしてもいい足腰じゃんよ」

衝撃を魔術で殺すことはできないはずなので、アルベルトの足腰はサイクロプス以上に作り込まれていることになる。

（槍状にして悪霊の密度をさらに上げるか、あるいは至近距離から叩きこむか。さらに強い攻撃が必要か）

「意識が逸れているぞ」

「⁉」

十歩以上は離れていたはずだが、アルベルトはなんと三歩で踏み込んできた。

（速い！）

すんでの所でアルベルトの大剣をかわすドゥーム。だが反撃の暇がないほど、アルベルトの連撃が止まらない。

（くそ、手をかざす暇もない！　しかもご丁寧に剣に聖属性を付加してやがる。さしもの僕もタダじゃすまないぞ！）

ドゥームが操る悪霊は防御こそ自動に行うが、攻撃時は彼が手を動かし指示する必要がある。だがアルベルトの猛攻は、ドゥームが手を向けることすら許さなかった。

（だがこれほどの猛攻、息継ぎをしたら続かないだろう。三十も数える前に息が上がる。その時、至近距離から強烈な一撃を叩きこんでやる！）

ドゥームの考えは実に正論だった。そう考え、避けることに専念するドゥーム。だが何かがおかしいことに気が付くのにも、さして時間はかからなかった。反撃の間合いがこないまま、徐々にドゥームは剣をかわし続けるのが難しくなってきた。

（まさか、剣速が上がってやがる⁉）

避けるドゥームの表情に余裕がなくなる。だがアルベルトの猛攻は止まるどころか、いっそう激しさを増していった。

（いったいどうなってやがる⁉　とっくに六十は経ってるぞ！　僕の攻撃する順番だろうが。守れよ！）

ドゥームは知らない。ラザールの名を継ぐことの重さを、その意味を。生まれた時から歴代最強であれと望まれ、そうなるべく覚悟を決めた人間の執念を。アルベルトが本気になれば、無呼吸で三百数える間は攻め続けることが可能なことを。

（やばいやばい！　何か遮蔽物を——あれだ！）

ドゥームは思わず柱に身を隠そうとするが、無駄だった。柱ごときの遮蔽物で怯むアルベルトではない。ゴガッ、と鈍い音とともに、アルベルトは柱を両断した。先の魔王戦で大木ごと魔物を切り伏せていたのを、ドゥームは完全に忘れていたのだ。そしてアルベルトの剣が届くかと思われた瞬間、黒い靄に姿を変え、少し距離を取ることに成功するドゥーム。

「なんて無茶苦茶な奴だ！　だけど、今度こそこっちの番――」

「逃さん！」

「うぉぉ!?」

アルベルトが地面が割れるほど強く踏み込み、一瞬で間を詰める。一瞬できた隙を生かせなかったドゥームは慌てて壁沿いを走って逃げるが、アルベルトの追撃はさらに力強さを増す。ゴガガガガ、という掘削(くっさく)音と共に追撃してくる神殿騎士を、ドゥームは背後に見た。

「なんて野郎だ、壁ごとぶった斬りながら追ってきやがる！」

後ろにドゥームが気を取られ、ふと正面を見るとそこは行き止まりだった。アルベルトは無茶苦茶に攻め立てるふりをして、きちんと袋小路にドゥームを誘導していた。

「やりやがったなこの野郎！」

「むん！」

振り返ったドゥームを唐竹割りにすべく、壁を斬ることで負荷がかかり速度と威力を増した大剣が唸る。

「なめるなよ！」

ドゥームも一か八か、アルベルトの大剣を受けとめるため自分が今行使できる悪霊を全て守備に回して盾を作る。

「止まれえぇぇぇぇ！」

アルベルトの渾身の一撃が、ドゥームの悪霊とせめぎ合う。ドゥームの足が地面にめり込み、盾に込められた悪霊たちがアルベルトの聖別された大剣で浄化されていく。

「と、止まった……」

ドゥームの頭上、掌がぎりぎり入るかどうかの隙間でアルベルトの剣は止まっていた。彼が一度に行使できる悪霊千体分の防御壁である。これを突破されては立つ瀬がなかったと、さしものドゥームも思わずほっとする。そしてほくそ笑みながらアルベルトに悪態をつこうとして、

「どうだこのへぼ神殿騎士が――」

「ぬぁあああ！」

アルベルトの咆哮にかき消された。アルベルトがさらに剣に力を込め始めると、悪霊の渦に徐々に剣が沈んでいくのがドゥームにもわかる。力技で悪霊の盾を突破しようという強引なアルベルトに、驚きのあまり姿を霧に帰すことすら忘れるドゥーム。

「ちょ、ちょっと待て。この脳筋野郎、なにしやが――」

「オオオォォオオ!!」

止まっていたはずの剣が、そのまま悪霊の盾ごとドゥームを一刀両断していた。地面に叩きつけられ、深緑宮の美しい白磁の床に大きな亀裂を作るアルベルトの大剣。ドゥームは自分が何をされたのか理解できなかった。

「そ、そんな……馬鹿な」

真っ二つになり、大量に血を噴き出しながらそのまま地面に倒れるドゥーム。その様を感揚もなく冷めた目で見下ろすアルベルト。やがてドゥームの目からはゆっくりと光が消えていった。

＊＊＊

「なかなかやるわね、人間たち……満足するほどには逝かせてもらったんだけど？」

外周で足留めをしていたリビードゥだったが、既に他の魔王、魔物ともに全滅していた。十の魔王と、三百を超える魔物が半刻の足留めにもならなかった。

アルネリアの騎士団は、元来守備と集団戦に優れた騎士団である。敵の攻撃を確実に受け、敵が攻めあぐねると小隊でかく乱し、攻撃が得意な者で仕留めていく。今回の戦いでも各大隊の中隊長以上の活躍は目覚ましく、一撃で魔王にも確実に深手を負わせていった。

その様子を見ていたのは、上空のライフレスとブラディマリア。二人はじっくりと戦いを見物し、その講評を交わしていた。

「平和な世の中の軍隊にしてはよく鍛えられておるの」

「ああ。だが精鋭と呼べるのは上級騎士の中隊と、神殿騎士団の連中だけ。およそ二千少々といったところか。周辺騎士団なる連中はさすがに練度が劣る。他国に軍隊と比べても、そう変わりはしないだろう」

「この都市を陥落させるのに、魔王は何体必要かのう」

「三百、いや五百あれば都市を機能不全に陥らせるには十分だ。それが勝利とは呼べないが」

ライフレスは自信をもって言い切った。ブラディマリアは怪訝そうに質問する。

「なぜじゃ？」

「ここを潰してもミリアザールが存命なら意味がない。もし教会を潰せばあの女は地下に潜って各地のシスターや神殿騎士を引っ掻きあつめ、また各国と密かに連絡を取り合うようにするだろう。大戦期のアルネリア教の得意戦術はかく乱とゲリラ戦術だった。あの女には身動きのとりづらいアルネリアの最高教主でいてもらった方がいい」

「まどろっこしいのぅ。妾に任せればちょちょいのちょぃ、で終わらせるのじゃが」

ブラディマリアが指先をくるくると回しながら残酷な笑みを浮かべ、ライフレスが呆れる。

「その代わり大陸の東全てが焼け野原だろうよ。繰り返し言っておくが、俺たちの目的は人間の全滅ではない。くれぐれも先走ってくれるな」

「わかっておる。妾やドラグレオではやりすぎるからのぅ。適任はヒドゥンやサイレンスじゃろうて。妾はゆるりと出番を待つとするよ」

「そうしてくれ。ミリアザールが本当に厄介なのはその実力じゃない、長年に渡って築き上げた人脈だ。本当に厄介なのはこれからだよ、あいつの仲間――古代の魔獣どもが出てきてからが本番だ」

「早うその時が来ぬと、間違えて人間どもを皆殺しにしてしまうぞ……む、リビードゥのやつめ、撤退しようとしておる」

「さすがに一人ではな」

二人が下を見ると、リビードゥが他の仲間に合流しようとしていた。だが彼女が目にした光景は――

「あらあら、もうなの？」

リビードゥは思わず立ちつくした。彼女が見たのは、マンイーター、インソムニアがちょうど倒される場面だった。マンイーターは大剣で滅多斬りにされたのか、体がほとんどバラバラだった。その傍らには大剣を携えたモルダードが立っており、最後の抵抗をかいくぐって、マンイーターの頭に大剣を突き立てた。

インソムニアも髪を伸びる端からラファティの二剣に根こそぎ刈り取られ、胴体を両肩から斜めに切りおろされていた。

そしてオシリアもマナディィルの聖魔術に完全に捕縛されていた。

「あら、お暇すべきかしらね」

「そうはいかん」

鋭い声のした背後をリビードゥが振り向きかけるが、声の主を確かめる暇もなく彼女は光の拳の形をした聖魔法に焼き尽くされた。

「ギャアアアアア」

「淫婦の悪霊めが、消えよ。目障りだ」

リビードゥを焼き尽くし、悠然としかし足早に姿を現した僧侶に騎士たちが跪く。

「これはドライド大司教！　説法のお時間では？」

「戦闘中により礼は略してよし。説法などやっとる場合ではあるまいし、既に行政との調整も終えたわ。マナディィル！　いつまでそのような輩にてこずっているか！　さっさと片付けろ」

「人ごとじゃと思いよって。この娘、最低第四階梯だぞ。こう見えてかなりしぶとい……ん？」

「皆やられちゃったか……そう、思ったより時間が稼げなかったのね。大丈夫かしら？」

先ほどまでマナディルの聖魔術で身動き一つ取れなかったはずのオシリアが、キョロキョロと周囲を見渡すと、何事もなかったかのように魔術を引きちぎった。

「なんじゃと？」

「各員、一斉捕縛！」

ドライドの号令一下、全員が聖魔術でオシリアの捕縛にかかる。その場にいた僧兵、シスター数百人分の魔術である。だがオシリアは足取りこそ鈍るものの、その歩みを止めようとはしなかった。

その様子にドライドの眉間にしわが寄った。

「マナディルよ、これは」

「うむ、生前は高位の魔術士の類じゃろうな。魔女の素養すらあったのかもしれん。弱点であるはずの属性魔術にまで耐性があるとなると、並の方法では浄化できぬ。それに念動力の使い手じゃ。攻撃の際に精霊が動いた気配がないでの」

「攻撃の予兆を読むのに一苦労じゃな。となると、肉弾戦か接近戦しかなかろうな」

「うむ、久々にやりがいがある」

互いに顔を見合わせ、ニヤリとする大司教二人。既に老齢にも近くなるこの二人が、接近戦を得意とする武闘派であることなど、一部の関係者しか知らないことだった。

「おじさんたち、まだ遊んでくれるの？」

オシリアが天を指さすと、周囲に転がる剣、槍、矢といった武具が空中に浮かび始める。そしてオシリアが手を握りこんだ瞬間、それらの武器が八方に凄まじい勢いで発射された。

異様を感じとった周囲の兵士たちは盾や自分の武器で防御するが、マナディィルとドライドは雨のような武器を何するものぞと、オシリアに向かって突っ込んで行った。オシリアが念動力を放つがマナディィルが防御魔術でドライドごと守り、ドライドは地面に刺さった槍を抜いて聖別を施し、そのままオシリアに投げつける。

オシリアもひらりとかわし念動力で反撃しようとするが、その隙がドライドの狙いだった。

「かかったな！　念動力は隙が大きい。その程度の攻撃速度で、そこのデブハゲが遅れを取るか！」

「誰がデブハゲか、このヤセハゲが！　ぬぅん！」

オシリアの死角に回り込んだマナディィルが、鳩尾に全力の拳を叩きこむ。さすがにこれをくらってはオシリアもたまらず、はるか後方の壁まで吹き飛ばされていた。

「やったか？」

「いや、当たる直前、念動力で拳を潰しにきた。大した悪霊じゃわい。間違いなく第四階梯。倒すにはじっくり弱らせる必要があるだろうな」

「なるほど。厄介であることに変わりはないか」

マナディィルの言うとおり、実際にオシリアはすぐさまむくりと起き上がり、何事も無かったかのように立ちつくす。そしてふと深緑宮の方に目を移すと、そちらに向かってするすると動き出した。

「しまった、そちらが最初から狙いか！」

気付いたマナディィルとドライドが走り出すと、オシリアが地面をダン、と踏みならした。念動力で地面が渦を巻き、その負荷に耐えられなくなった地面がベキベキと陥没、隆起を始めた。

「おおお⁉」

「これほどの念動力を持っているのか？」

隆起した地面が深緑宮への入り口をふさぎ、さらにオシリアは配下の悪霊や死霊を召喚し、配備につかせた。アルネリアの精鋭相手にはさほどの時間は稼げないだろうが、何もないよりはましだろうと考えた。

「魔王と直接契約しておけばよかったけど、時間がなかったしこの間に終わらせましょう。ドゥーム次第では、一瞬で終わるはず」

オシリアはニィと不敵に笑うと、深緑宮の奥に向けて滑るように進んでいった。

＊＊＊

遠くで雷鳴が落ちるような戦いの音が、徐々に近くなっているようだった。戦いの喧騒が近くなると、その音を聞いてミルチェやトーマスなど幼い子どもたちは怯えていた。慰めるのは専らネリィやルースの役目で、ジェイクは外の様子を見てくると言って、侍女が止めるのも聞かず出ていってしまった。そうして抑えが効かなくなると、ついに幼いミルチェは泣き出してしまったのだ。

ネリィやルースはなんとかなだめようとするが、自分たちだって泣きたかった。二人とも涙目になると、ふわりと頭を撫でてくれる女の人がいた。この部屋に避難した時に一緒になった女のだが、ネリィは帯を使った服というものを初めて見た。彼女の周囲は同じような服装だったが、周りの人に守られるように座っていたから、きっと一番偉い人なんだろうとネリィは考えていた。

今その女の人が、とても優しい表情で自分の頭を撫でてくれている。長い漆黒の髪に光が当たって輝いており、ネリィを始めとして子どもたちは神々しくもある光景に見惚れてしまっていた。女性は子守歌で子どもたちの気を引こうとしたが、今度は子どもたちが口々に文句を言い始めた。

「そのうた、しらない～」

「お姉さん、お歌が下手」

「す、すみません……」

一転して子どもたちはてんで勝手なことを言い始め、ルースに至っては指で詩乃の胸をつついていた。女性は子どもたちの遠慮のない反応とルースの行動に、真っ赤になりながら両手を頬に当てている。

「ルース！　失礼だろ？」

「かっこつけるなよトーマス。じぶんだってやりたいくせに」

「ば、ばか！　そんな……まぁ、ちょっとは……」

「トーマスの変態！」

「まだなにもしてないだろ!?」

「ぼくたちはこどもだから、たしょうオイタしてもいいんだよ」

「ルース！　どこでそんな言葉覚えたの！」

「とジェイクが言っていたことにしておこう」

「ルース！　待ちなさい！」

「ぐすんぐすん……」

「し、詩乃様。お気を確かに」

ミリアザールにすら手に負えない子どもたちの面倒を見るには、この詩乃という女性にはちょっと荷が重すぎたようだ。子どもたちは詩乃の膝に座ったり、長い髪を引っ張ったりして自由気ままに遊んでいる。

そうされながらも、詩乃は周囲の者に指示を飛ばしていた。

「外の様子はいかがですか、都」

「さすがにアルネリアが落ちることはなさそうですが、深緑宮の中に相手の親玉が侵入したようですね。アルベルト殿が戦っていますが、仕留められるかどうか」

「もしここにまで危険が及ぶようなら、私が出ます。甘いと思いますか、桜花？」

「いえ。立場はあれど、我々は詩乃様の命令に従います」

「もちろん私もですよ～いつでも行けます」

「ありがとう、二人とも」

そう言われて詩乃は微笑んだ。子どもたちは変わらず詩乃で遊んでいたが、周囲の女官たちは一歩下がっていた。なぜなら、詩乃から放出される膨大な魔力に気圧されたからだ。

部屋に充満する怒気を孕(はら)んだ魔力に、女官たちは外に退避する者まで出る始末だった。その様子を見て、お供の一人である式部都は、そっと部屋を出て戦いの様子を窺いに向かったのだった。

＊＊＊

その頃部屋を抜け出したジェイクは、深緑宮を小走りに進んでいた。子どもたちを任されたジェイクだが、本能が叫ぶのだ。今走らねば、何か大切なものに乗り遅れると。こういう時には素直にジェイクは自分の直感に従うことにしている。

そのために動いた足は、鍛え抜かれた戦士である口無しの手をいともたやすくかいくぐった。そうして出会った場面は、アルベルトがドゥームを一刀両断した場面だった。決定的な勝利の場面、だが何か変だとジェイクは直感する。アルベルトはそのまま油断なく少年を見下ろしていた。このままではいけないと感じた時には、その身を乗り出してジェイクは叫んでいた。

「まだだ、アルベルト！」

ジェイクが叫ぶ声に、反射的に防御姿勢をとるアルベルト。同時に、真っ二つになったドゥームから黒い鎌が突然伸びてアルベルトを薙いだが、すんでのところで間に合った。

「ちぇ、真っ二つになったら多少油断するかと思ったのに。誰だ、余計なことを叫んだのは？」

真っ二つになったはずのドゥームから声が聞こえた。そのまま真っ二つになった体がゆらりと起き上がり、周囲に飛び散ったはずの血までが元に戻っていく。

「飛び散る血まで演出したのによぅ。迫真の名演技だったはずなんだけどな」

「貴様、不死身か？」

アルベルトの問いかけにドゥームは大胆不敵に答えた。

「どうだろうね？　まぁ真っ二つ程度で死なないのは経験済みだよ。不毛な努力、ご苦労様」

「真っ二つで駄目なら、コマ切れにするまでだ」

「できるかな？　と、その前に」

ドゥームが横目でちらりとジェイクの方を見る。ジェイクは思わず身を乗り出してしまっており、目線がドゥームと交差した。

「坊や、君の名前は？」

「……名乗る必要があんのか？」

「フフフ、慎重だね。それでいい。よく僕が死んでないってわかったね。どうしてだい？」

「なんとなくだ」

「なんとなくか……フフフ、アーッハハハ！」

ドゥームが高らかに笑いだす。ジェイクはその様子を不審げな顔で見、アルベルトは剣を構え斬りかかる隙を窺っている。

「何を笑ってんだ、気色悪いな」

「遠慮のないガキだね。なんとなくで僕の作戦は潰されたわけか。面白いけど、万死に値するよ！」

ドゥームが手をジェイクの方にかざすと悪霊たちの形が渦のようになり、ジェイクの方に飛んでいく。その厚みこそあまりないが、勢いは先ほどアルベルトに放ったものよりはるかに速い。

「ジェイク！」

アルベルトの叫びも間に合わないほどの速度で、悪霊の塊がジェイクの立っていた場所を直撃した。

「ハッハー、どんな死体(オブジェ)になったかなぁ？　潰れた果実かひき肉か……」

「どっちでもないわい」

ドゥームとアルベルトが声のする方を見ると、ジェイクを小脇に抱えたミリアザールがふわりと地面に着地するところだった。そのままアルベルトの方に歩いてくると、ジェイクをぽいっと投げ捨てた。受け身を取れず、腰を打ちつけるジェイク。

「いってぇ！　なにすんだ、ぺったんこ！」

「それはこっちのセリフじゃあ、ドアホウが!!」

ミリアザールがくわっと怒りの表情に変わる。

「出てくるなと言うたろうが！　死にたいのか!?」

「嫌な予感がしたんだよ！」

「貴様なんぞに心配されるほど、ワシらは落ちぶれとらんわ！　すっこんどれ！」

「なにおう！」

「やるかー!?」

うー、と唸り声を上げながら額をすり合わせて睨みあう二人。

「おい、こっちは無視か!?」

その隙をついて、ドゥームが槍状に変形させた悪霊を突き出してくる。

「ミリィ、よけろ！」

「フン！」

叫ぶジェイクだが、あっさりと片手で受け止め、握りつぶすミリアザール。

「なんだと?」

「ショボイ攻撃じゃのう。おぬし、殺る気あるのか?」

「ミリアザール様、ここは私が戦います。おさがりを」

「いや、むしろおぬしが下がっておれ。おぬしがこれ以上暴れると宮殿が崩壊するわ」

「む」

ミリアザールがちらりと周りを見渡すと、柱や壁があちこち壊れている。改修にはかなりの手間と金銭がかかりそうだ。

「おぬしはジェイクの面倒を見ておけ。ワシの教会に上等くれた者がどういう目に合うのか、このクソチビに思い知らせてやる」

「はん、お前みたいなドチビにでき――」

ミリアザールの姿がふと消えたかと思うとドゥームの側面に現れ、肩をポンと叩く。そして拳にはー、と息を吹きかけた。

「吹っ飛べ」

グシャッ!　っという炸裂音と共にドゥームが錐揉み状に吹き飛んだ。そのまま壁を貫通しながら、部屋三つ分ほどで止まった。ドゥームが靄になる暇も悪霊が防御する暇もないほど速く、重い一撃。

「うむ、絶好調!」

「すっげ……」

「ミリアザール様、余計に宮殿が壊れていますが……」

「む、いかん。つい」

ぺん、と頭を叩き「しまった」という仕草をミリアザールがしたが、もちろんまったく反省してない。だがアルベルトは知っているが、ミリアザールがこういうおどけた仕草をする時には、かなり頭にきていることは承知しているので、強くは諌めない。

「まあ壊しついでだ、東側の宮殿は全部壊すつもりで暴れる。誰も配置はしておらんな？」

「はい」

「ジェイクよ」

「な、なんだよ」

ジェイクはミリアザールが只者ではないのはなんとなく気付いてはいたが、まさかこんな人間離れしているとは思わなかった。アルベルトでも相当凄まじいと思ったのに、それよりはるかに上の強さだということぐらいは彼にもわかる。

「おぬしは強くなりたいんじゃったな？」

「ああ」

「では今からやるワシの戦いをよく見ておけ。ワシも全盛期は過ぎておるとはいえ、この大陸で十傑にはまだ入るじゃろう。参考にするがよいぞ！」

「このやろ――」

怒声と共に戻ってこようとしたドゥームの顔面に飛び蹴りを食らわせ、そのまま彼が吹き飛ぶよりも速く追いつき、頭を鷲掴みにして地面に叩きつける。轟音と共に床が変形し、宮殿自体が揺れた。さらに地面にめり込んだドゥームの頭を蹴鞠のごとく蹴り抜き、先ほど崩れた壁の穴とは別の穴を開けながら吹き飛ばした。信じられない光景にジェイクのあいた口がふさがらない。

「ウッソォ……」

「ミリアザール様、参考になりません……」

アルベルトが冷静な感想を述べ、小さなため息をついた。ミリアザールは二人に背を向け、ドゥームが開けた穴を通り憤怒の形相であとを追う。突然の襲撃に死者、負傷者を多数出し、一番怒り心頭なのは他ならぬ彼女だった。そして横たわるドゥームを見つけるなり、蹴飛ばして立たせ、瞬間に七発殴って壁に再度叩きつけた。殴った拳を見ながら、小さく握ったり開いたりを繰り返すミリアザール。そしてドゥームは血反吐を吐きながら、悪態をついた。

「く、くそ。とんだバケモノだな」

「当然じゃ、小童が。どれほどの年月、ワシが戦ってきたと思っておる。じゃが、不思議な手ごたえを感じるな、貴様。人間でもなければ、悪霊でもないな？」

「さあ、どうだろうね」

「ワシの推測じゃと、人間よりの悪霊、いや悪霊の成分が多い人間というところか。それなら聖属性の拳や魔術、大剣で死なないことも納得がいく。そうなると消滅のさせ方が厄介じゃ。限りなく不死に近い肉体を持つじゃろうからな。実力よりも、そちらの方が厄介よ」

「……どうするのさ？」

ドゥームの質問に、ミリアザールが小首をかしげて悩んでいるふりをする。

「……とりあえず、手当たり次第殴ることにしよう」

「なんて結論だ、この暴力女！」

「仕方なかろう、聖属性かつ物理攻撃となると、これが一番手っ取り早い。我々の犠牲者が百四十人以上と聞いておるから、とりあえず六百十一発程いっとくか？」

「どういう計算――だあっ⁉」

ドゥームが文句を言う暇もなく、ミリアザールの拳が顔面にめり込む。そのまま渾身の連打を右に左に続けるミリアザール。まるでドゥームの体がルーレットに入れた玉のように部屋の中を跳ね回った。それにともない部屋が、宮殿が、崩壊していった。

「おおおぉぉお！」

「ぐぶあぁあああ」

ドゥームが壁にめり込み、宮殿東の一角が崩れ落ちた所で一度攻撃が止んだ。舞い上がる埃の中、ふらふらと起き上がるドゥーム。

「お、おま……げふっ。悪霊が反応する守備より早い……攻撃、とか」

「貴様、捨て駒か。この程度の実力でここに突っ込んでくるとは、愚かを越えて哀れよの」

「僕は……捨て駒じゃ……」

「ふん、頑丈さだけは褒めてつかわす。ところで何発殴られたか、覚えておるか？」

「知らない……よ」

「三百十一発までは数えておったが、実はワシもわからなくなった……ということで、もう一回最初からやり直すとしようか」

「く、くそっ……なんて理不尽、な……く、くそおぉお！」

ドゥームの絶叫が深緑宮に響き渡る。なんとかドゥームは事態を打開しようと試みたが、時すでに遅し。ミリアザールの一方的な攻撃はやむことを知らず、また隙もない。ミリアザールは怒りに任せてドゥームを殴りつける一方、非常に冷静な部分を保っていた。

（おかしい、たしかに手加減はしておる、こやつには聞きたいことが山ほどあるからな。じゃが上空の二人、なぜ一緒に乗り込んでこなかった？　こやつではワシの力量を引き出すには不足していることはわかっておろうに。捨て駒にしても、やりようがあるじゃろうて。施設を壊すなり、無駄に人を殺すなり、結界を潰すなり。目的が見えぬのは、気味が悪い）

思考を続けながらも鳩尾に強烈な一撃をお見舞いし、何度目かもわからないほどドゥームがきりもみ状に吹き飛んだ。派手に吹き飛んだせいで、またアルベルトとジェイクがいる部屋まで戻ってしまった。なんとか立ちあがるドゥームだが、反撃する余力はないようだ。

「……アンタ、強すぎるよ。たしか千年くらい戦ってるんだっけ？　そりゃ僕程度じゃ、せいぜい一撃入れるのが精一杯くらいには実力差があるよね」

「……その情報、誰に聞いた？」

「さあ、誰でしょう？」

「……まあよい。嫌でもしゃべりたくなるようにしてくれるわ」

ミリアザールがさらに魔力を強めてドゥームに飛びかかろうとして、足が動かないことに気付いた。不審に思ったミリアザールが足元を見ると、地面からオシリアが顔と手をのぞかせていた。死角から魔術の収束なく、念動力を使ってミリアザールの体を固定したのだ。ドゥームとの戦いに集中していたミリアザールは、完全に不意を衝かれた。途端、ドゥームの表情に凶暴さが戻る。

「言ったろぉ？　一撃入れるのが精一杯だってさ！」

ドゥームの腹から、ミリアザールの頭部目がけて槍よりももっと圧縮した針状の悪霊を捻り飛ばした。溜めに溜めた、狙いすました一撃。貫通力だけなら、ドゥームの持ち札の中で最強で、かつ予想外の一手。

ドゥームはアルネリアに入る前から、この作戦を練っていた。もしミリアザールがはるか上の実力者だった場合、一瞬、一撃だけでも確実に攻撃が届く方法があれば形勢を覆せるかもしれないと考えて。わざと掌を使っての攻撃ばかりを見せていた。またその短気、残虐さからは想像もつかないほど、忍耐強い一面も持っていることを悟られないように。

ミリアザールの危機を察したアルベルトが助けに入ろうとするが、発動に予備動作のないドゥームの一撃の方が速い。

「ちぃ！」

「ミリアザール様！」

「ははは、死ねよ！」

ミリアザールは直撃を覚悟したが、「ガッ！」という、鈍い打撲音だけが耳に届き、衝撃はない。続けて、ポタリ、ポタリという血が滴る音がした。ミリアザールは体に変調を感じず、その場で一番驚愕の表情をしていたのはドゥームだった。

「あ……はぁ？」

血を流しているのはドゥーム、其の前には木剣を持ったジェイク。この場の全員が、今ジェイクの存在に気付いていた。いや、アルベルトだけは少しだけ早く気付いていた。だが目にした光景が信じられない。ジェイクがドゥームの一撃を撃ち返し、なおかつ踏み込んでドゥームの頭を打ち据えた、などとは。

ドゥームももちろん気付いていた。だが子どもが木剣をもって突撃してきても、アルベルトなどの一撃に比べれば稚拙極まりなく、防御すらしなかった。だから打ち込まれるのは当然だが、どうして血が流れるのかドゥームには理解できなかった。アルベルトに一刀両断されてすら、血が流れなかったというのに。

だからこの結果は全員にとって意外だったが、事情が呑み込めていないがゆえにジェイクだけは当然だと認識していた。木剣であろうと全力で頭を叩いたり、喉に突きを入れれば充分に人を死に至らしめることが可能なのだ。ジェイクが追撃を行わなかったのは、自ら進んで行った初めての暴力だからである。その重みを、今手に感じていた。

ドゥームは混乱しながらも、流れた血を手に取ると、ジェイクを睨み据えた。

「おいガキ……僕に、何をした？」

「殴った！」

「そういうことを言ってるんじゃねぇ！」

ドゥームから殺気が噴き出す。思わずアルベルトやミリアザールが目を背けたくなるほどの邪気が部屋を覆ったが、ジェイクは平然と木剣を構え直し、ドゥームを正面から見据えた。同時にドゥームの顔つきが明らかに変化した。薄笑いや無駄に明るい雰囲気はなりをひそめ、目が血走り完全に本気になった。もはやアルネリアを襲撃するという目的すら、忘れるほどに。

「もういいや……小僧、とりあえず死ねよ！」

「目を見るな、ジェイク！」

ミリアザールの叫びは間に合わず、血よりも赤いドゥームの発狂の魔眼を正面から見据えてしまうジェイク。だがミリアザールに最悪の想像が浮かぶより早く、ジェイクが動いた。

「なんだお前、気持ち悪い真っ赤な目なんかしやがって。寝不足か？」

「は!?　なんで、効いてないんだお前――」

「くらえ！」

再びジェイクの木剣がドゥームの横っ面に命中する。決してかわせない剣速ではないのに、魔眼の効果が無いことが意外すぎて、「よける」という行動概念すらまったく抜け落ちていた。そしてドゥームの鼻が折れ、鼻血を大量に出しうずくまるドゥーム。

「い、痛い……僕が、痛いだって？」

「殴られりゃ痛いのは当然だ！」

ジェイクが高らかに宣言し、形勢が逆転したのを見てミリアザールの目がぎらりと光る。

「おい、いつまでワシを掴んでおるか？」

「⁉」

我に返ったミリアザールがオシリアの念動力を、腕ごと引きちぎる。そしてドゥームのこめかみを殴り飛ばして、ジェイクの傍に駆け寄った。

「ジェイク！　怪我はないか？」

「それより！　そこを殴ってもあまり効いてないぞ、ミリィ」

ジェイクが今までにない鋭い声を放つ。思わずジェイクの目を見返すミリアザール。

「どういうことじゃ？」

「そこは本体じゃないと思う。なんて言うか、その、上手く言えないけど……あいつ、暗闇で絡まった鎖か積み木みたいなイメージなんだよ。的確に弱いところを叩かないと、きっと倒せない」

「ふむ」

ミリアザールにも完全な理解はできなかったが、たしかに不死者には一定の手順を踏まなければ消滅させられない相手がいる。ドゥームの様子を見るに、ミリアザールの拳よりジェイクの木剣の方が効果がありそうだった。

「ぐあああああ！　こんのクソガキィィィィィ‼」

「完全にキレよったか。ジェイクよ、ワシが隙を作るから、その木剣でしこたまアイツを殴れ。できるか？」

「……嫌でも、やるしかないんだろ？　俺に任せとけ！」

「生意気な小僧め。アルベルト！　お前はそっちの娘をやれ」

「御意」

アルベルトがオシリアに剣を構える。オシリアは両手をミリアザールにもがれ、再生が上手くできていない。いくら魔術に耐性があるオシリアでも、ミリアザールの一撃は強烈だったのだ。オシリアは不利を悟ったのか、じりじりと後退する。

そしてミリアザールがドゥームに殴りかかろうとしたその時、ドゥームが突然反転して奥に向かったのだ。

「逃げた？　いや――」

「ああ、そういうこと。ドゥーム、まだ冷静だったのね」

オシリアがいち早くドゥームの意図を理解し、片腕だけを高速で再生させた。不完全な腕だが、ドゥームのあとを追わせないように部屋の入り口を崩落させることくらいは可能だった。そしてオシリアもするりと崩落する入り口の隙間からドゥームのあとを追った。

ジェイクがあっと叫んだ時には遅かった。ドゥームが向かった先は、チビたちがいる部屋だったのだ。

「あいつっ、人質を取るつもりか！」

「ふむ――やはり小物じゃったか」

「何を落ち着いているんだ、ミリアザール！　追わないと！」

「ゆっくりでよい。あやつ、逆転の一手を打つために向かった先で、己の首を絞めることになるであろう」

「？」

「ワシよりも、あやつにとっての天敵があの先におる」

ミリアザールは腕を組んで不敵に笑うと、落ち着いて崩落した入り口を拳で壊していった。

＊＊＊

「ちきしょう、こんなダサい手段を使うことになるなんて！」

「人質を取るのよね？」

「そうだよ！　リサちゃんが預けた小僧がいるなら、他のガキもいるだろうよ。そいつらの首根っこを押さえてやる。さすがにさっきのあいつらほどの化け物はもういないだろうさ」

「……ドゥーム、一ついい？」

「あん？」

「この場面で、その台詞。まずいのではないかしら？」

「なんでさ――あぎゃぎゃぎゃぎゃぎゃ！」

ドゥームがオシリアの方を見た瞬間、ドゥームが雷に打たれたように空中で痙攣した。オシリアはそれを見て、するりと身を隠す。身動きの取れなくなったドゥームの目の前に現れたのは、白衣に緋袴、流れる黒髪に金の髪飾りを身に纏った詩乃。流れる黒髪は溢れる魔力で浮き上がっていたが、ほんの少し前までその存在を察することすらドゥームはできなかった。

（なんだ、こいつは⁉　さっきまで気配すら――）

「なはー、不思議ですよねぇ。もちろん、私が気配を隠していたんですよ～」

身を隠してドゥームを助ける機会を窺うオシリアの背後で、軽妙な声が響く。そしてオシリアが振り向くよりも早く、その体には麻縄が巻き付いて体の自由を奪っていた。腕の再生が完了していないオシリアだが、腕が再生したとしてもこれほどがんじがらめにされてはどうしようもない。

捕獲したオシリアの頭を撫でながら、都が微笑む。

「いやー、悪霊とはいえ幼女にこんなことをするのは、いけないい遊びをしているようで気が引けますなぁ」

「その割には嬉しそうだぞ、変態め」

「おや、桜花もこうして縛られるのが懐かしい？」

「誰が懐かしいか！」

桜花がするりと薙刀の鞘を取り払い、陽の元に刀身を晒した。陽の光を反射して、オシリアの目が眩む。

「五百年、魔を一切寄せ付けぬ霊峰の水と鉄で鍛えた霊刀、秋水（しゅうすい）が一振り。いかなる悪霊とてくらえば無事では済まぬ。疾（と）く滅せよ、悪霊！」

「きゃー、桜花。カッコイイ！」

「茶化すな！」

「真面目にやってください、二人とも」

オシリアを前にして緊張感のない二人を、詩乃が窘める。ドゥームはなんとか口を開こうとしたが、その前に詩乃がさらにドゥームを締め上げた。

「ぎゃあああ！」

「何も話さなくて結構、悪霊相手に聞く耳は持ちません。私は討魔協会筆頭代理、清条詩乃（きよじょうしの）。そちらは近侍の式部都（しきぶみやこ）、東雲桜花（しののめおうか）。我らがここに居合わせるは偶然なれど、邪悪なる者を滅するとなれば是非もなし。消えよ――唵（オン）」

詩乃が腹の前で印を組むと、ドゥームが雑巾のように引き延ばされるように絞り上げられた。身動き一つできず、悲鳴すら上げられないドゥーム。その身からは悪霊が次々と蒸発していった。

（これはヤバイ！　強制的に悪霊が浄化されていく！　魔術、いや、方術ってやつか！　討魔協会の対策はしていないぞ、くそったれ！　オシリアも消耗しているし、素材そのものが悪霊に特効のある武器は最悪だ。オシリアも消滅しうるぞ、ちくしょう！）

「ふむ、粘りますね。苦しかったら右手を挙げてくださいね？」

詩乃が心配そうにドゥームをのぞき込むが、右手どころか声すら上げられない。

（ふざけろ、右手なんか挙げれるかぁ！）

「苦しくないですか、そうですか。ならもうちょっと出力を上げても大丈夫でしょうか」

（や、やめろ、やめてくれ。ちきしょう～!!）

見動きすらとれず、もはや声を上げる余力すらないドゥームは目線でなんとか訴えようとするが、詩乃はあくまでにこやかに、穏やかに。間の抜けた声にすら聞こえる調子で話す。ドゥームはさらに上がる方術の威力の中、体の軋む音を聞いた。

「もうすぐ消滅しますから、そうしたら痛みも苦しみも全部なくなりますからね」

（じ、冗談じゃない！　この威力、本当に消滅してしまう！）

「おお、やっとるやっとる」

ドゥームの冷や汗すら方術で蒸発する中、ゆっくりとあとを追ってきたのはミリアザールたちだった。ミリアザールは詩乃の姿を認めると挨拶代わりに手を挙げ、詩乃は会釈した。

「五年ぶりかの、詩乃。この時に居合わせるとは、間が良いのか悪いのか。貸し一つでよいか？」

「お久しぶりです、アルネリア留学から帰国して以来ですね。間は良いのでしょう、これは私向きの相手の様ですから。貸しにするほどの相手ではないかと思いましたが、思ったよりもしぶといです。無力化させるには一刻――人を多数呼んで儀式にすれば確実ですが、即席のやりかたで強引にやっても、完全消滅は難しいかもしれません」

「東の討魔協会の筆頭代理――実質の二番手ですら、そうか」

「実力はともかく、頑丈さは一級品ですね。しかし、本当に厄介なのは――」

詩乃がちらりと上空に視線をやる。ミリアザールも同意した途端、深緑宮に地響きが起こった。

「やはり、来たか」

「戦いになりますか？」

「そうならんことを祈るよ。戦えば、このアルネリアは壊滅する。それはそれでやりようはいくらでもあるが、被害がさすがに甚大じゃろう。穏便に終わるかどうかは、向こう次第かの。それにしても、この聖都の結界——二百年かけて補修と強化を繰り返した結界を、力ずくでこの短時間で破りおるか」

ズズズン、と先ほどよりも大きな音と揺れ。そしてバキバキバキ、と力ずくで屋根を割くかのように、アルネリアの結界が割れた。結界は透明だが、魔力を直接見ることができる者にとっては、天が割れたようにも見えていた。

割れた結界の間から降下してくるのは、ライフレスとブラディマリアだった。二人は静かに降下してくると、さっそくブラディマリアが不満を爆発させた。

「いったぁ〜い！　両手が火傷したわ。乙女の玉の肌に傷がついた責任を取ってよね、ドゥーム！」

（それどころじゃねぇ！）

「……それはさておき、取引といこうか……」

ライフレスが静かな声でミリアザールの方を向いた。その時周囲の者がどれほどの圧力を受けたか。ブラディマリアもライフレスも、魔力を抑えてはいた。だがその存在の濃さというものは、隠そうとしても不可能である。ブラディマリアからもライフレスからも、抑えようとしても不可能なほどの魔力がにじみ出ているのを見て、おおよその実力は検討がつく。ドゥームを路傍の小さな花に例えるとしたら、ブラディマリアとライフレスは他の植物の栄養を根こそぎ奪って咲く大輪の花。それほどの魔力の差があることに、多くの者が気付いていていた。

（化け物め、これほどか）

ミリアザールの感想も詮無きこと。そしてライフレスは沈黙を守るミリアザールを見て満足したのか、ふっと笑って話を続けた。

「……我々はライフレス、ブラディマリアと言う……以後お見知りおきを……さて、取引は簡単だ……見逃してやるから、そこのドゥームとオシリアを返してもらおうか……」

「そんな馬鹿な取引が――」

「応じよう」

アルベルトが拒絶しようとした傍から、ミリアザールが頷いた。アルベルトは一瞬自分の主の正気を疑ったが、ミリアザールが冷静であることに気付いてそれ以上の言葉を控えた。

「いつまで見逃してくれる？」

「……さすが話が早い……明言はできないが、当分ここに攻め込むつもりはない……これからも我々の関係性次第、と言ったところか……」

「降伏勧告でもするつもりか？」

「……それもいいが、面従腹背だろう？　……ならば、協力体制の方がいいだろう……我々の力はわかってもらえたはずだ」

「なるほど、こやつが最弱か」

ミリアザールがドゥームを指さし、ライフレスが頷いた。

「……実力順でいえばそうかもね……だが我々にはそれなりに貴重な人材だ……使い潰すつもりはないよ……」

「協力はせん。じゃが交渉の余地があることは伝えておこう。そもそもそなたたちの目的も何もわからんでは、どうしようもない。じゃがこちらも被害が出ておる。その点はどうしてくれる？」

「調子に乗らないで～、今アタシたちに暴れられたら困るはそちらでしょお？　ねえ、バ　バ　ア」

割って入ったブラディマリアの言葉に、ミリアザールの額の青筋が浮かぶ。ライフレスはブラディマリアの頭を掴んで強引に後ろに下げると、話を続けた。

「……我々は世界の真実を解放するために動いている……結果的には、お前たちにとっても益になる可能性がある……」

「真実？　それはなんじゃ」

「……それはお前たちで考えろ……だが、人間の全滅などが目的でないことだけは伝えておく……あとは、我々の組織の幹部はここの三人を含めて、全部で十人だ……代償に与えてやれる情報はこれだけだ……これで納得できなければ交渉決裂になるが、返答はいかに？　……」

ライフレスの言葉をしばらく反芻し、ミリアザールは詩乃にドゥームを放すように合図した。詩乃は同意とも不満ともとれる表情で、ドゥームへの方術を解除する。同時に都もオシリアを解放した。

ドゥームは解放されるとなんとか立ち上がり、体の感触を確かめてオシリアを抱えていた。

「とりあえず、二人に感謝したらいいのかな。それにしても持つべきものは友達ってね」

「……お前と友達になった覚えはない……もう行くぞ……」

「やれやれ、しょうがないね。では皆さん、ごきげんよう。また遊びましょう」

「二度と来るな！」

ドゥームがオシリアの肩を抱きながら冗談まぎれに投げキスをしたが、ジェイクを見る目には殺意しか入っていなかった。

「おいガキ。テメェの顔、覚えたぞ⁉　次はこんなものじゃ済まさねぇ」

「はん！　おとといきやがれ‼」

ジェイクがドゥームに向かって剣をつき出し、アルベルトに窘められた。

そうこうするうちにライフレスが転送魔術の準備をし、それに入る直前、ミリアザールが彼らに再度声をかけた。

「ぬしら、どこかで会ったことがあるか？」

「……かつて同じ戦場で、仲間として戦ったこともある……姿は違うがね……」

「アタシは初めてお会いするわぁ～、でも娘や息子がお世話になったかもねぇ」

「貴様に似ておったら忘れんとは思うが、父親似か？」

挑発にもならない言葉のつもりだったが、ブラディマリアにとっては挑発になったのか。殺気だけが膨らみかけ、そして元に戻った。

「ふぅ、いけないいけないいけない。まだここで殺すわけにはいかないわ。じゃあまた会いましょうね～ミリアザール。貂（テン）の最後の生き残りの女の子。いつか必ず、アタシが殺すわ」

「⁉」

そう言って消えた三人の黒い子どもたち。だがミリアザールの胸に去来するのは、なんとも得体のしれない閉塞感だった。

（あやつ、なぜワシの種族名を知っておる？　千年前の当時ですら、ワシらのその呼び名を呼べる者は少なかった。いったい何者じゃ？）

襲撃者と自分に対する怒りで熱を帯びると同時に、背中を冷たい汗が流れるミリアザール。冷静になるため空を見上げるが、空模様はあいにくと彼女の心情を表すかのように曇天になろうとしていた。

＊＊＊

ライフレスの転移魔術を連続使用し、拠点まで引き返した三人。真っ先に口を開いたのはドゥームだったが、思ったよりもその口調は冷静だった。

「うは～、さすがに危なかった。君たちの助けがなかったら、もっとひどいことになっていたかも。素直に感謝するよ」

「……さすがに討魔協会の筆頭代理までもがいるとまでは想定の範囲外だ……そうでなければもう少し見守っていたが……」

「自力じゃあ脱出できなかったでしょう？　感謝なさ～い」

「それはどうかな？」

ドゥームがニヤリとして指を鳴らす。そうするとドゥームの影から消滅したはずのマンイーター、インソムニア、リビードゥが現れた。

「あらあら、消滅したんじゃなかったの～？」

「本物を使ってあの程度のはずがないじゃないか。今回使ったのはオシリア以外分身さ。まあ彼女たちの本体を分割して使ってることに違いはないから、消耗はしているけどね。いざという時に逃げるための手段として、残しておいた。切り札って、取っておくものだろ？　君たちが助けに来ないことも考慮して、逃げるための手段は確保してあったつもりだよ。捨て駒は嫌だからね」

　ドゥームがぺろりと舌舐めずりをする。

「……これは……お前に対する評価を改めようか……」

「そりゃどーも。自分で自分のことを頭が良いとは自分のことを思わないけどねぇ、さすがに大陸最大勢力の本拠地へ突っ込めと言われれば、その意味なり対策なり、考えるようになるわけよ。今回の襲撃は威力偵察、相手への注意喚起、他にはどんな意味があったんだろうね」

「説明されてないのぉ？　アタシたちの考えでは、ミリアザールの協力者たちを炙り出すことだと思ったんだけどぉ」

「君たちも説明を受けてないの？」

「……全ては一つの目的のために……我々は頭を使うことが仕事ではない……」

「はいはい、『世界の真実の解放のために』ってやつね。わかってるよ」

　そのドゥームの言葉をきっかけに、三人は一瞬動きが止まり、そして次の行動に移る。

「今回は学んだことが多かったねぇ。たしかに今の僕は弱い。だけど強くなれるってことでしょ？　僕が強くなってあいつらを足元に這いつくばらせたら、どんなにか楽しいだろうってねぇ。それに、あのジェイクとかいう小僧、いじめがいがありそうじゃないか！　リサちゃんを嬲る時に楽しみが増えたってもんさ。あのガキの目の前であらん限りの拷問をリサちゃんにしたら……愛しい人がこの世ならざる悲鳴を上げる様を聞いたらどんな顔をするかな、あのクソ野郎。もう今から楽しみで楽しみで楽しみで楽しみで、楽しみで楽しみで楽しみでしょうがないんだけど！　フーハハハハハハハ!!」

ドゥームが大笑いを始めたので、距離を取る二人。ドゥームに聞こえないようにひそひそと話を始める。

「壊れておるのぅ。ただの悪霊にしては人間のように知恵を回したり、卑屈だったり、嫉妬したり。成長もするようじゃな。こやつはなんなのじゃ？」

「……たしかクオーターだ……人間は四分の一しか入っていないはずだ……」

「なるほど、それなら成長することも納得できる。じゃが、こやつはいつか妾たちの手に負えなくなるぞ？　情念が暴走しているやつは、敵も味方も自分さえも巻き込んで破滅するものよ」

「なるほど。だがそうなれば俺が消すまでよ」

「我々はそれぞれが不死に近い特性を持つが、そなたとて準備なしでは苦労するかもしれぬ。ゆめ、舐めてかからぬことじゃ」

「頭の片隅に止めておこう。そっちも暴走しがちなんだから、気を付けてくれよ？」

「ふむ、藪蛇じゃったか」

まったく悪びれる様子の無いブラディマリアを、ライフレスが睨みつける。

「そちらこそ覚えておくことだ。まだミリアザールの力は必要だ。彼女が不要になればオーランゼブル様が判断を下す。そちらの出番はその時になるだろう。それまでは我慢だ」

「その時こそ、この大陸を灰にする勢いで暴れてやるがの。さて、引き上げるとしようか」

「……ドゥーム、いつまで笑っている……行くぞ……」

「わかったよ～じゃあマンイーター、リビードゥ、インソムニア。今言ったことを実行しておくれ。一旦ここでお別れだ。また逢う日まで、しっかり格を上げておくんだよ？」

ドゥームは配下の悪霊たちに何事かを告げ、その場から姿を消させた。ドゥームはそれを見届けてから、転移の魔法陣の中に姿を消したのだった。

＊＊＊

襲撃者たちが撤退した後すぐにミリアザールは全体指揮に戻り、戦死、負傷者の報告、配置の変更、復旧作業、市民への対外処置などてきぱきと業務をこなしていった。大戦期を生き延びたミリアザールは、こういう業務は誰よりも手慣れていた。

もっとも大司教と決められた近衛以外には顔を見せることのない彼女だから、指示はおおよそアルベルト、マナディル、ドライドを通して伝えられる。その様子を見ていたジェイクはいつもと違うミリアザールに戸惑いを覚えた。ジェイクにとってのミリアザールは世話になる恩のある相手であると同時に、からかいがいのある遊び相手くらいの認識でしかなかったから。

仕事の合間に、妻であるベリアーチェを見舞いにきたのはラファティ。隣に寝ているロクサーヌは重症だったので、シスターたちがつきっきりで回復魔術を使い、現在は容体が安定していた。

一方、比較的軽症だったベリアーチェは、自己で回復魔術を施しながらそのまま経過を見ることになった。体の治癒機能を強制的に亢進させる回復魔術は、過ぎれば体に毒になることが長年の実戦において証明されている。特に効果の強いアルネリアの回復魔術ともなれば、使用が逆効果になることもあるとの懸念からだった。

本来は見舞いの必要もないくらいの容体だが、ラファティは愛妻家として有名であり、ただ自分の妻の顔が見たいだけだった。彼らの馴れ初めは、深緑宮でも有名な大恋愛だ。

「あなた……よくぞ御無事で」

「君こそ。大事なくてよかった」

「まあ、当然ですわ。ラザール家の次男、ラファティの妻ですのよ？　そんなにやわな鍛え方はしておりません！」

「まったく、君は昔からこれだな。子どもができれば少しは大人しくなるかと思ったが、ますます強くなったんじゃないか？」

「当然ですわ。『母は強し』ですのよ？　でも……」

「でも？」

「あなたの前では……一人の女性でいさせてください」

「ベリアーチェ……」

「ラファティ……」

二人がぎゅっと手をつなぎ見つめ合う。隣にはロクサーヌの看病をしているシスターがいたのだが、手元が狂ってロクサーヌが苦悶の表情を見せていた。。

「あなた、お願いがあるの」

「君の頼みならなんでも」

「まあ！　ではピレボスの山頂にしか生えないといわれる、オルネカの花が欲しいと言ったらどうするの？」

「いますぐ取ってきて、君の頭に飾ってみせよう」

「ふふふ、嬉しいわ。でもそんな難しいお願いじゃなくてね……私もう一人子どもが欲しいの」

「ジャスティンは生まれたばかりだけど？」

「だからなの。ジャスティンを見てたらもう一人欲しくなって……ダメ？」

「駄目じゃないさ。実は僕も同じことを考えていた。やはり僕たちはそういう星の元に生まれた二人らしい。いつも一緒に、死ぬまで仲睦まじく過ごす運命なのさ」

「ああ、あなた……」

「愛しの君よ……」

「『なーにが愛しの君よ』じゃあ！　仕事をせんかぁ！」

ぱかーん！　とラファティの頭を下履きで叩く快音が部屋に響き渡り、ラファティがミリアザールに引きずられていく。だがそれでもめげない二人はお互いに見つめ合いながら手を振っていた。

ミリアザールはそんな二人を見ながら苛々して、吐き捨てるように言い放つ。

「このバカップル共め！　貴様、ワシの近衛になった時に立てた誓いを忘れたか？」

「さて、たしかに騎士の誓いは立てましたが」

「『私は恋などいたしません、人生の全ては剣に捧げました』じゃぞ？　その舌の根が乾かないうちに、ベリアーチェといちゃつきよってからに……結婚式に対して、ジャスティンが生まれるのが早すぎんかったか？」

「それもまた運命」

「全然格好良くないから、そのまとめ方！　貴様らが最初に出会った時になんと言って喧嘩したか忘れたか？『この魚！』と『何よ、ちんちくりん！』じゃぞ!?」

「そのような些細なことは忘れました」

「ひいぃ、なんと都合の良い記憶か。貴様は深緑宮の外で大隊長共の報告を聞いてこい！」

げしっと外にラファティを蹴りだし、私室に戻るミリアザール。何も好き好んでラファティをわざわざ迎えにいったわけではない。その姿を深緑宮内に見せるためである。唐突にくるりと横を振り向くと、何も無い空間に向かって話しかけた。

「おるのじゃろう、ミナール。報告を聞こう」

「はい」

何もない空間から、大司教の一人であるミナールが姿を現した。痩身の小男でお世辞にも美男子とは言えず、むしろ特徴のない凡庸な容姿である。威厳があるわけでもなく、高貴な出自にも見えない。だがむしろ、それこそが彼の望んでいる自分の姿だった。

彼はマナディルやドライドとは違い、日陰者であることを好んだ。時には市民や下級僧侶の恰好に扮し、下の者の生の声を聞くため潜伏したりもする。いわゆる隠密業務が彼の仕事の中心であり、マナディルやドライドと違い尊敬を集めているわけでもなく、なぜ彼が大司教の任に就いているのか疑問を呈する者も多い。

だが知力では他の二人をゆうに凌ぐミナールであり、加えて彼の知識欲は魔術協会にも及び、アルネリア教に留まらない人脈を築いていた。

ミリアザールの武の右腕がアルベルトなら、ミナールは知の右腕、あるいは左腕と言ってもよい存在だった。

「おぬし、その姿と気配を消して私室に入ってくるのは遠慮せいよ。ワシが着替え中じゃったらどうするんじゃ？」

「心配無用です。女性としての貴女にはまるで興味がない」

「それはそれでどうなんじゃ……まあよい。貴様のことじゃ、どうせ何か仕掛けたんじゃろう？あそこまで奴らに好き勝手されて、反撃の一手を仕掛けない貴様ではないからの」

ミリアザールがニヤリとするが、ミナールはいたって平静かつ無表情を保つ。

「はい。奴らに追跡用の仕掛けをいくつか施しました。転移魔術で逃げましたが、ある程度目星はついています。今度はこちらから奴らの本拠地を急襲してやればよいかと。追跡専門の私の子飼いの部下が既にその根跡を追っております。近日中には場所を割り出しましょう」

「よかろう、任せる。それと貴様の意見を聞いてみたいのだが……奴らをどう見た？」

「やる気がありませんね」

その言い方に、ミリアザールが困ったような顔をした。

「おぬし、もうちょっと言い方があろうが」

「ミリアザール様もお気付きでしょうが、被害を与えるなら効果的な襲撃方法は別にありました。施設も、人的被害も余剰の予算で賄える範囲の損害です。それに最後に出現した二人がその気なら、アルネリアは既に焦土と化しています。死者はそれなりに出ましたが、アルネリアの防御は正当な口実の元、これで強化されます。最近ではアルネリアの警備も緩んでいたので、ちょうどよかったと申しましょうか。大変なのは国際的な言い訳のみですね」

「……おぬし、ここ以外では絶対にそれを言うなよ？」

「貴女の前以外では言いませんよ。マナディル、ドライドも理解はできても、納得はしないでしょうから。ですが、貴女は同じ意見と思っていますが」

ぎらりと光るミナールの目と辛辣な意見に、ミリアザールは天を仰いで大きくため息をついた。

「ふー……察しろ」

「承知しました。では次に我々がどうするかですが、一度各地に散っている現在の巡礼を集結させることを提唱します。代わりに、各地に放つ密偵を倍にします。各地に潜伏させている口無しの『草』を招集するのもよいでしょう」

「巡礼か。遅かれ早かれそうするべきとは考えていたが、少々早かったかの。ミランダの帰還を待っている時間はないか。さて、一つ聞いておきたい。おぬしが次に崩すとすれば、どこを選ぶ？」

その質問にミナールはほとんど即答した。

「潜伏するならローマンズランド、あるいは南の大森林。崩すなら、中原のクルムスかクライア」

「前者は順当、後者は攻めてきたな。その心は？」

「ローマンズランド、南の大森林共にアルネリアの監視が及びません。西方は紛争まみれで政情が不安定です。それにオリュンパスの勢力が強く、また彼らも強権を躊躇わない勢力。意にそぐわぬ者は、個人であれ国であれ粛清の対象です。それなら、中原で脇が甘い国を私は狙います」

「なるほど。それではそれらの国々を中心に、これからは情報を収集せよ」

「承知しました。では私は影に潜りますので、また何か報告があれば」

　一礼して姿を再び消すミナール。入れ替わりに梔子が現れた。

「等閑（なおざり）になってしまったが、清条の姫はどうしておる？」

「何もないとこで滑って転んで池にはまり、お付きの二人に助けられて現在着替え中です」

「またやっとるのか。グローリアに留学中から、通算何度目じゃ？　仕事以外では相変わらず天然ドジっ子体質じゃの。清条の家から出た、久しぶりの女当主、しかも最年少のおまけつき。浄儀白楽という天才さえおらねば、討魔協会筆頭にのし上がっておろうに」

「才能と気質は関係ない、ということなのでしょうか」

「さてのぅ。隣に式部都という変態と、堅物東雲桜花がおって、どうしてああなるのか。後で会って同盟の話し合いをせねばならぬ。そのように伝えておけ」

「御意。あとはジェイク少年のことですが……本気ですか？」

「うむ、本気も本気よ。ひょっとすると、あの悪霊共に対してジェイクが切り札になるやもしれぬ。

グローリアの初等部への編入の話と、神殿騎士団への正式の入団の手続きを進めよ」

「ははっ」

恭しく礼をし、梔子も姿を消す。ミリアザールはこれからのことを考えると思わず眉間を押さえないわけにはいかなかったが、東の大陸から来た姦しい三人組がアルネリアにいた平穏な日々を思い出し、ふっと笑ったのだった。

＊＊＊

ここは深緑宮から少し離れた、教会内の施設の一角。深緑宮は外部には聖女の住居として知られるが、実際にはミリアザールの住居と執務を兼ねており、秘密も多い。深緑宮内に執務室を設けることができるのは、大司教三人と、一部の巡礼の者だけである。

また神殿騎士団は孤児出身、アルネリア出身の者がほとんどで、騎士団内の宿舎をそのまま自分の住居としている者も珍しくはない。とはいえある程度身分が高くなれば俸給にも余裕が出るため、市内に住居を構える者もいたが、大司教であるミナールは不思議なことにいつまでも宿舎に住んでおり、執務でも深緑宮に出入りすることはほとんどなく、アルネリア施設内のそこかしこに拠点を設けていた。

彼は生活のほとんどを自分の仕事場で寝泊まりすることが多く、宿舎に帰ることは滅多にない。そんな彼を生来の貧乏性と揶揄する者も多かったが、まったく偉ぶらず、自分たちと苦労を分かち合ってくれると支持する者も少ないながらもいた。ただ一つ共通するのは、いつもどこにいるのかわからないということ。それこそがミナールの狙い通りである。

そんなミナールが自分の仕事場に帰ると、彼付きである大司教補佐のエスピスとリネラが姿を現す。どちらもフードを深くかぶっているが、どうやらエスピスが男でリネラが女というのは僧服とシスター服の違いでかろうじてわかる。唯一自分の居所を知らせている直属の部下二人に、ミナールが指示を出す。

「エスピス、リネラ。貴様たちにやってもらいたいことがある。エスピスは手勢を二手にわけ、西方諸国連合とローマンズランドへ。特に金と軍の流れに注視せよ。リネラはおなじく手勢を二手に分け、クルムス公国と東側の諸国を探ってもらう。動員できる手勢は全て使って構わんし、金に糸目もつけるな。国王、王妃、大使、皇女、宰相、公爵といった重鎮共におかしな様子がないか探れ」

「よろしければ理由をお教えいただければ」

「理由がなければ働けないか？」

「いえ、そういうわけではないのですが、重鎮ともなると警護も厳しいです。目的がわかっていれば、それなりに調べもつけやすいかと」

「……いいだろう。今回の襲撃で、もしかすると各国首脳陣に不穏な動きが出ると私は睨んでいる。私が仮に国崩しをやるならば、重鎮を洗脳、あるいは籠絡するのが一番早い。戦争を他国に仕掛ける、国庫を無駄に消費する、内政をまともに行わないなど……暗殺もいいが、人間を一人殺すのは思ったより大変な作業だ。特に重鎮ともなればな。今回のアルネリア襲撃の効果を狙うのなら、今回のことでアルネリアの非を責めてくる国が出るだろう。そいつらが敵と繋がっている可能性がある」

「なるほど……では、後ろ暗い部分をもつ人間を中心に探りましょう」

「そうだ。浪費家、賭博好き、夫婦仲が冷めている、異常性癖者などなど。そういう者は、とかく弱みを持ちやすい。そして弱みは全て押さえておけ……どのみち、いずれ我々に有利に働く」

「わかりました。優先順位はいかがいたしますか？」

「これは勘だが、ローマンズランドとクルムスを優先的に諜報活動を行え。他に質問が無ければ行くがよい」

「御意」

そして音もなく部屋を出ていくエスピスとリネラ。彼らはミナールと仕事をして長いため、彼が一切無駄なことをしたがらないのはよく知っている。そしてしばらくすると、一陣の風が吹いて窓を揺らした。ミナールは外を見もせず、話し始める。

「『犬』よ、仕事をしてもらう。これと同じ魔力反応を出す者を追え。見つけたら余計なことはせずに、その都度伝令を飛ばせ。そして私からの指示があるまで、見つけたら絶対に見失うな。行け」

ミナールが外に向けて黒い切れ端――ドゥームが纏っていたローブの切れ端を放り投げると、窓枠の外から包帯に包まれた手がぬぅと伸びてそれを掴んだ。ミナールはそれを確認すると窓と扉に鍵をかけ、転移魔術で消えた。全てはミナールが執務室の一つに到着してから、百を数えるか数えないかの出来事だった。

＊＊＊

数日後。

深緑宮の改修も始まり、破られた外壁も見かけ上は取り繕われた。だが今回の襲撃で出たのは建物的な被害よりも、やはり人的被害が大きい。最終的な死者数百四十七名——これはここ何十年かのアルネリア教が出した一度の戦闘における死者数として、最多だった。

アルネリア教に従事する者は孤児や平民だけでなく、貴族の三男、四男などの子弟もいる。表向きは襲撃などなかったことにしたかったミリアザールであったが、何も無く済ませるには少し事件が大きすぎた。どこからともなく少しずつ噂は広まり、事情は各国に知れ渡っていった。

ミリアザールも教会が非難されることは覚悟の上だったが、思ったよりも市民からその声は少なかった。アルネリアの普段の行動、施しが市民に広く受け入れられており、また対応が誠実だったことが理由として挙げられるだろう。

優れた集団というのは、すべからく中間層に良い人材が多い。直接ミリアザールが指示を飛ばさずとも、その意を汲んで上手く立ちまわれる者が多いことが、アルネリア教会の真の強みかもしれない。

そういった事後処理もほぼ終了し、通常業務にミリアザールが戻れるようになる頃、ジェイクは彼女に呼び出された。

「ジェイクおぬし……神殿騎士団に入れ」

「わかった」

ジェイクの即答に、ミリアザールが逆に驚いて組んだ腕に乗せた顎がずり落ちた。

「即答か！　事の重大さがわかっておるのか？」

「今でもやってることはあんまり変わらないだろ？　ならいいよ。それに、あいつらリサ姉のことも知っていた。急いで強くならないと、まずいかもしれない」

「実はリサたちにはこっそり護衛をつけてある。それゆえ大抵のことは大丈夫だし、またリサの周りにいる奴らも相当強い。あの小僧程度なら当座は心配いらぬかもしれないが……」

「標的にされた俺が、リサ姉の足枷になるかもと」

「言いにくいがその通りじゃ。騎士団に入れば生活は拘束される。少年らしい自由はなくなってしまう。ワシはそれを心配してじゃな」

「かまいやしないさ。俺は人生全てリサ姉のために使うって決めたんだ。男だったら自分の言ったことを曲げたら駄目だろ？」

「こやつ、口だけは一人前じゃ」

生意気だと思う反面、安堵のため息が漏れるミリアザール。ミリアザールはこういった気概ある若者を沢山見てきたが、彼らの成長はいつでも彼女の楽しみだった。

「では今日中にでも手続きをしておこう。まずは外周部の周辺騎士団に所属させる。騎士としてのいろはを叩きこんでもらえ。しばらくはそちらの宿舎での寝泊りになるだろうから、チビたちにはきちんと自分から話をしておけよ？」

「わかった」

「またアルベルト、もしくは神殿騎士団の隊長格とは、必ず鍛錬の時間をもうけさせる。少なくともあ奴らに近い実力を身につけんと、リサを守るなど不可能じゃからな」

「どのくらいであそこまでいける？」

「全ておぬし次第じゃ。まずは一年後にどのくらい強くなっているかじゃな」

「そっか、やってみないとわからないか。話は終わりか？」

「まだじゃ。騎士になるからには、当然座学も必要になる。おぬしをアルネリア内のグローリア学園に編入させる」

「学園？　学校か？」

「そうじゃ。メイヤーにある専門の大学とは違い、基礎教養課程を学ぶ学校よ。大陸では一番の教育機関と自負しておる。当然武術の課程もあるし、芸術も魔術もある。六歳以上であれば資格を満たすから、ネリィやルースも入学が可能じゃ。合わせて編入手続きを取るとしよう。騎士になるものが書字もままならぬ、礼儀も知らぬでは、恰好がつかぬでな。」

「ぎくっ！」

ジェイクが一歩後ずさる。その様子を見てミリアザールがにやにやと笑った。

「おぬし、勉学は苦手じゃったのぅ……そんな言い訳が神殿騎士団で通用すると思うなよ？」

「お、おう。どんとこい」

「その言葉に二言はなかろうな？　これから女官に手続きの案内をさせる。制服などの採寸も必要になるからな。行くがよい」

ジェイクの声はうわずりながらも、女官に伴われて部屋から出ていった。それを見てからミリアザールはアルベルトとラファティを呼びだす。

「お呼びで？」

「うむ、ジェイクは今日から神殿騎士団団員となる。じゃが奴にはグローリアでの課程をまずは優先させよ。おぬしたちとの訓練も優先して毎日行わせる。肉体的にも限界に近い毎日が続くじゃろうが、それよりも精神的にきつくなるだろう。周囲には理解されずやっかまれ、同世代には敵視される危険もある。グローリアには諸国の王族、公爵の家系の者たちがごろごろいる。入学にはありとあらゆるコネが使われ、諸国の外交争い顔負けの様相を呈することがある。そこに孤児が特例として編入する――それがどういう目で見られるか。かつておぬしたちにも経験があろう」

「……そうですね」

ラファティとアルベルトの鉄の精神をして、厳しい場面もあったことを二人は思い出す。

「厳しいが奴が選んだ道じゃ。たしかにジェイクは鋭く、しなやかで強い。じゃがどれほど大人びていても所詮は子ども。おぬしらだけでもちゃんと見守ってやれよ？」

「「御意」」

「それでも間に合わんとは思うがな……奴らは早ければ今日明日にでもやってくる。ジェイクが強くなるまでなど、待ってはくれんじゃろうな」

「ミリアザール様、一つ質問が」

アルベルトが尋ねる。

「なんじゃ？」

「ジェイクのあの能力、悪霊に手傷を負わせた能力はなんでしょうか？　聖別をほどこした我が剣や、ミリアザール様の拳より有効だったように見えました」

「ワシも確証はない。だがなんとなく推測はついておる」

ミリアザールは窓から外を見ながら話す。

「おぬしら、聖騎士の発祥は知っておるか？」

「聖騎士の発祥……ですか？」

アルベルトとラファティは顔を見合わせる。

「うむ。まだ大戦期、大魔王が存在していた時代のことじゃ。魔王の中に死霊・悪霊の軍団で構成されておる奴らがおっての。当時はアルネリア教もまだ軍隊としては組織されておらず、神殿騎士という概念も無かった。そのため通常の武器が効かない死霊・悪霊の類いを倒すためにはシスター・僧侶が前衛に立たなくてはいかんくての。多くの死者を出した」

「アルネリアの記録で読んだことがあります。聖属性の攻撃魔術が多数開発された戦いですね」

「うむ。そんな折、とある若者が召し出された。彼はなんの練成や聖別も施しておらんなまくらの銅の剣で、悪霊の群れを次々斬り伏せておった。彼の戦い方を見て現在の神殿騎士の概念ができたと言ってもよい。今ではそれらは『特性』という言葉で片付けられるが、その時死霊や悪霊を倒せる騎士・剣士を指して『聖騎士』という概念が発足したというわけじゃ。現在では魔術で聖別を施した武器を使用する者、あるいは弱き者を守る騎士を聖騎士と呼ぶがの」

「ではジェイクが、伝説の聖騎士の能力を持つと？」

「それはわからん。ワシもその聖騎士の戦いを見たのは数回しかない。同じ戦線におりながら別の方面を受け持つことが多かったでの。じゃがもしかすると、あのドゥームと呼ばれる存在に対する切り札になるかもしれん。もっとも、護衛の意味も兼ねておる」

「『御意にございます』」

「しっかり頼むぞ……まったく、何をするにしても時間が足りんのぅ」

ミリアザールは思わず天を見上げた。最初は有り余る力で色々なものを守り始めたミリアザールだが、そのたびに守るべきもの、守りたいものは増えていき、その都度必要とされる力を求めていく。この連鎖を繰り返しながら生きてきた。

そして繋がりは増え、今では守りたい者が多すぎる。アルネリア教会に属する人間たち、ラザール家、ミランダ、アルフィリース、リサとチビたち、そしてジェイク。その全てをこの戦いを通して守りきれるだろうかと、思い悩まざるをえないミリアザールだった。

＊＊＊

さらに時間は経過し、清条詩乃は報告のために討魔協会に戻っていた。

「清条詩乃とその部下二名、ただいま戻りましてございます」

「詩乃のみ入るがよい」

部屋の中から強い声が響いた。詩乃は東雲、式部の二人を振り返ることなく襖を開け、部屋にしずしずと入り、襖を閉めた。

「失礼いたします」
「役目御苦労。長旅のところ疲れもあるだろうが、疾く報告を聞きたい」
「はい」

詩乃の前でゆったりと胡坐を組んで構えるのはひげを蓄えた壮年の男性。白髪の混じる髪を見るに四十を少し上回ったぐらいだろうが、やや長い髪を後ろで一つにくくり、威厳を十分に備えながら肌艶よく、好戦的な容姿をしていることが彼を若く見せていた。彼がこの討魔協会の筆頭、浄儀(じょうぎ)白楽(はくらく)である。

討魔協会は魔術協会やアルネリア教会と違い、家柄を重んじる集団である。その主軸には名家四家が存在し、筆頭は四家が持ち回りで務めてきた。だがこの浄儀白楽はどの家の出自でもなく、実力で——といえば聞こえは良いが、言ってしまえば力ずくで筆頭の座をもぎ取った人物だった。

その実力は確かなものであり、またとびきりの野心家でもある。彼が筆頭となってから討魔協会は確実にその勢力を伸ばしており、敵である鬼を駆逐し、版図を広げた。またうまい汁は部下にも惜しみなく与える一方、反抗する者は容赦なく粛清するため、彼に反発を持ちつつも誰も逆らえないのが討魔協会の現状だった。

この状態を堕落の始まりと懸念する声も多いが、協会全体としての組織力、財力、民衆からの人気は歴代最高でもある。その中で四家である清条家は中立の立場を取っており、余計な権力争いには加わらないことを決めていた。清条家の一員である詩乃もその方針に賛成ではあるが、今回アルネリア教との交渉に当たり、筆頭代理という白羽の矢が立てられたことで他の家にやっかまれており、彼女は無用な権力争いに巻き込まれることを最も気に病んでいた。

そんな彼女の様子を品定めでもするかのようにゆっくりと見る浄儀白楽。だがもったいぶった問答が嫌いな彼は、単刀直入に用件に入った。

「交渉は予定通り進んだか？」

「はい。筆頭の目論見通り同盟ではなく、人材交換からの共闘関係となりました」

「ふむ、まあここまでは妥当か。どの程度の策士かと思ったが、千年生きる魔物と言えど、並のおつむの程度か。いや、まだそう判断するには早いか。なぁ、詩乃？」

「はい。ここでどのような人物をこちらに送り込んでくるかで決まると思います」

「いきなり詩乃を送り込んでくるとは、あちらも予想外だったろう。先手はこちらが取れた。次は向うの手番、お手並み拝見といこう。だがもし俺があの魔物の立場だったならば……」

「ならば？」

「お前を口説いて、寝返らせるな」

「御冗談を……」

白楽の意地の悪い問いに、詩乃の背中に冷たいものが流れる。

「違うのか？　貴様がそうすると面白いと思って、使者に立てたのだがな。貴様とミリアザールの絆を知らぬ者は討魔協会にはおるまい」

「お戯れを……私の忠誠は討魔協会に捧げましてございます」

「それは、言い換えれば俺への忠誠と考えてもいいのか？」

「もちろんでございます」

「俺の命令は絶対だな？」

「はい」

白楽の問いに即答する詩乃。その瞬間、白楽はニヤリと口の端を歪めた。

「では命令する。今ここで俺に抱かれろ」

「！　それは……」

「どうした？　貴様の言葉は偽りか？　たった今俺の命令は絶対だと、自分で認めたぞ？」

「ですがしかし……」

「お前は既に間者の容疑をかけられている。元々貴様がミリアザールに師事していたことは周知の事実であるし、これは俺に限らず他の三家からも同様の意見が出ている。その潔白を証明する機会をやろうと言っているのだ。巫女である貴様は、純潔でなくなれば力が落ちる。野心無しと訴えるには、俺にその身を捧げるのは手っ取り早い手段だと思うがな」

「……わかりました」

詩乃が立ちあがり、その衣服に手をかけていく。帯を外し、袴と白衣を脱ぐと襦袢一枚を羽織るのみとなる。その下には彼女の生まれたままの姿しかない。だが襦袢にかける手にも詩乃には一切のためらいがなかった。一気に脱ぎかけたその時、

「そこまで！」

白楽の鋭い声が響き、ピタリと詩乃の手が止まった。

「くく、相変わらず見かけに似合わぬ女丈夫よ……だからこそ貴様を代理にした。文句を言うことしか能のない四家の狸共に比べれば、いかに貴様が優れておるか。俺は平等だ。優秀でありさえすれば、四家だろうが、平民だろうが、女だろうが、鬼でさえも登用する」

「お試しでございましたか」

「半ば本気ではあった。貴様が瞬間たりとも躊躇しておったらそのまま組み伏せておった。もう服を着てもいいぞ」

「……はっ」

あくまで詩乃は表情を崩さず身なりを整えた。そんな詩乃を楽しげに見る白楽。

「だが女にとってはその体も交渉材料。特に貴様のような男がそそられる肢体を持つ者にとってはな。これだけはワシも真似できん。上手く使えば清条の家は昔のような勢力を取り戻せよう。もっともそのためには、貴様が俺の愛人になるのが一番早いとは思うがな。妻が病に伏せって久しい。他の三家は、俺の後妻決めに余念がないぞ？」

「……以上で御用件はお済でしょうか？」

「くく、そう急くな。あと二つだけある。アルネリア教会は乗っ取れそうか？」

「……戦力はこちらよりも上。個々の兵も士気高く、よく鍛錬されています。ですが計略を練る人材が我々に比べ少ないようです。正面きっての戦争よりは、計略や交渉中心の搦め手が有効かと。徐々に相手の勢力を削れましょう」

「なるほど、まだ今と変わらぬ方針か。ではもう一つ。もしミリアザールを討ち取れという命令を俺が出せば……貴様はどうする？」

「命令とあらば、躊躇うことなく討ち取るまで」

「即答か。言葉ではなんとでも言えるが」

「まだ私の忠誠をお疑いとあれば、ここで式神や式獣とでも契ってみせましょうか？」

「ふん、そのような下衆にくれるには惜しい女よ。女の武器は使いどころを間違えるな……もう用は無い。下がれ」

「失礼いたします」

平伏して下がる詩乃。感情を一切表に出すことはないが、わずかにその手や膝は震えている。その様子をさも愉快そうに眺める白楽。

外に出た詩乃を迎えたのは心配そうな顔をした供二人だが、彼女は二人に合図することも無く、そのまま自分の控室に戻る。その瞬間、彼女はへたへたとその場に座り込んでしまった。心配した二人は詩乃に擦り寄るが、彼女は半ば放心状態であり、その体が小さく震えていた。

「詩乃様、お加減は大丈夫ですか？　外まで声は聞こえておりましたが」

「あんのエロ爺……ゆ　る　さ　ん　！　○○捥ぎ取ったらぁ！」

「おやめなさい、都。清条家の立場を考えればやむなきこと……私が耐えればそれでよいのです」

体をかき抱くようにし、自分の震えを押さえようとする詩乃。だがなかなかその震えは止まるものではない。

（ミリアザール、私はどうするのが一番良いのでしょう？　清条家を潰したくない、でも貴女の敵にもなりたくない……私はどうすればいいの？）

ほんの数年前、ミリアザールに師事した日々を思い出す。彼女は魔術、学問、教養、戦闘技術、果ては下町のおいしい焼き菓子屋まで教えてくれた。詩乃と姿の上で背丈こそ変わらなかったが、彼女にとっては第二の母か姉と言っても良い存在だった。だが状況次第では、彼女は敵になる。わずらわしいことなど何もなかった幼い頃を偲ぶ詩乃であった。

＊＊＊

「ねぇミランダ～、どうしよう～」

「何を甘ったれた声を……でもどうしようね、ほんとに」

廃都ゼアを去ってから報酬を受け取り、大規模シーカーの里がある大草原に向かうために旅を続け、最寄のギルドに来たアルフィリースたち。大草原に入るためには『風読み』といわれる特殊な職業が必要だが、ほぼ全員が既に契約済みだった。

「すまないね、お嬢さんたち。素材の収穫時期だから、大草原に入る人間たちが多くてね。めぼしい奴らは既に予約が入ってるね」

「残ってる人はいないの？」

「いるにはいるが、問題があるか、優秀すぎて報酬が高すぎるかのどっちかだがね。それでも会ってみるかい？」

「うーん、ちょっと考えてみる」

「そうするがいいさ。無理して入るところじゃないからね」

ギルドの窓口係のおばさんに挨拶をし、併設された酒場で情報を集めていた仲間のところに戻るアルフィリースとミランダ。

「どうだった？」

「ダメ、もう手ごろな人はいないみたい」

「困りましたね……大草原では不思議な力に阻まれて、通常のセンサーも役に立たないとか。風読みは必須と聞いたのですが」

ニアは腕組みをして考え込み、リサはお手上げのポーズをする。フェンナは祈るようなポーズで事の成り行きを見守っている。その様子をじっと見ているカザス。

「って、先生よ。なんであんたがここにいるのさ」

話がうまくいかず虫の居所が悪いのも手伝い、ミランダがカザスに突っかかる。

「ラインさんの合流を待っていたのですが、来ないようですね」

「あいつ？　今頃その辺の連れ込み宿にでもしけこんでいるんじゃない？」

「アルフィリースさんは彼に良い印象を持っていないかもしれませんが、彼は優秀な傭兵ですよ。C級でありながら、依頼の達成はほぼ完璧。それだけ依頼の選別眼に優れているということですが、一度受けた依頼は必ず実行します。今頃死んだ傭兵たちのタグを持って、遺族の元を回っていることでしょう。」

「そんなこと、普通する？」

「普通はしません。だからこそ私は彼を雇いました。今でもその選択に悔いはありませんよ。だって、あの状況でも私は生きていますからね。調査もちゃんとできましたし。知る人は知っていますが、彼の友人は多い。傭兵の等級もわざと上げていないと見ました。彼がその気なら、A級は手堅いでしょう」

思わぬラインの行動と姿にアルフィリースは黙ったが、カザスは別の話題に移っていた。

「それはさておき、貴方たちが面白いのでもう少し様子を見ていたいなと。それに私も大草原には常々行ってみようと思っていたので。良い機会です」

「来なくっていいよ」

「私がどこに行こうと自由でしょう」

ミランダがカザスを睨みつけるが、明らかに難癖をつけているのはミランダなので、ぷいと他所を向いてカザスを無視することに決めたようだ。どうもこの二人は相性が悪い。

ため息をつくアルフィリースに、ニアが話しかける。

「ところでアルフィ、金銭的な余裕はどれほどある?」

「あと十日分ほどかしらね。初心者のダンジョンでの報酬は結局、前金しか出なかったから」

「大草原内では金銭的な心配はないだろうが、準備としてはぎりぎりだな」

ギルドからの報酬は多くが前金と成功報酬の分割形式で払われる。成功報酬のみにすると依頼人が報酬を払わなかったり、前金だけにすると傭兵側が持ち逃げすることがある。依頼人と傭兵側のトラブルを避けるために前金と成功報酬の分割払いにすることが多く、その比率は依頼によってさまざまだ。また前金で装備、準備などを整えたりできるので、多くの依頼がこの形式となる。

初心者のダンジョンでの報酬は少なく、結局旅をしながら依頼をこなす、相変わらずの貧乏が続いていた。

「またメイドの依頼でもやりましょうか」

「そんな時間はありませんよ、ミランダ。秋になれば大草原の気候は荒れに荒れ、人間では立ち入ることすら不可能となると聞きました。大草原に立ち入るなら、強引にでも今行くことをリサは提案します」

「とは言ってもね。方向感覚とかもおかしくなるらしいし、やみくもに突っ込んでも危険極まりないだけだよ」

「では良い案がありますか、アルフィ」

「う〜ん、お金もないしね〜」

「お金は私が出しましょう」

カザスの提案に皆驚く。

「えっと……なんで？」

「私は戦力にはならない人間ですからね。その私がついていくと言ったわけですから、何かしら戦闘以外の部分で義務を負わないと、皆さんと対等とは言えないでしょう。幸い金銭的には余裕がありますし、大草原の調査はいずれ行う予定でした。この人数で二カ月程度ならなんとでもなると思いますし、このまま皆さんを雇い入れる形でいかがでしょうか？」

「へえ……学者先生、ちょっとは見直したよ。でも、これはアンタのハーレムじゃないからね」

「わかっていますよ、ミランダさん。アルフィリースさんのハーレムですから」

「え、そうなの？　私がわかってないよ？」

ミランダとカザスが互いにやや皮肉を込めて呼び合うも、先ほどよりは雰囲気が軟化していた。

混乱するアルフィリースの背中を、リサが杖で叩く。

「じゃあこれで金銭面はいいとしても、根本の問題は解決していませんよ」

結局、案内人の話は何も進展していない。すると隣のテーブルから男が声をかけてきた。

「お前たち、大草原に行きたいのか？」

目以外の顔に布を巻き、茶色のレンズの眼鏡をした男がそこにいた。表情が読めず、席の横には自分の体格はあろうかという荷物と、杖が置いてある。話に聞く、風読みと呼ばれる職業の一般的な衣装だった。

「風読みかしら？」

「いかにも」

「もしかして手が空いてるの？」

アルフィリースが一縷の望みを懸けて質問するが、男は首を横に振る。

「いや、残念だが俺も予約済みだ……だがお嬢さんたちが困っているのを見かねてね。どうせ依頼主を待ってる間は退屈だし、老婆心からの助言でもといったところだ」

「それは嬉しいけど、えーと」

「ザザだ」

「ザザさんは何を教えてくれるの？」

「その前に……そこのお嬢さんはシーカーだな？」

「あ、はい！」

フードをしたままのフェンナが突然呼ばれて跳ね上がる。

「よくその呼び名を知っていますね」

「俺は傭兵として経歴が長い、それだけだ。だがシーカーということは、お前たちは大草原の北側にあるシーカーの集落に行くつもりだな？」

「そうです」

「悪いことは言わん、止めておけ」

フェンナの返事に、首を横に振るザザ。

「どうしてですか？」

「大草原は北と南ではまったく別物だ。南はいい。まだ風も読みやすく、魔物も大人しい。風読みさえいれば、命の危険は少なく素材の収集ができるだろう。ひと山当てれば、一年は遊んで暮らせる額が稼げることもある。

だが北は違う。風は生物を狩るために吹いているかのごとく容赦なく吹きすさび、魔物はこれ以上ないくらい強力だ。討伐依頼があれば、おおよそB級以上。それにシーカーの里自体、余所者を受け入れないように隠してある。彷徨う内に死ぬのがオチだ、命がいくつあっても足らんよ」

「命がいくらあっても足りないとは、具体的には？」

「……俺たち風読みでも北に入って三日間生き残れる者は、十人に一人だと言われる。それも風読みとして、C以上の等級でな。俺なんぞ若い頃に間違えて北に入ってしまったが、奇跡的に二十日間生き延びることに成功した。まったく運だとしかいいようがない出来事で、ギルドに帰ると突然B級に抜擢された。以降俺の人生は安泰さ。それほどのことなんだよ、北に入って生き残るってのはな」

「そんなに……」

「で、貴方はどうやって生き残ったのですか」

リサが鋭く突っ込む。

「言ったろ、俺は運が良かったって……北に住んでいる部族に拾われたんだよ」

「部族？」

「ああ、俺たちと変わらない人間だったが、色々な機能が人間とは違う連中だった。北の魔物と平然と戦うし、風読みの技術も明らかに俺より上だった。俺の風読みとしての技術は彼らの一部を頂戴したものだ。それだけで風読みとして、上位二十人には入る実力だと言われたよ。おそらくは魔術の応用なのだと、今ではわかるがな」

「じゃあ彼らを雇えば」

「無理だな。外界との接触は基本持っていない奴らだ。俺は例外だよ」

「ではどうしろというのです」

「今年は諦めろってことだ……来年でよければ俺がついていってやる。もっとも北の手前までだが」

「なんだ、結局自分の売り込みですか。おとといきやがれです」

「これでも親切心だがね」

そう言って席を立つザザ。アルフィリースたちは言葉も無くその場で項垂れた。その陰鬱とした様子にザザも悪いことをしたと思ったのか、ギルドを出る直前にピタリと足を止め、アルフィリースたちの方を振り返った。

「もし方法があるとしたら……妖精(フェアリー)だな」

「フェアリー？」

「ああ、この辺で稀に見かけるフェアリーはほとんどが大草原出身だ。奴らなら北側の風も理解できるだろう。だがこの俺でも見かけるのは十年に一度……とにかく警戒心の強い一族だからな。それに人間嫌いだ。可能性は無いに等しい」

「それでも何も希望が無いよりましだわ。ありがとう、ザザさん！」

素直に礼を言うアルフィリースに少し驚いたのかザザがその動きを止め、言い澱んだ言葉を口にした。

「反対の通りの道具屋のところに行って、俺の名前を出してみな。何か良い話が聞けるかもしれん。あいつは最近、何か面白い物を大草原帰りの人間から仕入れたと言っていたからな。お前たちに、風のご加護があらんことを」

そしてザザが去った後、アルフィリースたちは彼の助言に従い道具屋に向かった。

＊＊＊

「はあ～どうしたものかな……」

一人ため息をつく道具屋の主人。彼は自分が仕入れた物の後処理に困っていた。

「安く売るって言うから思わず買ったが、もっと疑うべきだったか。まさかあんなのだなんてな……ハァ」

「ごめんくださーい」

その道具屋を訪れてきたのはアルフィリースたち。道具屋は重い気分を振り払いきれないのか、やや気怠そうに、のそのそと表に出てきた。

「ああ、いらっしゃい」

「ザザさんの紹介で来たんだけど」

「ザザの？　珍しいな、あの偏屈野郎が誰かを紹介するなんて。ということは大草原関連の商品が欲しいのか？」

「ええ。何か珍しい物を、大草原帰りの人から仕入れたと聞いたから」

「そういや奴には話したっけか。まあ珍しいと言えば珍しいな。だが本当に見たいか？」

「……見たらまずいほど危険なの？」

アルフィリースが怪訝そうな顔をする。主人は慌てて手を振って否定した。

「まずかないが、げんなりするぞ。今の俺みたいにな」

「どうしよう？」

「見てみないと始まらないと、リサは思います。今さら躊躇とかどんくさいですね、デカ女。道具屋さんも、もったいぶらずにさっさと持ってきてください。想像はついていますから」

「口の悪い嬢ちゃんだな……よく似てらあ。ちょっと待ってろ」

　リサに促されて奥に行く主人。

「何に似てるんだろ？」

「さあ？　リサみたいな完璧美人が他にいるとは思いませんが」

「よくそこまで言いきれるな……」

　ニアの突っ込みをさらりと受け流すリサ。ほどなく奥から騒がしい声が聞こえてくる。

「うわっ！　こいつ、大人しくしやがれ！」

「……何それ？」

　道具屋が持ってきたのは普通よりも一回り大きな、鳥籠らしきもの。全面を分厚い覆いで囲ってあり中身は見えない。だがガタンガタンと揺れ動き、中からは何やら人の叫び声が聞こえていた。

「出せー！　このツルっパゲー!!」

「禿げてねぇ！　くそっ、相変わらず口の悪い！」

「えーと……それ何？」

「百聞は一見にしかずだ。まあ見るといいさ」

　道具屋が覆いを取ると、中には掌よりも少し大きい程度の人と同じ姿をした、四枚羽の女の子が腕組みしていた。

「これが……フェアリー？」

「邪精霊（ニンフ）ではなく、れっきとしたフェアリーですね。森の奥ではよく見かけますが」

「珍しい。本の上では知っていましたが、これはなんとも美しい生き物ですね」

　カザスの感想もさもありなん。目の前にいるフェアリーは青く長いウェーブのかかった髪を腰まで伸ばしており、目はくりっとしていて大きく、とても愛嬌のある顔だった。また四枚の羽根の邪魔にならないように、銀と白を基調にした布地を首の後ろから体に巻き付け、体の横で固定させている。

　魔物や飛竜なども十分におとぎ話のような存在だが、フェアリーはそこに存在するだけで周囲を幻想に包むような存在だった。アルフィリースは自分がおとぎ話に迷い込んだような錯覚を覚えまじまじとフェアリーを見たが、そのフェアリーがジト目でこちらを見つめていることに気が付いた。

「な、何かしら？」

「それはこっちのセリフよ、デカ女！」

「デカ……」

「ワタシのこと、じっくりねっとり絡みつくような視線で見つめちゃって、いやらしい。こっち見んな！　ブッ飛ばすわよ⁉」

　そう言って鳥籠をガツンと蹴り飛ばすフェアリー。アルフィリースが抱いた幻想が、ガラガラと音を立てて崩れていく。その横で道具屋の主人が盛大に溜め息をついた。

「まあこういう奴なわけだ。格安で仕入れたはいいが、これを売りつけた奴も辟易してたんだろうな。俺もこいつがいるとうるさくって仕事にならん。夜中も所構わず騒ぎ立てるし、もらってくれるとありがたいんだが」

「……こっちも御免ですね。むしろ金を寄越せと言いたいです」

リサが仕草で「却下」と示す。だがその様子を見て、さらにフェアリーは騒ぎ立てる。

「ちょっとそこのピンク髪のドチビ！　なに人のことをいらない子扱いしているのよ！」

「実際いりません。この暴れん坊フェアリーが、旅の役に立つとは思えません」

「ぬわんですってぇ!?　あんたみたいなぺたんこピンクより、この可憐でキュートでセクシーなワタシの方が百倍役に立つってぇの！」

なぜかセクシーポーズでウィンクするフェアリー。等身大ならたしかに魅力的だろうが、いかんせん掌サイズではやや滑稽である。その言動にカチンときたのか、リサが舌戦態勢に入った。

「リサが役にたたないというのはどういうことです？　あなたみたいなちみっこいのより、センサーである私の方が役に立つと思うのですが！」

「ふん、ちみっこいとは言ってくれるわね、このぺちゃぱい！」

「ぺちゃ……」

「あーら御免あそばせ、図星だったかしら。ホホホ！」

「そんなことはありません！　貧乳はいまや流行です！」

「ふん、大きなお友達がハアハア言いながら寄ってくるだけよ。まあそこにいるだらしない『うしちち』より淑やかなのは、認めてもいいけどね！」

フェアリーがアルフィリースの方を、ビッと指さした。アルフィリースは自分が槍玉に挙げられたと気が付いて、呆然としている。

「うしちち……」

「あら、ごめんなさい？　『ちちうし』の間違いでしたわ」

「言い直さなくてもいいわよ！」

「リサもそれに関しては同意しますが」

「同意しないで！　うわーん」

べそをかき始めたアルフィリースを、よしよしとなだめるミランダ。その間にもフェアリーの口はさらに回転を上げていく。

「貧乳が流行とか胸が無い子の言い訳よ！　それともアナタの思い人はその胸がいいと断言したのかしら？」

「そ、それは……」

「あら、確認してないのかしら？　もしアナタの思い人が巨乳好きだったら、そこのちちうしに寝取られるわよ？」

「そ、そんな馬鹿な……」

リサが膝をつき、敗北した。舌戦でリサが言い負かされるシーンを見たのは、一同初めてだった。

勝ち誇ったように高笑いをするフェアリー。しばらくしてよろよろとリサが立ちあがると、仕込み刀を抜きながらアルフィリースに向かってきた。

「ちょ、ちょっとリサ。何する気？」

「……いえ、ちょっとね。そのうしちちを、リサにもわけていただこうかと」

「む、無理無理無理！」

「大丈夫です、できる限り痛くないようにしますから！」

リサがアルフィリースにじりじりとにじり寄ってくる。

「いやー、やめてー！」

「アルフィ、いえ、ちちうし！　観念しなさい！」

「俺の店を壊すなぁ！」

リサがアルフィリースを所狭しと追い回し、道具屋の主人は怒り、他の仲間たちはおろおろし、フェアリーは腹を抱えて笑い転げる。そして店を一部壊した対価とでも言わんばかりにフェアリーを引き取らされるアルフィリース。しばらくして全員が落ち着くと、フェアリーの方もとりあえず満足したのか、真面目な話を始めた。

「あー笑った笑った。あんたたち、面白いわねぇ。で、本気で大草原に行きたいの？」

「ええ、このフェンナを送り届けないと」

「ふ～ん、シーカーか。なら北側に行きたいのね？」

「ええ」

「たしかにそれじゃ並の『風読み』程度じゃ無理ね。中には北側に入ってくる風読みや商人もいるけど、一般の冒険者が知り合えるような相手じゃないでしょう……条件次第じゃ、案内してあげてもいいわよ」

「本当⁉」

アルフィリースが喜びの声を上げると、面倒くさそうにフェアリーが頷いた。そして鳥籠から解放されて周辺を飛び回るフェアリー。

「んんん～！　やっぱりシャバはいいわね～」

「シャバって」

「でも、どうして私たちに協力を？」

「そりゃあの鳥籠に閉じ込められて喜ぶフェアリーはいないわよ。だからあの店主に嫌がらせしてたわけだし」

「そうじゃなくて、なんで今逃げないのかってことよ」

「え？」

アルフィリースの鋭い指摘に思わずびっくりするフェアリー。

（この子……もっとぼんやりとしていると思ったけど、案外考えているわね。もっともな指摘だけど、南の魔物はともかくとして、北側の魔物はフェアリーでもおかまいなく襲ってくるからね。囮は多いほうがいいのよ、なんて言うわけにもいかないし。人間の里をうろうろしても、またいつ捕まって見世物小屋に送られるとも限らないわけだし。それにそろそろ里帰りしないと、長が怖い）

などとフェアリーが腹黒いことを考えている間にも、アルフィリースはじっとフェアリーを見定めるように観察していた。フェアリーが思わず仰け反るようにその視線を受ける。

「まあ……シーカーとはそれなりに交流があってね。ワタシはシーカーの里からなら安全に自分の故郷に帰れるし、物のついでよ、ついで。それにフェアリーは礼儀は知らなくても恩知らずではないわ」

「ふーん、まあそういうことにしといてあげる。でも私たちを騙していたら、スープのダシにしちゃうからね？」

アルフィリースがにっこりと微笑むと、フェアリーには悪寒が走った。結構本気でダシにしそうな笑顔だと思えたのだ。

「それで、貴女の名前は？」

「ワタシはユーティ。水の大精霊ウンディネの眷族にして、水を司るフェアリーよ。よろしくお願いするわ」

「私はアルフィリース、名字はわけあって名乗れないわ。それでこっちは――」

順番に紹介をするアルフィリース。その中でリサが再び質問をする。

「それで、ユーティに聞いておきたいことがあるのですが」

「何？」

「センサーが大草原では役に立たないとのことですが、詳しくはどういった理由なのですか？」

「詳しい理由はワタシもわからないわよ。ただ昔から大草原は磁場が歪んでいるらしくて、センサー能力ですらまともに効かなくなるらしいわ。それに効いても無駄、という理由が大きいわね」

「ちなみにアナタのセンサー半径は？」

リサが首をかしげながら質問する。

「魔物が強すぎて、感知してからでは遅いのよ。ちなみにアナタのセンサー半径は？」

「通常状態で半径五百歩、集中すれば千歩、一方向で二千歩」

「かなりやるけど、それでも無駄ね。北の魔物には半径五百歩程度なら、十数える間に詰めてくるやつらも多いわよ」

「……信じられませんね」

「別に信じなくてもいいわよ、そのくらい強力だってこと。足が速い奴に見つかったら最後、まず逃げられないし、認識阻害の魔術もダメ。魔術そのものに反応する魔物がいるから、かえって呼び寄せちゃう。常識が通用しない場所なのよ。特に森の中と水場は最悪だわ」

「じゃあ竜で空から行けば？」

アルフィリースの提案にも、ユーティは首を横に振る。

「それもダメ。空の魔物も相当強くて、それこそ飛竜程度なら餌にされるわ。だいたい竜だって夜は休むでしょ？　それに飛んでいるところを地上から見られたら、休んだところをガブリとやられるのがオチよ」

「ではユーティはどうやって正しい道順を知り、私たちを安全に案内するのですか？」

リサの質問も、もっともである。

「ワタシはフェアリーだからね。草木や風に話を聞くわ。自然のことは自然に聞くのが一番」

「そんなことができるの？」

「正確には徴候を読むのよ。上位のフェアリーは精霊そのものに近くなるから、本当に声を聞くらしいけどね。残念ながら、ワタシはそこまでのフェアリーじゃないけど」

「なるほどね」

アルフィリースが素直に感心している。少し得意げなユーティだ。

「で、行くなら早い方がいいわ。シーカーの里まで、馬を使っても最低一ヶ月はかかっちゃう。そのくらいには大草原は嵐の季節になるの。嵐の季節はヤバいわよ。大草原の魔物ですら、大人しく自分の巣穴に帰るものね。だから今は嵐の季節に備えて色んな生き物が外にいるから、冒険者も色々狩り甲斐があって入ってくるのでしょう。ただ一つ宣告しておくと、北側ではワタシの案内も完璧じゃない。時には魔物に見つかることがあるのも覚悟しておいてね」

「できれば出会いたくないわね」

「ワタシだってそうよ。でも人間だって北側に住んでいる人間がいるくらいだから、まあなんとかなるでしょう。あ！　それで思い出したけど、北側でもし安全に生き延びたいなら、『案内人』を見つけることね」

「案内人？」

「もしくは『守り人』って呼ばれるかな。詳しくはワタシもしらないけど、なんでも時々北側に紛れこんだ人間を助けているみたいよ。本人も人間だとか。なのに北側のおおよその魔物よりも強いと聞いたわ。何者なのかしらね」

「人間か……」

一行は顔を見合わせる。そんな強力な人間がいるものだろうか。だがユーティは自分の説明をさらに続けた。

「あと絶対やっちゃいけないこと！『炎獣』にだけは出会ったらダメ。炎獣は北部中央付近の岩場に住んでいるんだけど、大草原で一、二を争う強力な魔物よ。出会ったら確実に終了だわ」

「じゃあそこを避ければいいのね」

「まあそういうこと。じゃあ時間も惜しいことだし、さっそく行きましょうか？」

そして新たな仲間、フェアリーのユーティに先導されて大草原に向かうアルフィリースたち。時期は夏のただなかに入ろうとしていた。

精霊との対話と薬草採取

The swordwoman with curse

「アルフィ、こちらにもありました！」

「また見つけたの？」

「さすがシーカー。これぱかりはリサよりも優れものです」

アルフィリース、フェンナ、リサは薬草採取の依頼で森の奥深くに分け入っていた。大草原に向かう途中路銀が足りないわけではなかったが、宿ではミランダとカザスが二日酔いのニアを介抱しており、どのみちやることがなかったからだ。

久々に金銭的に余裕のある旅の中、ミランダが酒場でいつもよりも良い酒を開けた。それが柑橘酒だったのが不幸の始まり。マタタビに似た匂いに興奮したニアが店の酒を片端から開けようとして、必死にミランダとアルフィリースで押さえ込む羽目になった。最終的にはフェンナの草束縛で押さえ込んだものの、それまでのニアの暴れっぷりはひどかった。余裕があったはずの彼女たちの懐は、弁償で一気に寂しくなっていた。

それよりも彼女たちが驚いたのは、ニアの色気だった。マタタビに酔うと、ニアは制御ができなくなる。強制的に発情期に近い状態となり誰彼構わず誘惑するし、同性のアルフィリースやミランダが赤面する魅力と色気を発し続け、カザスは無表情を装ったまま鼻血で倒れてしまった。

そして朝が来ると記憶のないニアに説明をすると、二日酔いも手伝って青ざめるやら真っ白になるやら赤面するやら忙しいニアには休息を取らせることとし、そのままミランダとカザスに介抱をさせ、残りの三人で路銀を稼ぐことになったというわけだ。

「なんか、アタシらいつも金が足りなくないかな？」

「なら、ちょっとは酒場で大盤振る舞いするのを控えてもらえますか？」

というミランダの意見にリサが苦言を呈すると、ミランダは口笛を吹きながら逃げていった。リサが呆れつつも全員でニアの看病をすることもないだろうと発案し、ギルドに赴いて薬草採取の依頼を受けた。

最初はリサが選んだ依頼を見て、アルフィリースが疑問を投げる。

「薬草採取ってさ、なりたての傭兵でも受けることができる代表的な依頼だよね？　どうしてこれにするの？」

「薬草採取は実は基本にして応用のきく依頼です。季節が外れれば目標の数を達成するのは困難となり、割に合わない依頼となりますが、季節と探索場所が一致すればわずか一刻でも依頼が達成できるほど難易度が下がります。冒険者としての経験があれば、なんの危険もなく依頼を遂行することができ、ベテランともなれば薬草採取だけで一生生活できるとも言われます。ただその際は『草刈（グラスハンター）』という非常に不名誉な称号が付いて回りますが」

「でも生活には代えられないってことか」

「後遺症を負った傭兵など色々な理由もあるでしょうが、年中依頼がありますし、安全という点では一番ですね。ですが食用、飼料、治療薬、植生研究など、非常に幅広い結果をもたらすのは事実です。それに、追加で採取したり、新種の発見や、依頼になくても珍しい植物を採取できれば、それもギルドが買い取ってくれます。成果次第では、思ったよりも稼げる依頼となります」

「そこで、シーカーのフェンナの出番というわけね」

意気揚々と採取を続けるフェンナを、アルフィリースとリサが見た。森の民であり、土と木の魔術に特化したシーカーは、自分の森以外でも勘がきく。

事実、依頼を受けてから一刻程度で既に依頼料の三倍近い薬草を採取しながら、さらにフェンナの指示で稀少な薬草を採取している最中だった。

森の中なので魔獣なども出現するが、リサのセンサーで感知し、フェンナとアルフィリースの弓で先制攻撃する。それだけでほとんどなんの危険もなく、彼らは採取を続けることができた。

「この三人ならではの連携ですね」

「なるほど、意外な稼ぎ方。グラスハンターを志願しようかしら」

「魔獣討伐や他の依頼の方が、稼ぎが良いことは否めませんよ。グラスハンターはあくまで夢破れた者の選択肢の一つです。それに、魔王を倒せるグラスハンターなんて聞いたこともありませんよ。もうちょっと目標を高くもってもよいのでは？」

「堅実な人生も一つの生き方だよ」

「何を急に達観したことを……それより、フェンナが森の中に入るなり脱ごうとするのは、なんとかなりませんか？」

「元々下着もつけなければ、見えても気にしない種族らしいからね。森の中でくらい息抜きさせないと、街中で脱ぎ始めそう」

「もう何度その危機があったことか。息抜きならぬ、息脱ぎですか？　女の私にとってすら、うらやまけしからん体をしているのですよ。あれを感知するたび絶望する私の気持ちがわかりますか、デカ女？」

「私だって羨ましいよ。あの腰の細さ、何をどうしたらああなるのかな？」

「何を話しているんですー？　二人とも、こっちこっち～」

二人して首を傾げる一方、新しい薬草を見つけた暢気なフェンナの呼び声に毒気を抜かれながら、アルフィリースとリサはさらに森の奥へと分け入った。

＊＊＊

「森で夜を過ごすとは、気持ちのよいものではありませんね。正確には、森から外れた崖の上ですが」

「す、すみません……」

「謝る必要はありません。大きく稼ぐための賭けですが、我々ならさほど分が悪い賭けとは思いませんから」

三人は森の中で採取を続け、フェンナの提案で夜の薬草採取も行うことに決定した。薬草採取に難易度はほとんど関連しないが、夜の薬草採取は別である。

森で夜を過ごす薬草採取は旅慣れたベテラン傭兵でも恐ろしい。一部の魔物は炎を恐れず逆に目印にするし、夜になると魔獣も魔物も活動的になることが多い。夜間の依頼は通常C級からの受注になるが、裏技として「昼に始めましたが、つい夜になってしまいました」ということなら、ギルドの受付に怒られる程度で済む。

三人は森から出た崖先に簡易の魔獣避けを作り、一休みできる場所を確保し、交代で仮眠をとって夜更けを待った。後退する場所はないが、戦うだけの場所を確保しつつ、森から出てきた敵に対しては一方的に弓で先制攻撃ができる場所だ。今はアルフィリースが仮眠を取り、リサとフェンナが起きている。

「ナイトクイーンでしたか、夜にだけ咲く花というのは？」

「ええ。砂漠を中心に生息していると思われていますが、寒冷地ではない乾燥地帯なら、実はどこでも生息可能な植物です。それに、受粉は魔獣を介して行われます。蜂か蝙蝠か……昼に仕留めた蝙蝠の魔獣に、わずかですが青色の花粉が付いていました。私の想像通りなら、一攫千金の依頼になります」

「ほほぅ？　それは興味深いですが、ナイトクイーンだけでそうなるのですか？」

「いえ、ナイトクイーンの花粉は通常白か黄色ですが、稀にブルーエンプレスという亜種の花粉は青色になります。ナイトクイーンと違い、ブルーエンプレスは朝日とともに花を閉じ、数日で枯れますが、夜の内に採取して適切に処置をし、乾燥、冷凍することで花と同じ大きさの宝石と同等の扱いを受けます。その市場価格、およそ五百万ペンド」

「ご、五百万？」

思わずリサが杖を取り落としそうになった。ミーシアの一等地に豪邸が建って余りある値段だからだ。リサの願いの一つが一晩で叶ってしまう。

思わずリサが上げた素っ頓狂な声に反応して、仮眠をとっているアルフィリースが寝返りをうつ。リサは慌てて口を押さえた。

「間違いではないのですか？」

「いえいえ、シーカーが十年ほど前に提供したのですから、間違いありません」

「カザスを除いて五等分しても一人百万ペンド……うーむ、これはオイシイ。どうですか、フェンナ。アルフィはここにほったらかしにして、二人で山分けしませんか」

リサに魔が差した。鼻息荒く軽く涎が垂れそうになりながら迫るリサに仰け反りながら、フェンナが首を横に振る。

「駄目ですよ、仲間じゃないですか」

「ちっ、なんと義理堅い」

「それにアルフィがいないと、見つけられるものも見つけられない可能性があります」

「シーカー以上にあのデカ女が役立つと？」

「リサ、気付いていないのですか？」

フェンナが意外そうにリサを見たので、今度はリサが仰け反った。

「何をです？」

「今日の依頼、私があれほどの植物を見つけたのは、半分以上はアルフィのおかげです」

「アルフィが何か魔術を使ったとでも？」

「いえ、きっとアルフィは無意識なのでしょうが——アルフィの周囲では精霊がとても賑やかなのです。例えるなら、アルフィの周りで常に精霊がパーティーを行っている。そんな印象ですね」

「どういうことです？」

リサの質問に、フェンナが指をぴんと立てた。その指先に魔力が集まるのを、リサは感知する。

「リサは魔力感知の練習をしているから気付いていると思いますが、通常魔術士というものは自らの魔力――オドを用いて自然界に無尽蔵に存在しているマナに干渉します。どのくらいのオドを差し出せばどのくらいのマナが得られるのかが、魔術士にとっての才能の一つとも言えます」

「ふむ。精霊に水をあげたら雨を降らせてくれれば、交渉事として成功したと。そういうイメージでよろしい？」

「まぁ水の精霊と交渉するなら、そういう理解でもよいと思います。魔術士として優秀であるなら、一の対価で二の成果を引き出せばかなり優秀です。私の場合は一の対価で一以上を引き出せるのが土と木の魔術ということで、水や火は下手をすると零になります」

「ふむふむ」

「アルフィリースの場合は、一の対価で十以上を引き出しています。呪印解放時の話を聞く限り、下手をすると二十、いや、もっとかもしれません」

「――つまり、超優秀だと？」

「ええ、常識の埒外(らちがい)です」

フェンナが指を両手に一本ずつ立てる。一つには大きな魔力の塊が、一つには小さな魔力の塊が収束する。

「例えると、これが私とアルフィのオドの総量です。大きい方が私、小さい方がアルフィ」

「随分と差がありますね？」

「アルフィのオドの総量は、並の魔術士のせいぜい数倍。シーカーの王族に連なる私は、アルフィの十倍近いオドの量があります。それでもアルフィが魔王戦で使った規模の魔術を三連射するのに、一日使えるオドを全て使ってぎりぎりでしょう。なんらかの触媒と下準備をしなければ無理かもしれません」

「つまり、アルフィのオドからマナへの変換効率は、フェンナの十倍以上ということですか？」

「そのとおりでしょう。それを可能にするのは、いかに精霊と親しんでいるか。これが魔術士の修業にもなりますが、それ以前に精霊の方がアルフィに寄ってきています。精霊に興味を持たれる――それが幸か不幸かはわかりませんが、大量にいる精霊のおかげで薬草を見つけることができたのです」

「ふぅむ。だからいつも変な奴らに絡まれるのですかね。精霊と一緒に、余計な者まで惹きつけるのですから。放っておいても波乱に満ちた人生なのですね、このデカ女は」

リサが呆れたような、手間のかかる妹を見るような表情でアルフィリースを見つめていたが、フェンナにはまた別の感情があった。

精霊に興味をもたれる――愛されると言えば聞こえは良いが、精霊の本性が正しいとは限らず、人間の都合を考える保証はどこにもない。アルフィリース本人の都合すら考えず、押し寄せる精霊の群れ。それは幻想的というよりは背筋が泡立つように恐ろしい光景と考えたが、なぜだか精霊の群れに押し寄せられて困るアルフィリースの表情よりは、くすぐったそうにするアルフィリースが思い浮かべられて、フェンナもくすりと笑ってしまったのだった。

＊＊＊

「で、ブルーエンプレスをどうやってこの広大な森から探すと？」

「まずは日中の蝙蝠型の魔物を見つけた地点の近くに行きましょう。あの手の大型魔獣はさほど活動範囲が広くないですし、洞穴が近くにあるはずですから」

「うーん、そうかなぁ」

フェンナの提案にアルフィリースは疑問を呈したが、あてもないので従うことにした。アルフィリースが呟く。

「あの手の大型魔獣って、よく生態がわかっていないんだよね。普通の蝙蝠は洞穴にいると思われがちだけど、木にぶら下がって休むのもいれば、地面の木の葉にくるまって休むのもいるんだよね。普通は音で獲物を探知するけど、中には視覚に依存している個体もいるし……」

「そういえば、いくら森の中とはいえ、真っ昼間から襲われましたね」

「大きな蝙蝠は視覚に依存している個体が多いんだよね。ブルーエンプレスって、夜にだけ咲くんでしょう？　なら、視覚に依存している魔獣に花粉がついているのはおかしくない？　夜は動かずにじっとしているはずだよ」

「……言われてみれば」

アルフィリースの言葉に、フェンナが初めて違和感を覚えた。そしてリサが歩みをぴたりと止める。

「……デカ女、そういうことは早く言いなさい」

「何？」

「囲まれました。センサーという職業が唯一勝てないのは、蝙蝠のように音波で獲物を探知する連中です。彼らは視覚よりもそちらで生活しているのですから、人間よりも優れていて当然ですね。リサのセンサーの範囲を正確に感知し、囲んできましたよ」

「まさか、罠だったと？」

フェンナが予想外の相手の知性に、焦燥感を露わにする。弓矢を構えながら、それぞれが背中合わせになった。

「数は？」

「二十、三十……五十以上ですね。大群です。しかもまだセンサーにはかかりませんが、これだけの統率力のある群れとなると、ボスがいます。魔王でなければいいのですが」

「そういえば、ブルーエンプレスの周囲には『夜の王』と呼ばれる強力な魔物が出現すると聞いたことがあります」

「初耳ですが？」

「言ってませんでしたっけ？」

フェンナがくりくりした目で首を傾げたが、さすがにリサは笑えなかった。

「そんなどこぞの男娼の称号みたいな魔物の話なんて、言ってません！」

「もてなし上手なわけ？」

「超大型の蝙蝠のはずですが、一度捕まえた獲物を生かさず殺さず、一ヶ月くらいかけてゆっくりと血を吸うとか。一ヶ月も生かすという意味ではもてなし上手でしょうか？」

「いらない、そのもてなし！」

　アルフィリースが不満を叫んだ瞬間、敵が動き始めた。

「来ますよ、距離二百歩！」

「リサ、三十歩おきに数えて、残り五十歩で合図！　フェンナは魔術を私が打ち上げたら、木の魔術で私たちを防御！」

　リサとフェンナが返事をする前に、アルフィリースが魔術を唱え始めた。

『風よ――我が掌に来たりて逆巻き、渦のごとくならん、混沌のごとくならん、形は成さず球のごとくならず、集まりてほどきて四散する――二つの腕の内――』

『同胞（はらから）の大樹の根、寄りて集まり我が盾となれ。樹根盾（ルートシールド）』

「八十……五十！」

「耳を塞いで！」

『衝突せよ！』

　リサの合図でフェンナが自分たちを樹の根で覆った瞬間、頭上で大きな破裂音と衝撃波が走った。思わずフェンナとリサは耳を塞いだが、それでもキィーンという鼓膜を震わせる音に、しばらくは動けなかった。

「……何をしたのですか？」

「頭上で空気の塊を同時発生させて、あえてぶつけて衝撃波と音を作ってみたの。音波で相手を探している蝙蝠なら、突然目の前に巨大な壁が飛んできたように思えたんじゃないかな？」

「そんな魔術があるのですか？」

「ないよ？　今、思いつきで作ったから」

しれっと答えたアルフィリースに、フェンナが口をあんぐりと開けた。

「詠唱も一部わざと変えましたね？　風が集まり切らず、拡散しやすいように」

「そうなるようにやってみたの。魔術をあえて不完全にして、四散させてみた。だから魔術としての詠唱名はつけなかったのだけど、意外と使えそうだなぁ。音爆弾（サウンドボム）とでも名付けましょうか」

「なんという……」

アルフィリースがどれほど凄いことをやったのか、魔術の心得がある者ならわかることだったが、この感覚をリサでは共有できないことがフェンナには悔やまれた。魔術の詠唱を口伝や書物で習うだけではなく、その原義から理解して精霊に語りかけることができる。

魔術士であれば奥義、魔術の深奥とでも呼ぶべき行為をいともたやすく操るこの目の前の女剣士に、フェンナは祈りたい気分になっていた。

「なんと尊い……時代が時代なら、信仰対象になるほどの魔術への造詣と精霊との親和性です」

「何か言った、フェンナ？」

「いえ、なんでも――行きましょう。罠があった以上、目的地は近いはずです。まだ夜の王がいるでしょうから、気を引き締めて」

三人はさらに奥に進んだが、リサのセンサーに再度感知があり、三人は一度止まる。

「いましたね、これが夜の王ですか……なんて大きさ。茶化している場合じゃありませんね」

「どんな奴?」

「あの一画、月の光が差していない部分があるでしょう? あの円の部分は、夜の王が羽を広げているからできているのです。本体は複数の樹の上に覆いかぶさるようにして下を睨んでいます」

「ええ? 普通に街の一区画分くらいあるんじゃ?」

アルフィリースの驚きの通り、それほどの広さがある闇の円がすっぽりと森の中に出現していた。

リサは苦笑いして、他の二人を促す。

「そこまで大きくありませんが、家の十軒程度は入りそうですね。問題は倒せるとしても、落下されると下にあるブルーエンプレスがぺしゃんこになることです。ここはそーっと行って、そーっと採ってきましょう」

「そんなことができるの?」

「センサー能力の応用ですよ。あれだけ大きな相手ですが、音波は一定です。人間のセンサーを相手にするよりは、余程化かしやすそうです。相手の音波に同調するようにソナーで輪郭を覆い、誰もいないかのように見せかけます。あまり離れないでくださいね?」

「あの巨体です、素早くは動けないでしょう。ブルーエンプレスを回収したら、即座に離脱しましょう」

リサが自信ありげに呟き、彼女たちはリサのセンサーに掴まるようにして抜き足差し足で忍び寄った。真の闇ではブルーエンプレスがどこにあるかも把握できないので、アルフィリースが炎を作り出して確認する。

（視覚が退化しているなら、大丈夫なはず）

小さな炎が灯ると、呼応するようにナイトクイーンに囲まれたブルーエンプレスが彼女たちの目の前で輝いた。赤い光を吸い込んで自らの青い光に変換するその輝きは幻想的で、まるで自ら光り輝いているように、透き通った青の大輪の花がそこにいた。

気高い姿は、まさに女帝。周囲のナイトクイーンも見事だったが、引き立て役をしているとしか思えないほど、美しさに差があった。しばしアルフィリースたちは危険な魔獣の真下にいることも忘れて、見惚れてしまう。

「素敵……」

「これを意中の女性に送る風習がシーカーの間には一時期ありましたが、こんな美しいものを贈られたら、簡単に籠絡されちゃいます」

「光の加減もある程度感知できますが、こういう時は視力がないことが恨めしいです」

リサの残念そうな感想に我に返ったアルフィリースとフェンナが、ブルーエンプレスを手折る。

その瞬間、頭上で凄まじい奇声が響いた。

「ばれた！」

「さすがにごまかしきれませんか！　周囲から多数の魔獣が集まってきます！　あいつも魔王の一種ですね、急ぎますよ！」

リサの声を待つまでもなく、駆け出すアルフィリースたち。アルフィリースが剣を振るい、フェンナが矢を次々と射かけ、リサがセンサーで相手の目くらましを行い、彼女たちは脱出した。夜の王が追撃してこなかったことが幸いしたが、最後は崖にフェンナの土の魔術で道を作って、滑り降りた。魔獣たちも追撃しようとしたが、アルフィリースたちが滑り降りたところでフェンナが足元を崩壊させたので、多数の魔獣が墜落していった。

　彼女たちは朝日が昇る前に、無事に街に戻ったのだった。

＊＊＊

「報酬が支払えない⁉」

「どういうことですか⁉」

　アルフィリースとリサが、相当な剣幕でギルドの受付嬢を問い詰める。だがギルドの受付嬢は仰け反りながらも、冷静に切り返した。

「ブルーエンプレスであることはまず間違いありませんが、これから加工が必要になります。その過程に一か月以上は最低かかりますし、物が物だけに、それから鑑定を行い、市場に出す価格が決まります。どこに卸されるかはオークションで決定しますが、ギルドのメインオークションは三か月後。その後売り出し業者が決定し、末端価格が設定され、販売終了後に売れ値の何割かが採取した方に支払われる仕組みとなっています。そこまで、最低半年、長くて一年かかります」

「それまで一銭も払われないと？　手付金くらい寄越しなさい！」

「それは可能ですが、最近大口の依頼達成が続いたので、このギルドに現金がないんですよぅ。こんな小さなギルドの高額依頼の達成を持ち込まないでくださいよぉ」

受付嬢が泣きそうになったので、さすがのリサもそれ以上問い詰められず、薬草採取の五千ペンドに加え、手付金としてさらに五千ペンドだけを受け取ってその場を引き下がった。

ギルドの出口でリサが盛大に溜め息をついた。

「一攫千金が……一軒家の夢が……」

「まぁまぁ、そのうち手に入るお金なんだし。これで大草原までの路銀と、準備のための資金は稼いだでしょう?」

「それはそうかもしれませんが、同じようなことが何度もないとどうして言い切れるのです?」

「それは……でも一度に大金が入って、フェンナに使い込まれるよりはマシじゃない?」

「うーむ、なんと前向きな」

リサが唸っていたが、そこまで予測しておきながら、その時のアルフィリースもリサも気付いていなかった。ブルーエンプレスの発見者がフェンナとなっており、金額が発生した際の受け取り人もそのままフェンナとなっていることを。

フェンナが大金を手にした時、どのような無駄遣いが起こるのか、アルフィリースとリサは近い将来、思い知ることになる。

あとがき

呪印の女剣士第二巻、無事にお届けすることができました！　皆さま、いかがでしたでしょうか？　お楽しみいただけましたら幸いにございます。WEB版とは話の構成などを変えお届けしております。あれ、あの話がないのでは？　と思った方もいらっしゃるでしょうが、それはまた形を変えて書きたいと思います。

一巻に引き続き、又市マタロー様のステキな表紙、口絵、挿絵をいただいております。より彼女たちの物語が彩りと動きを増したのではないでしょうか。

そしてコミカライズも始まりましたね！　こちらは深津様の作画となっており、書籍版とはまた一味違う格好良いアルフィリースたちが活躍しています。コミカライズも合わせてよろしくお願いいたします！

まだまだ作品作り、ブラッシュアップには慣れないところもあり、読者の方の感想も参考にしながら作っております。みなさん、よければ感想を編集部までお届けください。これからも参考にさせていただきますし、励ましの声があればより我々も嬉しいです。

さて、一巻に引き続き、ちょっとした世界観の紹介をここでも。アルフィリースたちが住む世界の大陸は三つ。中央大陸と、東の大陸、南の大陸です。中央大陸が最大かつアルフィリースが旅する大陸であり、北はローマンズランド、東はアルネリア教会と貴族主義、西はオリュンパス教会と戦乱の時代、南はグルーザルドと蛮族の土地となっており、部分的に辺境と呼ばれる強力な魔物たちの生息圏が点在しています。辺境は魔王の定義に当てはまらない強力な魔獣や魔物が生息しており、アルネリアや傭兵ギルドでも討伐をあきらめている場合があります。その分未知の資源が発掘される場合もあり、高額の依頼がギルドに寄せられる時もあります。

東の大陸は十の鬼族が統一している地域で人間は劣勢でしたが、浄儀白楽が討魔協会の長になってからは勢力を盛り返しています。しかし諸侯の足並みは揃わないようです。

南の大陸は人間が駆逐され、死に絶えた土地です。強力な魔物や魔獣が跋扈(ばっこ)する死の大地であり、作中にも出たブラディマリア、ドラグレオ、カラミティの三すくみが構成されていました。渡る方法はありますし、ギルドにも資源採取の依頼はありますが、ほとんど南の大陸に行こうとする人間はいません。

書籍版、オンライン注文、電子書籍版にそれぞれ付随する特典でも、ちょこちょこ世界観が語られております。気になる方は集めてみてくださいね！　それではぜひとも三巻でお会いしましょう！　応援よろしくお願いいたします！

キャラクター設定集

The swordwoman with curse

❖シーカー（ダークエルフ）の王族
フェンナ＝シュミット＝ローゼンワークス
好き
小動物と遊ぶこと
きれいな宝石
自然
草笛
嫌い
いかつい男の人
怒りっぽい人
お化け
《作画裏話》
青のグラデーションで穏やかな感じにまとめました。アクセサリー類はきっとお高いです。

❖獣人の戦士

ニア

好き	牛乳 日光浴 丸い物 毛づくろい 鍛錬
嫌い	マタタビ 自分の部隊の戦士長 軽薄な人物

※マタタビは本来大好きであるが、匂いをかいだだけでも記憶がほとんど飛んで暴れてしまい、そのたびに周囲には「二度とやるな」と言われるため自粛。

《作画裏話》

健康的な足が映えるようにしました。
怪我とか自分で舐めて治してそう。

黒い鷹二番隊隊長
ルイ
好き
強い奴
好きな言葉「雄弁は銀、沈黙は金」
嫌い
弱くて軟弱・軽薄な奴
団長
《作画裏話》
男性キャラよりイケメンになれ、と念じながらデザインしました。どうしても腹筋を割れさせたかったので、はーみっと先生にOKを頂けた時は嬉しかったです。

ホックで
固定します。
魔力を帯びると
冷気をまとう

❖ 黒い鷹二番隊副隊長

レクサス＝オーレヴ

好き　お金
ルイ
巨乳
子ども

嫌い　身の程知らず
偽善
貴族･金持ち

《作画裏話》

飄々(ひょうひょう)とした一癖ある感じのキャラなので、すぐにイメージが固まりました。ルイと並べた時に関係性が想像できるデザインを心掛けました。

黒の魔術士たち

伝説に残る魔術士

ライフレス

好き｜戦い
魔術研究
静かな場所

嫌い｜軟弱な者
五月蠅(うるさ)い者

魔王を作る男

アノーマリー

好き｜研究
実験
美しい女性に責められること

嫌い｜無駄なこと
頭の悪い相手
男にぶたれること

人形と人々を操る貴公子

サイレンス

好き｜壊したくなるほどに美しく繊細なもの

嫌い｜逞しく生き延びる醜い者

少年の姿を借りる悪霊の王

ドゥーム

好き｜惨劇の場
非業の運命
哀れな者
冗談
拷問
リサ

嫌い｜真面目な人間
正義感に溢れる者

一家使用人離散、
投獄死罪デッドエンド回避に
奮闘するも……
気付かない間に
地獄絵図！

「留学で三ヶ月も離れるのは耐えられない」
公爵家の務めとして、
2人は一緒に隣国へ！

呪印の女剣士 2

2021年4月1日　第1刷発行

著　者　はーみっと

発行者　本田武市

発行所　TOブックス
〒150-0002
東京都渋谷区渋谷三丁目1番1号　PMO渋谷Ⅱ　11階
TEL 0120-933-772（営業フリーダイヤル）
FAX 050-3156-0508

印刷・製本　中央精版印刷株式会社

ISBN978-4-86699-179-5